名家精品荟萃

生活端倪

冯化平◎主编

散文

内蒙古出版集团有限责任公司
内蒙古文化出版社

图书在版编目(CIP)数据

生活端倪 / 冯化平主编 .—呼伦贝尔 : 内蒙古文化出版社,
2010.4
(中外名家精品荟萃: 4)
ISBN 978-7-80675-801-4

Ⅰ.①生…Ⅱ.①冯…Ⅲ.①文学欣赏—世界Ⅳ.①I106

中国版本图书馆CIP数据核字(2010)第061018号

生活端倪
SHENGHUO DUANNI
冯化平　主编

责任编辑　丁永才
装帧设计　博凯设计

出版发行　内蒙古文化出版社
地　　址　呼伦贝尔市海拉尔区河东新春街4－3号
直销热线　0470－8241422　　**邮编**　021008

排版制作　北京鸿儒文轩文化传播有限公司
印刷装订　三河市华东印刷有限公司
开　　本　710mm×1000mm　1/16
字　　数　230千
印　　张　20
版　　次　2010年5月第1版
印　　次　2022年4月第2次印刷
印　　数　5001—8000册
书　　号　ISBN 978-7-80675-801-4
定　　价　58.00元

··········· · 前言 · ···········

一本好书，如一杯茗茶，馨香绕怀，让人久久难忘。读一本好书，如同和伟人对话，智慧之光映射身心……

在这个卷帙浩繁的时代，趁着夜幕降临，坐在床上，静静地捧一本书在怀，让思绪随意流淌，让感触肆意泛滥，无疑是最享受的事情。

而在夜深人静的时候，读散文无疑是最佳选择。

散文，这个中国最早出现的行文体例，一直以来都备受大家推崇。它素有“美文”之称，看似短小的一篇文章，却蕴含着博大的深意。它有精神的见解，有优美的意境，还有清新隽永、质朴无华的文采。它折射的是时代的风采，凝聚的是社会的深意。我们甚至可以说，一本散文就是一个思想的凝结点，反应的是一个时代的精神内涵。

现在我们推出的《中外名家精品荟萃》书系，包罗了近百年来中外广泛流传的名家名作。它们的作者大都是在历史上享有崇高地位，曾经影响过文坛的大师、巨匠、泰斗。这些作品经受住了时间的考验和历史的洗礼，作者的思想高度和精神内涵在岁月中不断沉淀，最终成为最美丽的琥珀。

这些散文经过我们整理分类，共分为四部分，具体包括《世间万象》、《似水年华》、《人生百味》和《生活端倪》。这些文章沉淀岁月的精华，是大师感悟的参透，思想的火花，理念的凝聚，睿智的结晶。它们包容大千世界，穿透人生社会，寄寓于人生百态家长里短，是社会的浓缩，世事的内核。它们深刻体现了大师们的洞察入微和真知灼见，堪称句句经典，字字珠玑。通过阅读它们我们可以穿越时空和大师进行思想上的交流，让大师们智慧的光芒和精神的力量，启迪和引导我们未来的生活，让我们的心灵、思想和人生得到最好的升华。

在本书的整理编辑过程中，我们还打破了纯文学的界限，不仅精选了中外著名作家的有关名篇，还精选了哲学家、成功家、思想家、政治家以及科学家等著名人士的哲理美文，内容可谓相当丰富。

这套内容丰富，闪现着思想光芒的书系读者群相信也会非常庞大，学生、上班族，文学爱好者、一般读者都可以阅读和收藏。这些文章能使我们站在大师的肩上，感受文学艺术的最高境界，直接欣赏水平和阅读品味。

我们在编辑本套书系的时候，尽管选文广泛，涉及面广，也得到了权威专家的指导，但仍然感到资料有限，才疏学浅，因此难免出现选文不周、挂一漏万。疏忽大意的地方，敬请各位读者指正批评。

目 录

生活的写意

生活是一部关于人的英雄史诗，它描述的是世人寻求人生奥秘而不可得、有心通晓一切而无能为力、渴望成为强者而又无力克服自身弱点的历程。

——高尔基

幸福的价值

生活幸福的价值不是固定不变的，如寒暑表一样，它有时会升高，有时会降低。

——费尔巴哈

快乐的期待

生活中有了这种精神——意在创造而非索取的精神，那么就会有一种根本的快乐，即不会被逆境所完全掠夺的快乐。

——罗　素

简单的完美

生命苦短，但这既不能阻止我们享受生活的乐趣，也不会使我们因其充满艰辛而庆幸其短暂。

——沃维纳格

心境的需要

要使一个人必须顺从生活的迫切需求，而能在清澈明净、坚决明确的灵魂内找到庇护，那就能忍受一切，面对任何考验。

——罗曼·罗兰

生活的写意

生活是一部关于人的英雄史诗，
它描述的是世人寻求人生奥秘而不可得、
有心通晓一切而无能为力、
渴望成为强者而又无力克服自身弱点的历程。
——高尔基

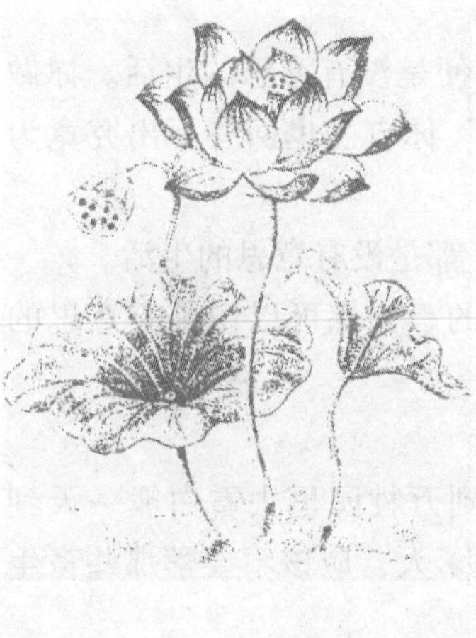

新 生 活

——［中国］胡　适

新生活就是有意思的生活。
凡是自己说得出“为什么这样做”的事，
都可以说是有意思的生活。

哪样的生活可以叫做新生活呢?

我想来想去，只有一句话。新生活就是有意思的生活。

你听了，必定要问我，有意思的生活又是什么样子的生活呢?

我且先说一两件实在的事情做个样子，你就明白我的意思了。

前天你没有事做，闲的不耐烦了，你跑到街上一个小酒店里，打了四两白干，喝的人事不知，幸亏李四哥把你扶回去睡了。昨儿早上，你酒醒了，大嫂子把前天的事告诉你，你懊悔的很，自己埋怨自己：“昨儿为什么要喝那么多酒呢?可不是糊涂吗?”

你赶上张大哥家去，作了许多揖，赔了许多不是，自己怪自己糊涂，请张大哥大量包涵。正说时，李大哥也来了。王二哥也来了，他们三缺一，要你陪他们打牌。你坐下来，打了十二圈，输了一百多吊钱。你回得家来，大嫂子怪你不该赌博，你又懊悔的很，自己怪自己道：“是呵，我为什么要陪他们打牌呢? 可不是糊涂吗?”

诸位，像这样的生活，叫做糊涂生活，糊涂生活便是没有意思的生活。你做完了这种生活，回头一想，“我为什么要这样干呢?”你自己也回答不出究竟为什么。

诸位，凡是自己说不出“为什么这样做”的事，都是没有意思的生活。

反过来说，凡是自己说得出“为什么这样做”的事，都可以说是有意思的生活。

生活的“为什么”，就是生活的意思。

人同畜生的分别，就在这个“为什么”上。你到万牲园里去看白熊一天到晚摆来摆去不肯歇，那就是没有意思的生活。我们做了人，应该不要学那些畜生的生活。畜生的生活只是胡混，只是不晓得自己为什么如此做。一个人做的事应该件件事会得出一个“为什么”。我为什么要干这个？为什么不干那个？回答得出，方才可算是一个人的生活。

我们希望中国人都能做这种有意思的新生活。其实这种新生活并不十分难，只消时时刻刻问自己为什么这样做，为什么不那样做，就可以渐渐的做到我们所说的新生活了。

诸位，千万不要说“为什么”这三个字是很容易的小事。你打今天起，每做一件事，便问一个为什么，——为什么不把辫子剪了？为什么不把大姑娘的小脚放了？为什么大嫂脸上搽那么多的脂粉？为什么出棺材要用那么多叫化子？为什么娶媳妇也要用那么多叫化子？为什么要骂他的爹妈？为什么这个？为什么那个？——你试办一两天，你就会觉得这三个字的功用也无穷无尽。

诸位，我们恭恭敬敬的请你来试试这种新生活。

生活不是苟活

——［中国］鲁 迅

一要生存，二要温饱，三要发展。
有敢来阻碍这三事者，无论是谁，我们都反抗他，扑灭他！

……我自己，是什么也不怕的，生命是我自己的东西，所以我不妨大步走去，向着我自以为可以走去的路。即使前面是深渊、荆棘、狭谷、火坑，都由我自己负责。然而向青年说话可就难了，如果盲人瞎马，引入危途，我就该得谋杀许多人命的罪孽。

所以，我终于还不想劝青年一同走我所走的路；我们的年龄、境遇，都不相同，思想的归宿大概总不能一致的罢。但倘若一定要问我青年应当向怎样的目标，那么，我只可以说出我为别人设计的话，就是：一要生存，二要温饱，三要发展。有敢来阻碍这三事者，无论是谁，我们都反抗他，扑灭他！

可是还得附加几句话以免误解，就是：我之所谓生存，并不是苟活；所谓温饱，并不是奢侈；所谓发展，也不是放纵。

中国古来，一向是最注重于生存的，什么“知命者不立于岩墙之下”，什么“千金之子坐不垂堂”，什么“身体发肤受之父母不敢毁伤”，竟有父母愿意儿子吸鸦片的，一吸，他就不至于到外面去，有倾家荡产之虞了。可是这一流人家，家业也决不能长保，因为这是苟活。苟活就是活不下去的初步，所以到后来，他就活不下去了。意图生存，而太卑怯，结果就得死亡。以中国古训中教人苟活的格言如此之多，而中国人偏多死亡，外族偏多侵入，结果适得其反，可见我们蔑弃古训，是刻不容缓的了。这实在是无可奈何，因为我们要生活，而且不是苟活的缘故。

中国人虽然想了各种苟活的理想，可惜终于没有实现。但我却替他们发见了，你们大概知道的罢，就是北京的第一监狱。这监狱在宣武门外的空地里，不怕邻家的火灾；每日两餐，不虑冻馁；起居有宅，不会伤生；构造坚固，不会倒塌；禁卒管着，不会再犯罪；强盗是决不会来抢的。住在里面，何等安全，真真是“千金之子坐不垂堂”了，但缺少的就有一件事：自由。

古训所教的就是这样的生活法，教人不要动。不动，失错当然就较少了，但不活的岩石泥沙，失错不是更少么？我以为人类为向上，即发展起见，应该活动，活动而有若干失错，也不要紧。惟独半死半生的苟活，是全盘失错的。因为他挂了生活的招牌，其实却引人到死路上去！

庙 会

——［中国］庐　隐

夜晚时的西方的天，
被东京市内的万家灯火照得起了一尺乌灰的绛红色。

正是秋雨之后，天空的雨点虽然停了，而阴云兀自密布太虚。夜晚时的西方的天，被东京市内的万家灯火照得起了一尺乌灰的绛红色。晚饭后，我们照例要到左近的森林中去散步。这时地上的雨水还不曾干，我们各人都换上破旧的皮鞋，拿着雨伞，踏着泥滑的石子路走去。不久就到了那高矗入云的松林里。林木中间有一座土地庙，平常时都是很清静的闭着山门，今夜却见庙门大开，门口挂着两盏大纸灯笼。上面写着几个蓝色的字——天主社——庙里面灯火照耀如同白昼，正殿上搭起一个简单的戏台，有几个戴着假面具的穿着彩衣的男人——那面具有的像龟精鳖怪，有的像判官小鬼。大约有四五个人，忽坐忽立，指手画脚的在那里扮演，可惜我们语言不通，始终不明白他们演的是什么戏文。看来看去，总感不到什么趣味，于是又到别处去随喜。在一间日本式的房子前，围着高才及肩的矮矮的木栅栏，里面设着个神龛，供奉的大约就是土地爷了。可是我找了许久，也没找见土地爷的法身，只有一个圆形铜制的牌子悬在中间，那上面似乎还刻着几个字，离得远，我也认不出是否写着本土地神位，——反正是一位神明的象征罢了。在那佛龛前面正中的地方悬着一个幡旌似的东西，飘带低低下垂。我们正在仔细揣摩赏鉴的时候，只见一个年纪五十上下的老者走到神龛面前，将那幡旌似的飘带用力扯动，使那上面的铜铃发出零丁之声，然后从钱袋里掏出一个铜钱——不知是十钱的还是五钱的，只见他便向佛龛内一甩，顿时发出铿锵的声响，他合掌向神前三击之后，闭眼凝神，躬身膜拜，约过一分钟，又合掌连击三声，这才慢步离开神龛，心安意得的走去了。

自从这位老者走后，接二连三来了许多人，男的女的，老的少的，——还有尚在娘怀抱里的婴孩也跟着母亲向神前祈祷求福，凡来顶礼的人都向佛龛中舍钱布施。还有一个年纪二十多岁的女人，身上穿着白色的围裙，手中捧着一个木质的饭屉，满满装着白米，向神座前贡献。礼毕，那位穿道袍秃顶的执事僧将饭屉接过去，那位善心的女施主便满面欣慰的退出。

我们看了这些善男信女礼佛的神气，不由得也满心紧张起来，似乎冥冥之中真有若干神明，他们的权威足以支配昏昧的人群，所以在人生的道途上，只要能逢山开路，见庙烧香，便可获福无穷了。不然，自己劳苦得来的银钱柴米，怎么便肯轻轻易易双手奉给僧道享受呢？神秘的宇宙！不可解释的人心！

我正在发呆思量的时候，不提防同来的建扯了我的衣襟一下，我不禁“呀”了一声，出窍的魂灵儿这才复了原位。我便问道：“怎么？”建含笑道：“你在想什么？好像进了梦境，莫非神经病发作了吗？”我被他说得也好笑起来，便一同离开神龛到后面去观光。吓！那地方更是非常热闹，有许多倩装艳服，然而脚着木屐的日本女人，在那里购买零食的也有，吃冰激凌的也有。其中还有几个西装的少女，脚上穿着长统丝袜和皮鞋，——据说这是日本的新女性，也在人丛里挤来挤去，说不定是来参礼的，还是也和我们一样来看热闹的。总之，这个小小的土地庙里，在这个时候是包罗万象的。不过倘使佛有眼睛，瞧见我满脸狐疑，一定要瞪我几眼吧。

迷信——具有伟大的威权，尤其是当一个人在倒霉不得意的时候，或者在心灵失却依据徘徊歧路的时候，神明便成为人心的主宰了。我有时也曾经历过这种无归宿而想象归宿的滋味，然而这在我只像电光一瞥，不能坚持久远的。

说到这里，使我想起童年的时候——我在北平一个教会学校读书。那一个秋天，正遇着耶稣教徒的复兴会，——期间是一来复，在这一来复中，每日三次大祈祷，将平日所作亏心欺人的罪恶向耶稣基督忏悔，如是，以前的一切罪恶便从此洗涤尽净——哪怕你是个杀人放火的强盗，只要能悔罪便可得救，虽然是苦了倒霉钉在十字架的耶稣，然而那是上帝的旨意，叫他来舍身救世的，这是耶稣的光荣，人们的福音。——这种无私的教理，当时很能打动我弱小的心弦，我觉得耶稣太伟大了，而且法力无边，凡是人类的困苦艰难，只要求他，便一切都好了。所以当我被他们强迫的跪在礼拜堂里向上帝祈祷时，——我是无情无绪的正要到梦乡去逛逛，恰巧我们的校长朱老太太颤颤巍巍走到我面前也一同跪下，并且抚着我的肩说：“呵！可怜的小羊，上帝正是我们的牧羊人，你快些到他们面前去罢，他是仁爱的伟大的呵！”我听了她那热烈诚挚的声音，竟莫明其妙的怕起来了，好像受了催眠术，觉得真有这么一个上帝，在睁着眼看我呢，于是我就在那些因忏悔而痛哭的人们的哭声中流下泪来了。朱老太太更紧紧的把我搂在怀里说道：“不要伤心，上帝是爱你的。只要你虔心的相信他，他无时无刻不在你的左右……”最后她又问我：“你信上帝吗？……好像相信我口袋中有一块手巾吗？”我简直不懂这话的意思，不过这时我的心有些空虚，想到母亲因为我太顽皮送我到这个学校来寄宿，自然她是不喜欢我的，倘使有个上帝爱我也不错，于是就回答道：“朱校长，我愿意相信上帝在我旁边。”她听了我肯皈依上帝，简直喜欢得跳了起来，一面笑着一面擦着眼泪……从此我便成了耶稣教徒了。不过那年以后，我便离开那个学校，起初还是满心不忘上帝，又过了几年，我脑中上帝的印象便和童年的天真一同失去了。最后我成了个无神论者了。

但是在今晚这样热闹的庙会中，虔信诚心的善男信女使我不知不觉生出无限的感慨，同时又勾起既往迷信上帝的一段事实，觉得大千世界的无量众生，都只是些怯弱可怜的不能自造命运的生物罢了。

在我们回来时，路上依然不少往庙会里去的人，不知不觉又联想到故国的土地庙了，唉！……

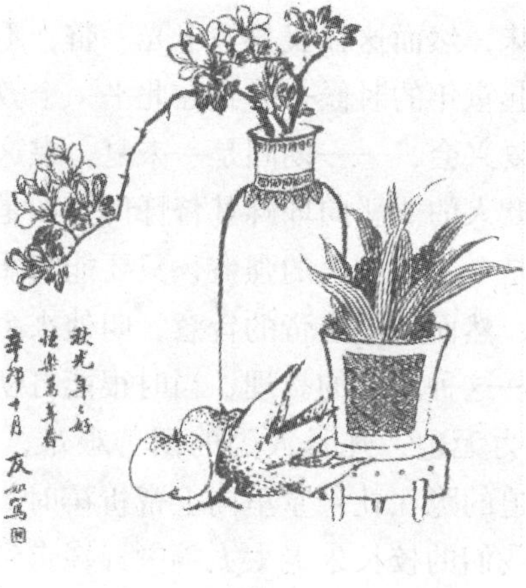

吹牛的妙用

——［中国］庐 隐

吹牛是一件不可看轻的艺术，
就如修辞学上不可缺少“张喻”一类的东西一样。

吹牛是一种夸大狂，在道德家看来，也许认为是缺点，可是在处世接物上却是一种刮刮叫的妙用。假使你这一生缺少了吹牛的本领，别说好饭碗找不到，便连黄包车夫也不放你在眼里的。

西洋人究竟近乎白痴，什么事都只讲究脚踏实地去作，这样费力气的勾当，我们聪明的中国人，简直连牙齿都要笑掉了。西洋人什么事都讲究按部就班的慢慢来，从来没有平地登天的捷径，而我们中国人专门走捷径，而走捷径的第一个法门，就是善吹牛。

吹牛是一件不可看轻的艺术，就如修辞学上不可缺少“张喻”一类的东西一样。像李太白什么“黄河之水天上来”，又是什么“白发三千丈”，这在修辞学上就叫作“张喻”，而在不懂修辞学的人看来，就觉得李太白在吹牛了。

而且实际上说来，吹牛对于一个人的确有极大的妙用。人类这个东西，就有这么奇怪，无论什么事，你若老老实实的把实话告诉他，不但不能激起他共鸣的情绪，而且还要轻蔑你冷笑你。假使你见了那摸不清你根底的人，你不管你家里早饭的米是当了被褥换来的，你只要大言不惭的说“某部长是我父亲的好朋友，某政客是我拜把子的叔公，我认得某某巨商，我的太太同某军阀的第五位太太是干姐妹”。吹起这一套法螺来，那摸不清你的人，便贴贴服服的向你合十顶礼，说不定碰得巧还恭而且敬的请你大吃一顿燕菜席呢！

吹牛有了如许的好处，于是无论那一类的人，都各尽其力的大吹其牛了。但是且慢！吹牛也要认清对手方面的，不然的话必难打动他或她的心弦，那么就失掉吹牛的功效了。比如说你见了一个仰慕文人的无名作家或学生时，而你自己要自充老前辈时，你不用说别的，只要说胡适是我极熟的朋友，郁达夫是我最好的知己，最妙你再转弯抹角的去探听一些关于胡适郁达夫琐碎的佚事，比如说胡适最喜听什么，郁达夫最讨厌什么，于是便可以亲亲切切的叫着“适之怎样怎样，达夫怎样怎样”。这样一来，你便也就成了胡适郁达夫同等的人物，而被人所尊敬了。

如果你遇见一个好虚荣的女子呢，你就可以说你周游过列国，到过土耳其南非洲！并且还是自费去的。这样一来就可以证明你不但学识阅历丰富，并且还是资产阶级。于是乎你的恋爱便立刻成功了。

他如遇见商贾、官僚、政客、军阀，都不妨察言观色，投其所好，大吹而特吹之。总而言之，好色者以色吹之，好利者以利吹之，好名者以名吹之，好权势者以权势吹之，此所谓以毒攻毒之法，无往而不利。

或曰吹牛妙用虽大，但也要善吹，否则揭穿西洋镜，便没有戏可唱了。

这当然是实话，并且吹牛也要有相当的训练。第一要不红脸，你虽从来没有著过一本半本的书，但不妨咬紧牙根说：“我的著作等身，只可恨被一把野火烧掉了！”你家里因为要请几个漂亮的客人吃饭，现买了一副碗碟，你便可以说：“这些东西十年前就有了”，以表示你并不因为请客受窘。假如你荷包里只剩下一块大洋，朋友要邀你坐下来入圈，你就可以说：“我的钱都放在银行里，今天竟匀不出工夫去取！”假如那天你的太太感觉你没多大出息时，你就可以说张家大小姐说我的诗作的好，王家少奶奶说我脸子漂亮而有丈夫气，这样一来太太便立刻加倍的爱你了。

这一些吹牛经，说不胜说，但神而明之，存乎其人！

生　活

——［中国］叶圣陶

倘若有一个人用一把几十位的大算盘，
将种种阶级的生活结一个总数出来，
大家一定要大跳起来狂呼“不值得”。

乡镇上有一种“来扇馆”，就是茶馆，客人来了，才把炉子里的火扇旺，炖开了水冲茶，所以得了这个名称。每天上午九、十点钟的时候，“来扇馆”却名不副实了，急急忙忙扇炉子还嫌来不及应付，哪里有客来才扇那么清闲？原来这个时候，镇上称为某爷某爷的先生们睡得酣足了，醒了，从床上爬起来，一手扣着衣扣，一手托着水烟袋，就光临到“来扇馆”里，泥土地上点缀着浓黄的痰，露筋的桌子上满缀着油腻和糕饼的细屑；苍蝇时飞时止，忽集忽散，像荒野里的乌鸦；狭条板凳有的断了腿，有的裂了缝；两扇木板窗外射进一些光亮来。某爷某爷坐满了一屋子，他们觉得舒适极了，一口沸烫的茶使他们神清气爽，几管浓辣的水烟使他们精神百倍。于是一切声音开始散布开来：有的讲昨天的赌局，打出了一张什么牌，就赢了两底；有的讲自己的食谱，西瓜鸡汤下面，茶腿丁煮粥，还讲怎么做鸡肉虾仁水饺；有的讲本镇新闻，哪家女和某某有私情，哪家老头儿娶了个十五岁的侍妾；有的讲些异闻奇事，说鬼怪之事不可不信，不可全信。有几位不开口的，他们在那里默听，微笑，吐痰，吸烟，支颐，遐想，指头轻敲桌子，默唱三眼一板的雅曲。迷研的烟气弥漫一室，一切形一切声都像在云里雾里。午饭时候到了，他们慢慢地踱回家去。吃罢了饭依旧聚集在“来扇馆”里，直到晚上为止，一切和午前一样。岂止和午前一样，和昨天和前月和去年全都一样。他们的生活就是这样了！

城市里有一种茶社，比起“来扇馆”就像大辂之于椎轮了。有五色玻璃的窗，有仿西式的红砖砌的墙柱，有红木的桌子，有藤制的几和椅子，有白铜的水烟袋，有洁白而且洒上花露水的热的公用手巾，有江西产的茶壶茶杯。到这里来的先生们当然是非常大方，非常安闲，宏亮的语音表示上流人的声调，顾盼无禁的姿态表示绅士式的举止，他们的谈话和“来扇馆”里大不相同了。他们称他人不称“某老”就称“某翁”；报上的记载是他们谈话的资料，或表示多识，说明某事的因由，或好为推断，预测某事的转变；一个人偶然谈起了某一件事，这就是无穷的言语之藤的萌芽，由甲而及乙，由乙而及丙，一直蔓延到癸，癸和甲是决不可能牵连在一席谈里的，然而竟牵连在一起了；看破世情的话常常可以在这里听到，他们说什么都什么意思都是假，某人干某事是“有所为而为”，某事的内幕是怎样怎样的；而赞誉某妓女称扬某厨司也占了谈话的一部分。他们或是三三两两同来，或是一个人独来。电灯亮了，坐客倦了，依旧三三两两同去，或是一个人独去，这都不足为奇，可怪的是明天来的还是这许多人。发出宏亮的语音，做出顾盼无禁的姿态还同昨天一样，称“某老”“某翁”，议论报上的记载，引长谈话之藤，说什么都没有意思都是假，赞美食色不欲，也还是重演昨天的老把戏！岂止是昨天的，也就是前月、去年、去年的去年的老把戏。他们的生活就是这样了！

上海的马路上，来来往往的，谁能计算他们的数目。车马的喧闹，屋宇的高大，相形之下，显出人们的混沌和微小，我们看蚂蚁纷纷往来，总不能相信他们是有思想的。马路上的行人和蚂蚁有什么分别呢？挺立的巡捕，挤满电车的乘客，忽然驰过的乘汽车者，急急忙忙横穿过马路的老人，徐步看玻璃窗内货品的游客，鲜衣自炫的妇女，谁不是一个蚂蚁？我们看蚂蚁个个一样，马路上的过客又哪里有各自的个性？我们倘若审视一会儿，且将不辨谁是巡捕，谁是乘客，谁是老人，谁是游客，谁是妇女，只见无数同样的没有思想的动物散布在一条大道上罢了。游戏场里的游客，谁不露一点笑容？露笑容的就是游客，正如黑而小的身体像蜂的就是蚂蚁。但是笑声里面，我们辨得出哀叹的气息；喜愉的脸庞，我们可以窥见寒噤的颦蹙。何以没有一天马路上会一个动物也没有？何以没有一天游戏场里会找不到一个笑容？他们的生活就是这样了。

我们丢开优裕阶级欺人阶级来看，有许许多多人从红绒绳编着小发辫的孩子时代直到皮色如酱须发如银的暮年，老是耕着一块地皮，眼见地利确是生生不息的，而自己只不过做了一柄锄头或者一张犁耙！雪样明耀的电灯光从高大的建筑里放射出来，机器的声响均匀而单调，许多撑着倦眼的人就在这里做那机器的帮手。那些是生产的利人的事业呀，但是……他们的生活就是这样了！

一切事情用时行的话说总希望它“经济”，用普通的话说起来就是“值得”。倘若有一个人用一把几十位的大算盘，将种种阶级的生活结一个总数出来，大家一定要大跳起来狂呼“不值得”。觉悟到“不值得”的时候就好了。

重视生活

——［中国台湾］三　毛

我是一个很重视生活的人，
远甚于写作，写作只是我的游戏之一。

我认为写作不是人生最大的幸福。有人问我："你可知道你在台湾是很有名的人吗?"我说不知道，因为我一直是在国外，他又问："你在乎名吗?"我回答说，好像不痛也不痒，没有感觉。他就又问我："你的书畅销，你幸福吗?"我说，我没有幸福也没有不幸福，这些都是不相干的事。又有别人问我："写作在你的生活里是很重要的一部分吗?"我说它是最不重要的一部分。他又问："如果以切蛋糕的比例来看，写作占多少呢?"我说就是蛋糕上面的樱桃嘛!

也许，各位会认为这写作是人生的一种成就，我很真诚的说一句人生有太多值得追求的事了，固然写出一本好书也可以留给后世很多好的影响。至于我自己的书呢，那还要经过多少年的考验。我的文字很浅，小学四年级的孩子就可以看，一直看到老先生，可是这并不代表文学上的价值，这绝对是两回事。

有一年，我正在恋爱，跟我的荷西走在马德里的一个大公园，清早六点半，那时我替《实业世界》写稿，那天已到交稿的最后一天了，我烦得不得了。我对荷西说明天不跟你见面了，因为我一定要交稿了。荷西说："这样好了，明天清早我再带你来公园走，走到后来，你的文章就会出来了。"我继续跟他在公园里走，可是脑子一直在想文章的事，这时，看到公园的园丁，在冬天那么冷的清早，爬到好高的树上锯树。我看了锯树的人，就对荷西说："他们好可怜，这么冷，还要待在树上。"荷西却对我说了一句话，他说："我觉得那些被关在方盒子里办公，对着数目字的人，才是天下最可怜的。如果让我选择，我一定要做那树上的人，不做那银行上班的人。"听了荷西的这番话，我回家就写了封信给杂志编辑说，对不起，下个月的专栏要开天窗了，我不写了。

所以我是一个很重视生活的人，远甚于写作，写作只是我的游戏之一。别人也许会问你是不是游戏人生呢？我要说我是游戏人生。来到这个世界本就是来玩的，孔子就说"游于艺"，这几个字包含了多少意义，用最白话的字来说是玩。

我说的玩不是舞厅的玩，也不是玩电动玩具的玩，或者抽大麻的那种，不是。我的人生一定要玩得痛快才走，当然走不走不在我，但起码我的人生哲学是做任何事一定要觉得好玩儿才去做，绝不会为了达成一个目的，而勉强自己。我说这话是非常紧张的，这句话说出来很不好，但这只是对我自己，不是对别人，而且我的人生观是任何事情都是玩，不过要玩得高明。譬如说，画画是一种，种菜是一种，种花是一种，做丈夫是一种，做妻子也是一种，做父母更是一种，人生就是一个游戏，但要把它当真的来玩，是很有趣的。

很多人看了我的书，都说："三毛，你的东西看了真是好玩。"我最喜欢听朋友说"真是好玩"这句话，要是朋友说，你的东西有很深的意义，或是说——我也不知怎么说，因为很少朋友对我说这个，一般朋友都说，看你的东西很愉快，很好玩。我就会问我写的东西是不是都在玩？他们说是啊。

生活中的事情

——［美国］戴尔·卡耐基

我们生活里的事情，大概有百分之九十都是对的，
只有百分之十是错的。如果我们要快乐，我们所应该做的就是，
集中精神在那百分之九十对的事情上，而不要理会那百分之十的错误。

我们生活里的事情，大概有百分之九十都是对的，只有百分之十是错的。如果我们要快乐，我们所应该做的就是，集中精神在那百分之九十对的事情上，而不要理会那百分之十的错误。如果我们想要担忧，想要难过，想要得胃溃疡，我们只要集中精神去想那百分之十的错事，而不管那百分之九十的好事。

你很可能发现自己所担心的事情，比起来实在是很微不足道，很不重要。

《格列佛游记》的作者史维伏特，可以算是英国文学史上最悲观的一位。他为自己的出生感到很难过，所以他在生日那天一定要穿黑衣服，并绝食一天。可是，在他的绝望之中，这位英国文学史上有名的悲观主义者，却赞颂开心与快乐能带给人健康的力量。“世界上最好的三位医生是——节食、安静和快乐”。

你和我，每一天每个小时，都能得到“快乐医生”的免费服务，只要我们能把注意力集中在我们所拥有的那么多令人难以置信的财富上——那些财富远超过阿里巴巴的珍宝。你愿意把你的两只眼睛卖一亿美金吗？你肯把你的两条腿卖多少钱呢？还有你的两只手，你的听觉，你的家庭。把你所有的资产加在一起，你就会发现你现在所拥有的一切决不会就此卖掉，即使把洛克菲勒、福特、摩根三个家族所有的黄金都加在一起也不卖。

可是我们能否欣赏这些呢？啊，不能的。就像叔本华说的：“我们很少想到我们已经拥有的，而总是想到我们所没有的。”这世界上最大的悲剧，所造成的痛苦可能比历史上所有的战争和疾病要多得多。

要得到快乐，算算你的得意事，而不要理会你的烦恼。

开始新的生活

——［美国］奥格·曼狄诺

事实上，成功与失败的最大分别，来自不同的习惯。
好习惯是开启成功的钥匙，
坏习惯则是一扇向失败敞开的门。

今天，我开始新的生活。

今天，我爬出满是失败创伤的老茧。

今天，我重新来到这个世上，我出生在葡萄园中，园内的葡萄任人享用。

今天，我要从最高最密的藤上摘下智慧的果实，这葡萄藤是好几代前的智者种下的。

今天，我要品尝葡萄的美味，还要吞下每一颗成功的种子，让新生命在我心里萌芽。

我选择的道路充满机遇，也有辛酸与绝望。失败的同伴数不胜数，叠在一起，比金字塔还高。

然而，我不会像他们一样失败，因为我手中持有航海图，可以领我越过汹涌的大海，抵达梦中的彼岸。

失败不再是我奋斗的代价。它和痛苦都将从我的生命中消失。失败和我，就像水火一样，互不相容。我不再像过去一样接受它们，我要在智慧的指引下，走出失败的阴影，步入富足、健康、快乐的乐园，这些都超出了我以往的梦想。

我要是能长生不老，就可以学到一切，但我不能永生，所以，在有限的人生里，我必须学会忍耐的艺术，因为大自然的行为一向是从容不迫的。造物主创造树中之王——橄榄树需要一百年的时间，而洋葱经过短短的九个星期就会枯老。我不留恋从前那种洋葱式的生活，我要成为万树之王——橄榄树，成为现实生活中最伟大的推销员。

怎么可能？我既没有渊博的知识，又没有丰富的经验，况且，我曾一度跌入愚昧与自怜的深渊。答案很简单，我不会让所谓的知识或者经验妨碍我的行程。造物主已经赐予我足够的知识和本能，这份天赋是其他生物望尘莫及的。经验的价值往往被高估了，人老的时候开口讲的多是糊涂话。

说实在的，经验确实能教给我们很多东西，只是这需要花费太长的时间。等到人们获得智慧的时候，其价值已随着时间的消逝而减少了。结果往往是这样，经验丰富了，人也余生无多。经验和时尚有关，适合某一时代的行为，并不意味着在今天仍然行得通。

只有原则是持久的，而我现在正拥有了这些原则。这些可以指引我走向成功的原则全写在这几张羊皮卷里。它教我如何避免失败，而不只是获得成功，因为成功更是一种精神状态。人们对于成功的定义，见仁见智，而失败却往往只有一种解释，即失败就是一个人没能达到他的人生目标，不论这些目标是什么。

事实上，成功与失败的最大分别，来自不同的习惯。好习惯是开启成功的钥匙，坏习惯则是一扇向失败敞开的门。因此，我首先要做的便是养成良好的习惯，全心全意去实行。

小时候，我常会感情用事，长大成人了，我要用良好的习惯代替一时的冲动。我的自由意志屈服于多年养成的恶习，它们威胁着我的前途。我的行为受到品味、情感、偏见、欲望、爱、恐惧、环境和习惯的影响，其中最厉害的就是习惯。因此，如果我必须受习惯支配的话，那就让我受好习惯的支配。那些坏习惯必须戒除，我要在新的田地里播种好的种子。

我要养成良好的习惯，全心全意去实行。

这不是轻而易举的事情，要怎样才能做到呢？靠这些羊皮卷就能做到。因为每一卷里都写着一个原则，可以摒除一项坏习惯，换取一个好习惯，使人进步，走向成功，这也是自然法则之一，只有一种习惯才能抑制另一种习惯，所以，为了走好我选择的道路，我必须养成一个好习惯。

每张羊皮卷用三十天的时间阅读，然后再进入下一卷。

清晨即起，默默诵读；午饭之后，再次默读；夜晚睡前，高声朗读。

第二天的情形完全一样。这样重复三十天后，就可以打开下一卷了。每一卷都依照同样的方法读上三十天，久而久之，它们就成为一种习惯了。

这些习惯有什么好处呢？这里隐含着人类成功的秘诀。当我每天重复这些话的时候，它们成了我精神活动的一部分，更重要的是它们渗入我的心灵。那是个神秘的世界，永不静止，创造梦境，在不知不觉中影响我的行为。

当这些羊皮卷上的文字被我奇妙的心灵完全吸收之后，我每天都会充满活力地醒来。我从来没有这样精力充沛过。我更有活力，更有热情，要向世界挑战的欲望克服了一切恐惧与不安。在这个充满争斗和悲伤的世界里，我竟然比以前更快活。

最后，我会发现自己有了应付一切情况的办法。不久，这些办法就能运用自如。因为，任何方法，只要多练习，就会变得简单易行。

经过多次重复，一种看似复杂的行为就变得轻而易举，实行起来就会有无限的乐趣。有了乐趣，出于人之天性，我就更乐意常去实行。于是，一种好的习惯便诞生了。习惯成为自然。既是一种好的习惯，也是我的意愿。

今天，我开始新的生活。

我郑重地发誓，决不让任何事情妨碍我新生命的成长。在阅读这些羊皮卷的时候，我决不浪费一天的时间，因为时光一去不返，失去的日子是无法弥补的。我也决不打破每天阅读的习惯。事实上，每天在这些新习惯上花费少许时间，相对于可能获得的快乐与成功而言只是微不足道的代价。

当我阅读羊皮卷中的字句时，决不能因为文字的精练而忽视内容的深沉。一瓶葡萄美酒需要千百颗果子酿制而成，果皮和渣子抛给了小鸟。葡萄的智慧代代相传，有些被过滤，有些被淘汰，随风飘逝。只有纯正的真理才是永恒的，它们就精练在我要阅读的文字中。我要依照指示，决不浪费，种下成功的种子。

今天，我的老茧化为尘埃。我在人群中昂首阔步，不会有人认出我来，因为我不再是过去的自己，我已拥有新的生命。

生活，就是追求力量

——［美国］爱默生

真诚的追求战无不胜，哪里有付出，
哪里就有收获，这就是生活的真理。

人类社会发展到今天，我们仍不无遗憾地发现，我们仍无法为一个人所可能具有的才能开列一张清单，而我们所能做的只是把一个人的见解奉为金科玉律。又有谁能够为一个人的影响力划定一条界线呢？有那么一些人，他们能够把整个民族吸引到身旁，并且引导着人类的生活。然而，他们并没有什么特异功能，他们所凭借的只是自身和他的民族之间相互吸引的感应力而已。

在人世间，假如说人的心灵能够与自然形影相随的话，换句话说，就是人心和自然之间真有某种神秘的联系的话，那么，也许有些人身上的确蕴藏着无比巨大的磁力，以此他可以牵引物质和自然的力量，而且无论他们在什么地方显身，各种各样神奇的力量都会自然而然地在他们周围凝聚、运转。

什么是生活？生活就是对力量的追求。这个颠扑不破的真理浸透了空间的角角落落，也弥漫了时间的时时刻刻。每个瞬间，每条罅隙，它都无所不在。所以，真诚的追求战无不胜，哪里有付出，哪里就有收获，这就是生活的真理。

因此，我们应该时刻告诫自己，珍视事件和财物，而不是把它们视为炫耀的装饰品，也不要把它们视为品德的绊脚石，它们不过是一堆有待开发的矿物质，我们确实在这里面找到了力量——一种美妙的矿物质。

如果事件、财物和身体的呼吸，可以把他们的价值物化为力量，灌输到人的身体之中，那么，毫无疑问人们会像捕着鱼后抛弃鱼网一样放弃具体的事件、财物和呼吸。这和人们得到了长生不老的仙丹之后，就能够把那些仙丹从中蒸馏而出的广阔花园加以抛弃一样。集求知的智慧和行动的勇气于一身的品德高尚的人士，是大自然追求的最高目标，而所有这一切，这一切地质学和天文学所荟萃的精神之花，就是对意志的孕育和培养。

众所周知，所有成功者都在一件事情上有比较相同的见解，他们都是因果论的忠实笃信者。他们相信，事物绝非偶然的产物，当然了，更不是侥幸发展的结果；相反，他们坚信事物在自然规律的运动下有条不紊地发展。他们确信在联结着事物起源和终结的因果链上，决不会有任何一个薄弱的或者破裂的环节，一切都是牢不可破的。

所有宝贵的心灵都有一个共同的特点：相信因果关系，或者说，相信即使是一件极细小琐碎的事情也与生活的原则密切相关。他们相信后果，相信报应，或者说他们相信善良的花朵不会结出恶劣的果实，而恶劣的花朵也绝对不会结出善良的果实。

勤奋者所流的每一滴汗水都是这种信念的具体体现。最勇敢的人，也最相信法则的张力。所向披靡的波拿巴曾经说过："所有伟大的首领都是依靠顺应技巧的规则，靠着使自己的努力适应于障碍，而获得了巨大的成就。"

打开时代之锁的也许是这一把钥匙，也许是那一把钥匙，或者是另外的那一把……不更事的演说家们就是这样渲染着。然而，他们却无法得悉愚蠢低能才是解答一切时代的钥匙。我们必须承认，在任何时候绝大多数人都是愚蠢低能的，甚至英雄们也无法幸免。除了在特定的辉煌时刻，他们大多数时候也都笼罩在愚蠢低能的阴霾之中。毫无疑问，他们都是地球引力、习俗和恐惧的牺牲品。天地间的芸芸众生总是在日出日落之间打发着日子，他们并不具备独立自主或者独立创造的习惯——也正是这一点，才使得强者显得力量无穷。

生活的法则

——［美国］阿瑟·布劳克

真理往往存在于那些不胡言乱语的人的手里。

行动法则：能说的人通常不会去做，去做的人往往不愿说。

——哈里森

历史法则：历史本身不会重复，重复的只是人们对历史的谈论。

——詹姆斯

食品法则：如果你爱吃土豆片，但绝不要去了解它的生产过程。

——罗伯特

虚伪法则：倘若你能将虚伪掩藏得很好，你就不虚伪了。

——杰克逊

读报法则：为了去发现人类的种种错误，其中也包括报纸本身的印刷错误。

——约翰逊

成功法则：当你比他更成功时，他肯定会到处说你不如他。

——杰佛里

组织法则：那个知道自己组织底细的人，应当被开除。

——康威尔

辩论法则：真理往往存在于那些不胡言乱语的人的手里。

——格　林

反应法则：相比之下，得到原谅比得到同意更好对付。

——斯图尔特

谦虚法则：要想让所有的人都见到你的出众之处，最好的办法是先贬低自己。

——华莱士

家务法则：厨房是永远无法打扫干净的。

——奥利尼

恭敬法则：为了博取他人的好感而流露自己的真实感情，这是决不可取的。

——迈　克

生活在此刻

——［美国］丽莎·普兰特

其实，学习享受已经拥有的时间与每天都会出现的星星一样，
才是我们最重要的一课……

你一定很少抬头去看天上的星星，也许你认为它每天都会出现，从而使你好几个月都不会抬头仰望夜空。但若遇到难得的流星雨呢？那么传媒一定会提前大做宣传，而事后还会大赞其美丽绝妙。当那时刻来临时，每个人都一定会出去仰望，并大谈其壮观。同样是星星，为什么人们对待后者却如此的留连忘返呢？

正如罗丹所说："生活中不是缺少美，而是缺少发现。"不会欣赏每日的生活是我们最大的悲哀。其实我们不必费心地寻找"流星雨"，"流星"本来是随处可见的。可惜的是生活中的"流星雨"总是被忽略，我们无意中把它当做"星星"对待。想一想吧，早上还没起床时你就开始担心起床后的寒冷而错失了被子里最后几分钟的温暖；吃早餐的时候你又在想着开车上班的路上可能会堵车；上班的时候就开始设计下班后怎么打发时间；参加社交活动时又在烦恼着什么时候才能回家。

我们总是生活在等待的日子里，我们着急地迎来周末、假期、孩子长大、年老退休。等我们老时，我们对自己说："现在我已是等死的人了。"

我们一刻也不停地忙着。我们对堵车的马路乱骂脏话；我们在超市中像没头苍蝇到处乱碰；我们对着电视不停地调换频道；我们一个劲儿地催促孩子快点。也许是我们毁坏了宇宙，宇宙就用时间来控制我们？

梭罗说："我可以杀死时间，并且以后不会有任何不良反应。"我们在"杀"时间，这曾经是无所事事的说法，但现在我们是真的在摧毁我们的时间。我们把自己的时间花在杀死灵性、杀死享受愉悦的能力上。我们过于以自我为中心，以为创立了人类有史以来一个最佳的文明，但我们根本没有时间享受，这同浮士德与魔鬼交换条件有什么区别呢。

我们之所以总是更喜欢观看"流星雨"，是因为我们总是担心时间不够，就像我们总是觉得钱不够一样。其实，学习享受已经拥有的时间与每天都会出现的星星一样，才是我们最重要的一课……

投入生活

——［美国］鲍森·布朗·沃尔夫

你的人生充不充实，关键在于你对待人生的态度。
如果此时此地的生活并不快乐，何不勇敢地尝试改变呢？
把它看做是一次创新的机会，或许会就此带来欢乐。

每天早晨的公交车站都会站立着各种姿态等车的人，也许你也是其中之一。但不论如何，只要你肯加入他们行列中去，那么总是好的，因为等待表示仍有期待，结束更意味着另一个开端。

生命犹如等公共汽车，当你面临着上班快要迟到却无可奈何时，你可以选择另一条近道。面临工作退休、寡居、离婚或是面临空巢期的中年夫妻，对生活中骤然的改变，刚开始难免无法适应，但若长期痴迷于这种生活突变的痛苦之中不能自拔，那么这跟空有一具行尸走肉有何区别？中国古诗说得好："山穷水尽疑无路，柳暗花明又一村。"当我们遭遇突变而来的绝境，其实，我们可以重新正视自己的生活而大干一场。

世界上死心眼的人非常之多，他们非要等到把一件事完成好以后，才会开始着手干另一件事。好不容易等到这事完成，一生的时间已过去了一半，往日的勇气冲劲也早已不存，或是原先与自己分享生命的伴侣早已循陌路远去。

大自然给予每个人的时间法宝都是等值的。然而，同样的十年，有人可以坐视它悄然而逝，有人却轰轰烈烈闯出了半壁江山。你想成为他们中的前者或是后者，你自己看着办。

如果你每天都坐在那里等待着幸运女神的关照，那么我劝你最好做个"空想家"。新生活要从现在开始，一旦决定自己想要的生活方式即刻着手计划，说做就做。就算是一切得从头再来，又有什么关系？只要把握住机会，活得有劲就好。不论你面临着什么，千万不可浪费你的一分一秒。

你的人生充不充实，关键在于你对待人生的态度。如果此时此地的生活并不快乐，何不勇敢地尝试改变呢？把它看做是一次创新的机会，或许会因此而带来欢乐。选择自己喜欢的事情来做，马上动手，不要再空等、空想。现在就开始，一切都还不迟。

生活中重要的话

——［美国］山达鲁斯

在人生旅途上，
人们总会遇到各种各样事先难以预料的难题，
也总会有人建议我们去如何如何地对付难题，
但做出最后选择的应当是我们自己。

生活中，每个人都想并愿意听到的一句话就是“我爱你”。

其实，想听的并不一定都好，不想听的也不一定都差。但是，还有几句话对我们同样重要，我们却常常忘记它们，其中一句就是：“我就来”。

当你疲惫了一天下班回家想要冲个热水澡却发现家里的热水器坏了，你忙给修理公司挂了电话，那边传来了“我就来”时，你无疑会感到极大地轻松。当你驾车在车水马龙的道路上车子突然熄火，后面的汽车又排成长龙拼命地鸣笛催促时，你心急火燎地摸出最后一个分币打通了朋友的电话，得到一句“我就来”会让你如释重负。

“儿子，明天我到你家，你来接我好吗?”母亲说。

“亲爱的，我现在病了，你能来看我吗?”妻子说。

“爸爸，下礼拜学校开毕业典礼，你能来吗?”孩子说。

“我就来。”你应该说。

第二次世界大战中，德国法西斯轰炸英国首都伦敦时，国王全家都没有离开那里，王后说了一句最重要的话：一国不能无君。

你有没有过和朋友为了某个观点而争论得面红耳赤，当事情结束后才发现自己的观点错误的时候。但是，当时你绝不会说：或许你是对的。这句话犹如叫一个人在激战中放下武器，在争执中承认错误，是很伤面子的。但是，如果在需要之时，不说这句话也许会是对自己最严重的伤害。在家庭纠纷中，如果夫妻中有一方肯说了这句话，那么，在这个世界上法官、律师的职业也就不会存在了。

成功人士的父母最爱对他们讲的一句话是“你自己应该明白”。小孩子在成长中难免会碰到这样那样自己难以处理的问题，他们会求助于自己的父母。但聪明的父母会对孩子说："你自己应该明白。"孩子往往会非常委屈："这是什么意思？我需要你的指点，需要你告诉我该怎么做。"一个固执的孩子也许会说："就算是我自己明白，但我的心并没有告诉我该怎么做呀！"称职的父母会笑笑说："学会去听吧，好孩子。"在人生旅途上，人们总会遇到各种各样事先难以预料的难题，也总会有人建议我们去如何如何地对付难题，但做出最后选择的应当是我们自己。因此，当我们想要得到一个问题的最终解决办法时，最好还是"你自己应该明白。"学心理学的人把这叫做"本能反应"，宗教之人称其为"自我行为的加强"。不管叫做什么吧，人总归有能力对自己的生活做出最正确的回答。这是生活给予人们最好的礼物，人们要学会使用这一礼物。

人们往往不能预测自己的一生中会遇到什么问题，当问题出现时，会发现这些简单然而意味深长的句子是有用的。

人的一生中难免遭遇挫折，当难题出现时，我们会发现这些看似简单的句子，是非常有用的：

"我就来。"

"或许你是对的。"

"你自己应该明白。"

论生活

——［俄国］托尔斯泰

一切利己的生活，
都是非理性的、动物的生活。

请注意，握好你的钢笔。以下的内容是你必须要做好笔记的。

（一）习惯是伟大的。习惯使得以前无论何时都需要许多努力——精神的要素和动物的要素相斗争——的各种行为，不再需要那些努力和注意，而让它们能够使用到后来的工作上面去。习惯是凝固基石的石灰，它使得在基石上面能够加上新的石块。可是，这种习惯的善的性能，当斗争的解决对动物的要素有利的时候，也可以变成不道德的原因。即发生了人吃人、执行死刑、进行战争、私有土地、卖淫等等事情。

（二）不错，信心、迷信、妄想都给人生以巨大的力量。然而，在这种场合为了实行人生一切法则就得制定重要的、惟一的、而且大部分可能的形式和方法，比如教会法则的实行、去势、自焚、无信仰者的绝灭等等。而在没有迷信的信仰的场合，为要解决以上帝的共同法则为基础的人生最重要的一切问题，爱是必要的。这种活动并没有像前者有鲜明的现象。

（三）自我牺牲越来得大，谦虚也就越来得困难。相反的场合也正相反。

（四）临死的人所说的话意味特别深长。可是，我们不是时常都朝着死亡走着吗？老年人更加明显的是这样。让老年人理解自己所说的话意味特别深长吧。

（五）“他跪拜、哭泣、诵读祈祷书，向上帝请教自救之道，但在心之深处却感到这一切都是无聊的事情，没有谁会救自己的。”

（六）为了使所谓“野蛮人”变成文明人而传授自己教会信仰的牧师们是多么可怕，是多么可惊的不逊和疯狂呵！

（七）被我们称做世界的是由意识和被意识到的东西这两部分所合成的。没有意识，也就没有世界吧？但是，却不能说：没有世界，也就没有意识吧？可不是吗？

（八）在言语上我们常常说：不要跟人谈及他所难于理解的事物。但是，在实际上，我们却往往不能自制，完全无益地浪费唇舌，感情激动地对那些人谈着他们所不理解的事情。

（九）一切利己的生活，都是非理性的、动物的生活。未成年的孩子们和动物的生活就是这样的。但是，所有利己的生活对于有理性的成年人而言，都是一种不自然的状态——跟疯狂相同。然而，世上大部分的妇女在儿童时代都过着合法的利己生活；其次生活于动物的家庭爱的利己主义，以及生活于利己的夫妇爱，不久就依靠孩子们而生活。失去外部的利己生活，具备着思虑和辨别，但依旧还是缺少普遍的博爱精神而停留在动物的状态中。这种女性的生活状态是很可怕的，然而却是极普通的。

（十）你想要为别人服务，劳动者想要劳动，但要为工作而得到利益，必定要有工具。不但是这样，而且必定要有最好的工具。可是，你是怎么样的呢？具备着各种物质、性格、习惯、知识等等的你，果然能够从自身提出为万众服务的最好的工具吗？对于你，必要的事情，并不是服务于人，而是服务于上帝。而服务于上帝这件事情——是明白的、被规定了的，那就是你要扩大自己内心的爱。由于扩大自己内心的爱，你就不得不服务于人们。而你，对于自己，对于人们，对于上帝，都同样有必要服务。

（十一）不幸的并不是受到痛苦的人，而是将痛苦给予他人的人。

（十二）所有的人都处在成长的过程当中，因而不能把任何人加以否定。可是，有些人，他们在现在的境地过于隔绝和无知，我们只好完全像对待孩子般地去对待他们。即我们虽然爱、尊敬、庇护他们，但不能够跟他们站在同一水准，也不能够向他们要求对于他们所缺少的东西的理解。但有一件事情使得这样地对待这些人更加困难，那就是孩子们具有知识欲和真实性，而这些成了人的“孩子们”却缺乏这些东西；反之，他们保留着冷淡以及对于自己所不理解的东西的否定，而最重要的一点就是自信太过。

生活的道路

——［俄国］托尔斯泰

一个人如要不虚度自己的一生，他必须知道，
什么是他该做的和不该做的。
为了知道这一点，
他必须理解他自己和他生活在其中的那个世界是怎么一回事。

一个人如要不虚度自己的一生，他必须知道什么是他该做的和不该做的。为了知道这一点，他必须理解他自己和他生活在其中的那个世界是怎么一回事。这是各民族最英明、最善良的人们一直在传授的。全部这些学说在主要方面彼此之间是一致的，也与每个人的理智和良心对他的启示相一致。这个学说是这样的。

除了我们看到的、听到的、探索到的和从人们那儿知道的东西之外，还有一些我们所没有看到的、没有听到的、没有探索到的和任何人也没有告诉过我们的，但却是世界上我们最理解的东西，这就是赋予我们以生命并被我们称之谓“我”的东西。

我们承认赋予我们以生命的无形之源在一切活的生物身上都有，尤其在与我们类似的生物——人的身上特别活跃。

我们在自己身上意识到的和在与我们类似的生物——人身上承认的、赋予全部生物以生命的、万有的无形之源，我们称之为灵魂；而赋予全部生物以生命的、万有的无形之源本身，我们称之为上帝。

人们的肉体使人们的灵魂彼此分离并与上帝分离，人们的灵魂力求与它们所分离的东西融合，通过爱达到与别人的灵魂融合，而与上帝融合则依靠自己的宗教意识。人生的意义和幸福就在于通过爱和自己的宗教意识日益与别人的灵魂和上帝融合。

人的灵魂与其他生物和上帝的日益融合也是人的日益幸福，是通过灵魂摆脱妨碍人类之爱与自己的宗教意识的障碍取得的，那些障碍是罪孽，即对肉欲的放纵、诱惑，或对幸福的错误理解、迷信，即为罪孽与诱惑辩解的错误学说。

妨碍人类与其他生物及上帝统一的罪孽有：

贪吃之罪，即贪食与酗酒；

淫乱之罪，即放荡的性生活；

游手好闲之罪，是将自己从满足自己需要的必要的劳动中解脱出来；

贪财之罪，是用别人的劳动成果来获取和保存财产；

罪孽之中最坏的莫过于使人们分离，如嫉妒、恐惧、斥责、敌意、愤怒，总之对人们不怀好意。阻止人的灵魂通过爱与上帝及其他生物融合的罪孽，就是这些。

吸引人们犯罪的诱惑是对人际关系的错误认识，也就是骄傲的诱惑，即自己优于其他人的错误认识。

不平等的诱惑是可能把人分成最高等和低等人的错误认识。

支配他人的诱惑是一部分人有可能和有权利用暴力安排另一部分人的生活的错误认识。

惩治人的诱惑是一部分人有权为了公道或者改造而对人行恶的错误认识。

虚荣的诱惑是人的行为准则没有从理智和良心出发，是对人间的意见与法规的错误认识。

吸引人们犯罪的诱惑就是这些。为罪孽和诱惑辩解的迷信是国家的迷信、教会的迷信和科学的迷信。

国家的迷信认为少数游手好闲之徒统治大多数劳动人民是必要的和有益的。

教会的迷信是这样的信念：不断地给人们以启迪的宗教真理被发现了，攫取到教给人们正确信念的权利的某些人才拥有惟一的表现得尽善至美的这种宗教理论。

科学的迷信是这样的信念：一切人的生活所必要的、惟一的、正确的知识仅仅是那些偶然从浩瀚的知识领域择选出来的、形形色色的片断，大部分是些不需要的知识，这些知识在一定时间内引起少数人的注意，他们摆脱了生活必需的劳动，因而过着一种不道德和不合理性的生活。

罪孽、诱惑和迷信，一面阻止灵魂与其他生物和上帝融合，一面又剥夺人们仅有的幸福，因此为了人们能够享有这种幸福，应当与罪孽、诱惑和迷信作斗争，为此，人应尽力而为。

这种努力永远受人控制，首先是因为它仅仅发生在眼前的一瞬间，即发生在超越时间的那一点上，在那种情况下，过去与将来相接近，人永远是自由的。

其次，这些努力受人们控制，还因为它们不是去完成某些可能完成不了的行为，而仅仅要求对人来说永远可能的克制，即努力克制违背爱他人和认识人自身的宗教意识的行为。

对肉欲的放纵把人引向一切罪孽，因此为了与罪孽作斗争，人们需要努力克制放纵的行为、言论和思想，即努力超脱肉体。

一部分人有凌驾于其他人之上的优越性的错误认识，把人引向一切诱惑。因此为了与诱惑作斗争，人应该努力克制自己凌驾于其他人之上的行为、言论和思想，即努力使自己谦虚起来。

对虚伪的认可把人引向一切迷信，因此为了同迷信作斗争，人应该努力克制自己有违真理的行为、议论和思想，即力求真实。

放弃个人利益、谦虚和诚实的努力，在人身上消除通过爱使他的灵魂与其他生物和上帝融合的障碍的同时，又给予他永远是他可能获得的幸福，因而人所想像的恶无非是表示：人错误地理解自己的生活和不去做那惟他所特有的幸福允许他做的一切。

人所想像的死亡，同样如此，仅仅对于那些认为自己的生命处于时间之流失之中的人而言才是存在的。而对那些认识生命的真谛、认为生命是人在现时为了摆脱阻挠他与上帝和其他生物融合的一切而作出努力的人来说，没有，也不可能有死亡。

对于理解自己的生命像它应该被理解的那样的人来说，惟有通过爱，惟有依靠人在现时的努力才能获得对自己宗教意识的认识而使自己的灵魂日益与一切生物和上帝融合，不存在肉体死亡之后他的灵魂会怎么样的问题。灵魂过去没有，将来也不会有，而永远只存在于现在。至于肉体死亡之后，灵魂将如何认识自己，人不应该知道，也不需要知道。

为了使人不把自己的精神力量集中于关心自己个人的灵魂在想像出来的另一个未来世界中的地位，而仅仅专注于取得现今这个世界完全确定的、没有任何力量能破坏的、与一切生物和上帝结合的幸福，人不应该知道，也不需要知道他的灵魂以后会怎样，因为如果他理解自己的生命，就像它应当被理解的那样，把它看作是自己的灵魂与其他生物的灵魂以及与上帝不断的、越来越紧密的融合，那么他的生命就不可能是别的，而只可能是他的追求，即任何什么也破坏不了的幸福。

生活是美好的

——［俄国］契诃夫

为了不断地感到幸福，那就需要：
（一）善于满足现状；
（二）很高兴地感到："事情原本可能更糟呢。"

生活是极不愉快的玩笑，不过要使它美好却也不很难。为了做到这点，光是中头彩赢20万卢布，得个"白鹰"勋章，娶个漂亮女人，以好人出名，还是不够的——这些福分都是无常的，而且也很容易习惯。为了不断地感到幸福，那就需要：（一）善于满足现状；（二）很高兴地感到："事情原本可能更糟呢。"这是不难的。要是火柴在你的衣袋里时燃起来了，那你应当高兴，而且感谢上苍：多亏你的衣袋不是火药库。

要是有穷亲戚上别墅来找你，那你不要脸色发白，而要喜洋洋地叫道："挺好，幸亏来的不是警察！"

要是你的手指头扎了一根刺，那你应当高兴："挺好，多亏这根刺不是扎在眼睛里！"

如果你的妻子或者小姨练钢琴，那你不要发脾气，而要感激这份福气：你是在听音乐，而不是在听狼嗥或者猫叫。

你该高兴，因为你不是拉长途马车的马，不是寇克的"小点"，不是旋毛虫，不是猪，不是驴，不是茨冈人牵的熊，不是臭虫……你要高兴，因为眼下你没有坐在被告席上，也没有看债主在你面前，更没有跟主编土尔巴谈稿费问题。如果你不是住在十分边远的地方，那你一想到命运总算没有把你送到边远地方去，岂不觉着幸福？

要是你有一颗牙痛起来，那你就该高兴：幸亏不是满口的牙痛。

你该高兴，因为你居然可以不必读《公民报》，不必坐在垃圾车上，不必一下子跟三个人结婚……

要是你被送到警察局去了，那就该乐得跳起来，因为多亏没有把你送到地狱的大火里去。

要是你挨了一顿桦木棍子的打，那就该蹦蹦跳跳，叫道："我多运气，人家总算没有拿带刺的棒子打我！"

要是你妻子对你变了心，那就该高兴，多亏她背叛的是你，不是国家。

依此类推……朋友，照着我的劝告去做吧，你的生活就会欢乐无穷了。

在生活面前

——［前苏联］高尔基

只有那些奋力抛弃繁多欲望，
而投身于实现一个愿望的人，
才是自由的人。

在生活面前站着两人，两人都对生活不满，于是生活问他们："你们对我期待什么？"其中一位疲倦地说道：

"你本身的矛盾太残酷，这使我感到愤懑。我的理智无力理解你的真谛。在你面前，我的心灵里是一片莫名其妙的昏暗。我的意识告诉我，人是万物中最优秀的……"

"你想问我要什么？"生活冷冰冰地问道。

"要幸福！……为了我的幸福你必须调解我心灵里两种相矛盾的原则：一是'我想要的'，一是'你应该给的'。"

"那你就期待你应该得到的东西吧！"生活严肃地说。

"我不想成为你的牺牲品！"他愤慨地扬声说道，"我想当生活的主宰，可我现在必须俯首弯腰服从生活的法则、受到它的重压——这是为什么？"

"喂，你讲干脆点！"另外一个人说道。他站得离生活近些。可前者不理会后者的话，继续说道："我要生活的自由，我要生活得万事如意的自由；我不愿因为义务而当他人的附属品——不管是同伴或者奴仆；我要想当什么就当什么——即使是当同伴或者奴仆也要随我的心愿。我不愿做社会的一砖一瓦，因为社会为修建自己福利的牢笼，而把我想放哪里就随意放哪里。我是人，是生活的灵魂和理智，我应该是自由的！"

"请停一下！"生活说，"你讲多了，我知道你往下还要说些什么。你想当自由的人！那好吧，你就当自由人吧！你来同我斗，你斗过了我，你就能当我的主人，我就是你的奴仆。你知道，我生性冷酷，缺乏热情，但对胜利者是恭顺的。在斗过我的前提下，你能为自身的自由同我斗争吗？你行吗？你有足够的力量战胜我吗？你相信自己的力量吗？"

可这个人沮丧地说：

“你逼使我同你斗争，你像磨石一样，仿佛要把我的理智磨成一把利刃，可这把利刃却深深地刺进和伤害了我的心灵。”

“您跟生活说话要严肃点，不要牢骚满腹。”第二个人说。

可前者毫不理会，还继续说：

“我受不了你的重压，我要休息。啊，让我尝尝幸福吧！”

生活冷冰冰地笑了一下，问道：

“你说吧，你是向我要求还是祈求？”

“祈求。”那人的回答像回音那么细柔。

“你祈求的样子简直像个没出息的乞丐，但是，我的可怜虫，我必须对你讲清——生活是不行施舍的。你知道什么呢？一个自由的人，他不会向我祈求，他会自己来向我索取我的赠品……而你，只不过是你自己欲望的奴仆。只有那些奋力抛弃繁多欲望，而投身于实现一个愿望的人，才是自由的人。明白了吗？去吧！”

他明白了，于是像狗一样躺倒在冷酷的生活脚下，祈求悄悄地享受点从生活的餐桌上扔弃的残饭剩菜。

这时，严峻的生活把她那双冷漠的目光转向另外一个人——那人脸形粗犷，但却善良。

“你祈求什么？”

“我不是祈求，我是要求。”

“要求什么？”

“公理在哪儿？你把公理给我。其他的一切我以后再要。现在我需要公理。我长期而耐心地等待，我靠劳动生活，没有休息，没有光明。我一直在等待……相信公理总是有的。公理在哪儿呢？”

生活无动于衷地答道：“你去夺取吧！”

论 生 活

——［前苏联］车尔尼雪夫斯基

我们的生活美不美好、伟不伟大，
完全依赖于我们自己对待生活的态度。
平庸人们的生活才是空虚和无味的。

一个人活在世上，如果没有一种高尚的思想存在于他的大脑中，那么他只能是四肢发达的行尸走肉，他与四肢动物有何差别呢？然而，光有高尚的思想，而没有足够的力量来实现这种思想，那这种思想又有什么价值呢？所以，只有肯为高尚思想而奋斗终生的人才是伟大的。

想一想，我们有什么是最可爱的呢？惟一的答案是生活。因为我们的一切欢乐、我们的一切幸福、我们的一切希望都与生活紧密相连。

我们的生活美不美好、伟不伟大，完全依赖于我们自己对待生活的态度。平庸人们的生活才是空虚和无味的。

人的一生不可能每次都步行于漂亮光滑的柏油路上，我们会不时来到田野沼泽地，也许一不小心还会掉入泥泞的陷阱。其中，关键是看我们选择的行程。

我为什么生活

——［英国］罗　素

三种单纯而极其强烈的激情支配着我的一生，
那就是对于爱情的渴望，对于知识的寻求，
以及对于人类苦难痛彻肺腑的怜悯。

三种单纯而极其强烈的激情支配着我的一生，那就是对于爱情的渴望，对于知识的寻求，以及对于人类苦难痛彻肺腑的怜悯。这些激情犹如狂风，把我伸展到绝望边缘的深深苦海上东抛西掷，使我的生活没有定向。我追求爱情，首先因为它叫我销魂，爱情令人销魂的魅力使我常常乐意为了几小时这样的快乐而牺牲生活中的其他一切。我追求爱情，又因为它减轻孤独感——那种一个颤抖的灵魂望着世界边缘之外冰冷而无生命的无底深渊时所感到的可怕的孤独。

我追求爱情，还因为爱的结合使我在一种神秘的缩影中提前看到了圣者和诗人曾经想像过的天堂，这就是我所追求的。尽管人的生活似乎还不配享有它，但它毕竟是我终于找到的东西。

我以同样的热情追求知识。我想理解人类的心灵，我想了解星辰为何灿烂，我还试图弄懂毕达歌拉斯学说的力量，我在这方面略有成就，但不多。

爱情和知识只要存在总是向上通往天堂，但是怜悯又受饥荒煎熬，无辜者被压迫者折磨，孤弱无助的老人在自己的儿子眼中变成可恶的累赘，以及世上触目皆是孤独、贫困和痛苦——这些都是对人类生活的嘲弄。我渴望能减少罪恶，可我做不到，于是我也感到痛苦。

这就是我的一生。我觉得这一生是值得活的。如果真的可能再给我一次机会，我将欣然重活一次。

一位西方哲学家无意间在古罗马城的废墟里发现一尊“双面神”神像。这位哲学家虽然学贯古今，却对这尊神很陌生，于是问神像：“请问尊神，你为什么一个头，两副面孔呢？”

双面神回答：“因为这样才能一面察看过去，以吸取教训；一面瞻望未来，以给人憧憬。”

“可是，你为何不注视最有意义的现在?”哲人问。“现在?”双面神茫然。

哲人说：“过去是现在的逝去，未来是现在的延续，你既无视于现在，即使对过去了若指掌，对于未来洞察先机，又有什么意义呢?”双面神听了，突然号啕大哭起来，原来他就是没把握住“现在”，罗马城才被敌人攻陷，因此他遭人丢弃在废墟中。

在希望中生活

——［英国］狄克斯

请抬高你的头，挺直你的腰，心中充满希望，
热切地接受大自然给予你的一切。
用你机智的头脑警觉周围的一切变化，
勇敢地面对明天的日子带给你的希望、梦想和目标。

请抬高你的头，挺直你的腰，心中充满希望，热切地接受大自然给予你的一切。用你机智的头脑警觉周围的一切变化，勇敢地面对明天的日子带给你的希望、梦想和目标。让一切有碍你进步的琐细烦恼、失望、不自信都见鬼去吧！

在障碍面前，有人会被吓得心惊胆战，有人则会把它当做一块踏脚石。至于你会用它来攀登上进或颠踬下坠，要看你接近它时的心情而定。

假若我们已经尽可能地做到最好，以自己累积的经验来面对生活时，却仍然大大地跌了一跤，这真是一件令人十分遗憾的事。如果摔跤过后，我们已经失去了重头开始的资本，那么这样的损失将会使我们更加难以接受。

可是，我们面对生活的信心尚存，我们追求的人生目标尚存，既然我们能活着，就一定有活着的道理，那么，这一切的惨痛又算得了什么呢！

生活的写意

——［法国］蒙　田

我们最豪迈、最光荣的事业乃是生活的写意。
一切其他事情：执政、致富、建造产业，
充其量也不过是这一事业的点缀和从属。

跳舞的时候我就跳舞，睡觉的时候我就睡觉。

即便我一个人在幽美的花园中散步，倘若我的思绪一时转到与散步无关的事物上去，我也会很快将思绪收回，令其想想花园，寻味独处的愉悦，思量一下我自己。天性促使我们为保证自身需要而进行活动，这种活动也就给我们带来愉快。慈母般的天性是顾及到这一点的。它推动我们去满足理性与欲望的需要，打破它的规矩则违背情理。

我知道恺撒与亚历山大就是在活动最繁忙的时候仍然充分享受着自然，这是必须的、正当的生活乐趣。我想指出，这不是要使精神松懈，而是使之增强。因为要让激烈的活动、艰苦的思索服从于日常生活习惯，那是需要有极大的勇气的。先贤们认为，享受生活乐趣是自己正常的活动，而战事才是非常的活动。他们持这种看法是明智的。我们倒是些大傻瓜。我们说："他这一辈子一事无成。"或者说："我今天什么事也没有做……"怎么！您不是也生活了吗？这不仅是最基本的活动，而且也是我们诸活动中最有光彩的。如果我能够处理重大的事情，我本可以表现出我的才能。您懂得考虑自己的生活，懂得运用安排它吗？那您就做了最重要的事了。天性的表露与发挥作用无需异常的境遇。它在各个方面乃至在暗中也都表现出来，就像在不设幕的舞台上一样。

我们的责任是调整我们的生活习惯，而不是去编排；是使我们的举止井然有序，而不是去打仗，去扩张领地。我们最豪迈、最光荣的事业乃是生活的写意。一切其他事情：执政、致富、建造产业，充其量也不过是这一事业的点缀和从属。

生活在大自然的怀抱里

——［法国］卢　梭

即使我所有的梦想变成现实，我也不会感到满足，
到时我会有新的梦想、新的期望、新的憧憬。

我每天都早起，为的是能在自家的花园里看日出。如果这是一个晴天，我最殷切的期望是不要有信件或来访者扰乱这一天的清静。

上午的时间我会用来处理各种杂事。每件事都是我乐意完成的，因为这都不是非立即处理不可的急事。我狼吞虎咽地吃饭，为的是躲避那些不受欢迎的来访者，并且使自己有一个属于自己的下午。

即使最炎热的日子，在中午一点钟前我也顶着烈日带着小狗芳夏特出发。我加紧了步伐，担心刚出门便被不速之客拦住去路。可是，一旦绕过一个拐角我觉得自己得救了，就激动而愉快地松了口气，自言自语地说："我可以自己拥有这个下午了！"接着我迈着平静的步伐，到树林中去寻觅一个荒野的角落，一个人迹不至因而没有任何奴役和统治印记的荒野的角落，一个只有我才能找到的幽静的角落，那儿不会有令人厌恶的第三者跑来横隔在大自然和我之间。那儿我可以随意饱览大自然为我展开的华丽图景。金色的燃料木、紫红的欧石南非常繁茂，映入我的眼帘，出入我的脑中，使我欣悦；我头上树木的宏伟、我四周灌木的纤丽、我脚下花草惊人的纷繁使我眼花缭乱，不知道应该观赏还是赞叹。这么多美好的东西竞相吸引我的注意力，使我在它们面前留步，从而助长我懒惰和爱空想的习惯，使我常常想："世界上最辉煌的所罗门和它们之中任何一个相比，也会自愧不如。"

我开始为这片美好的土地构想。我按自己的意愿在那儿立即安排了居民，我把舆论、偏见和所有虚假的感情远远驱走，使那些配享受如此佳境的人迁进这大自然的乐园。我将把他们组成一个亲切的社会，而我自己却不敢加入这个美妙的社会；我按照自己的喜好建造一个黄金的世纪，并用那些我经历过的给我留下甜美记忆的情景和我的心灵还在憧憬的情境充实这美好的生活。我多么神往着这样一个社会的建成，如此甜美、如此纯洁、如此远离人类的快乐。每每我如此的幻

想，我的眼泪就夺眶而出。啊！这个时刻，如果有关巴黎、我的世纪、我这个作家的卑微的虚荣心的念头来扰乱我的遐想，我就会怀着无比的厌恶将它们甩掉，使我能够专心陶醉于这些充溢我心灵的美妙的感情。然而，在遐想中，我承认当我沉醉于自己的幻想中时，我会突然地想哭。甚至即使我所有的梦想变成现实，我也不会感到满足，到时我会有新的梦想、新的期望、新的憧憬。我感到自己的身心有种莫名的空虚，有一种虽然我无法阐明但我感到需要的对某种其他快乐的向往。然而，这种向往也是一种快乐，因为我从中找到了心酸的浪漫——而这都是我不愿意舍弃的东西。

我尽可能地将自己的思想从低升高，转向自然界所有的生命，转向事物普遍的体系，转向主宰一切的不可思议的上帝。我神志不清地迷失于大千世界里，停止思维，停止冥想，停止哲学的推理；我怀着快感，感到肩负着宇宙的重压。许许多多伟大观念呈现于脑里，我喜欢任由我的想像在空间驰骋；我禁锢在生命的疆界内的心灵感到这儿过分狭窄，我在天地间不能呼吸，我希望投身到一个无限的世界中去。我相信，如果我能够洞悉大自然所有的奥秘，我也许不会体会这种令人惊异的心醉神迷，而处在一种没有那么甜美的状态里。我的心灵所沉醉的这种出神入化的佳境使我在亢奋激动中有时高声呼唤：“啊，我的老天！啊，我的老天！”但除此之外，我讲不出任何话来。

生活像做戏

——［日本］有岛武郎

我们的生活像做戏，
尤其是以文笔为生活的大部分的人们。

被称为世界三圣的释迦、基督、苏格拉底三人有一个共同点，这便是他们没有一个由自己执笔所写遗留给后世的东西。而这些人遗留后世的所谓说教，与如今的说教也有天壤之别。他们似乎不过只是对自己邻近所发生的事件呀，或者是些对人的质问之类，随意地提了一些自己的观点而已，并没有有组织地将那大哲学发表出来。可是，他们的日常谈话，居然会为后来的我们留下了大说教。

如果说这是巧合，那也太不可思议了，这使人反省我们的生活像做戏，尤其是以文笔为生活的大部分的人们。

怎样活着

——［古希腊］德谟克里特

应该做好人，或者向好人学习。
使人幸福的并不是体力和金钱，而是正直和公允。

卑劣地、愚蠢地、放纵地、邪恶地活着，与其说是活得不好，不如说是慢性死亡。

追求对灵魂好的东西，是追求神圣的东西；追求对肉体好的东西，是追求凡俗的东西。

应该做好人，或者向好人学习。

使人幸福的并不是体力和金钱，而是正直和公允。

在患难时忠于义务，是伟大的。

害人的人比受害的人更不幸。

做了可耻的事而能追悔，就挽救了生命。

不学习是得不到任何技艺、任何学问的。

蠢人活着却尝不到人生的愉快。

蠢人是一辈子都不能使任何人满意的。

医学治好身体的毛病，哲学解除灵魂的烦恼。

智慧生出三种果实：善于思想，善于说话，善于行动。

人们在祈祷中恳求神赐给他们健康，却不知道自己正是健康的主宰。他们的无节制戕害着健康，他们放纵着情欲，自己背叛了自己的健康。

通过对享乐的节制和对生活的协调，才能得到灵魂的安宁。缺乏和过度惯于变换位置，将引起灵魂的大骚动。摇摆于这两个极端之间的灵魂是不安宁的。因此应当把心思放在能够办到的事情上，满足于自己可以支配的东西。不要光是看着那些被嫉妒、被羡慕的人，思想上跟着那些人跑。倒是应该将眼光放到生活贫困的人身上，想想他们的痛苦，这样，就会感到自己的现状很不错。很值得羡慕了，就不会老是贪心不足，给自己的灵魂造成苦恼。因为一个人如果羡慕财主，羡慕那些被认为幸福的人，时刻想着他们，就会不由自主地不断搞出些新花样。

由于贪得无厌，终于做出无可挽救的犯法行为。因此，不应该贪图那些不属于自己的东西，而应该满足于自己所有的东西，将自己的生活与那些更不幸的人比一比。想想他们的痛苦，你就会庆幸自己的命运比他们的好了。采取这种看法就会生活得更安宁，就会驱除掉生活中的几个恶煞：嫉妒、眼红、不满。

被拨弄的生活

——［印度］泰戈尔

今日我说被拨弄的生活富有成果
——盛放死亡的供品的器皿里，
凝积的痛楚已经挥发，
它的奖赏置于光阴的祭坛上。

下午我坐在码头最后一级石阶上，碧澄的河水漫过我的赤足，潺潺逝去。

多年生活的残羹剩饭狼藉的餐厅远远落在后面。

记得消费安排常常欠妥。手头有钱的时光，市场上生意萧条，货船泊在河边，散集的钟声可恶地敲响。

早到的春晓唤醒了杜鹃；那天调理好琴弦，我弹起一支歌曲。

我的听众已梳妆停当，桔黄的纱丽边缘掖在胸前。

那是炎热的下午，乐曲分外倦乏、凄婉。

灰白的光照出现了黑色锈斑。停奏的歌曲像熄灯的小舟，沉没在一个人的心底，勾起一声叹息，灯再没点亮。

为此我并不悔恨。

饥饿的离愁的黑洞里，日夜流出激越的乐曲之泉。阳光下它舞蹈的广袖里，嬉戏着七色光带。

淙淙流淌的碧清的泉水，融和子夜诵读的音律。

从我灼热的正午的虚空，传来古典的低语。

今日我说被拨弄的生活富有成果——盛放死亡的供品的器皿里，凝积的痛楚已经挥发，它的奖赏置于光阴的祭坛上。

人在生活旅途上跋涉，是为寻找自己。歌手在我心里闪现，奉献心灵的尚未露面。

我望见绿荫中，我隐藏的形象，似山脚下微波不漾的一泓碧水。

暮春池畔的鲜花凋败，孩童漂放纸船，少女用陶罐汩汩地汲水。

新雨滋润的绿原庄重、广袤、荣耀，胸前簇拥活泼的游伴。

年初的飓风猛扇巨翅，如镜的水面不安地翻腾，烦躁地撞击环围的宁谧——兴许它蓦然省悟：从山巅疯狂飞落的瀑布已在山底哑默的水中屈服——囚徒忘掉了以往的豪放——跃过山岩，冲出自身的界限，在歧路被未知轰击得懵头懵脑，不再倾吐压抑的心声，不再急旋甩抛隐私。

我衰弱、憔悴，对从死亡的捆绑中夺回生命的叱咤风云的人物一无所知，头顶着糊涂的坏名声踽踽独行。

在险象环生的彼岸，知识的赐予者在黑暗中等待；太阳升起的路上，耸入云际的人的牢狱，高昂着黑石砌成的暴虐的尖顶；一个个世纪用受伤的剧痛的拳头，在牢门上留下血红的叛逆的印记；历史的主宰拥有的珍奇，被盗藏在魔鬼的钢铁城堡里。

长顺荡着神王的呼吁："起来，战胜死亡者!"

擂响了鼓皮，但安分的无所作为的生活中，未苏醒搏杀的犷悍；协助天神的战斗中，我未能突破鹿砦占领阵地。

在梦中听见战鼓咚咚，奋进的战士的脚下火把的震颤，从外面传来，溶入我的心律。

世世代代的毁灭的战场上，在焚尸场巡回进行创造的人的光环，在我的心幕上黯淡了下来；我谨向征服人心、以牺牲的代价和痛苦的光华建造人间天堂的英雄躬身施礼!

幸福的价值

生活幸福的价值不是固定不变的，
如寒暑表一样，
它有时会升高，有时会降低。

——费尔巴哈

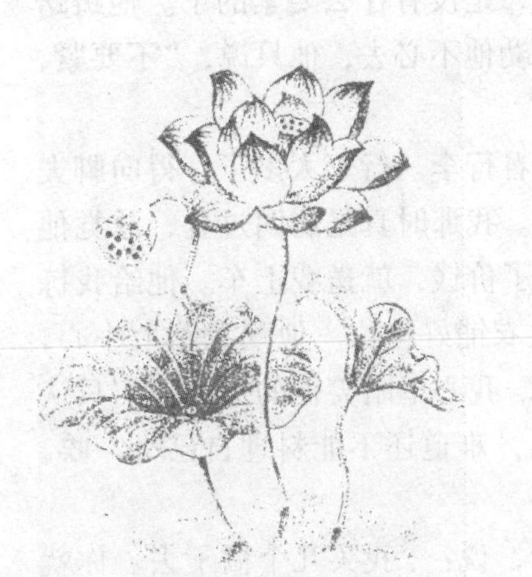

背　影

——［中国］朱自清

我心里暗笑他的迂；
他们只认得钱，托他们直是白托！
而且我这样大年纪的人，难道还不能料理自己么？
唉，我现在想想，那时真是太聪明了！

我与父亲不相见已二年余了，我最不能忘记的是他的背影。那年冬天，祖母死了，父亲的差使也交卸了，正是祸不单行的日子，我从北京到徐州，打算跟着父亲奔丧回家。到徐州见着父亲，看见满院狼藉的东西，又想起祖母，不禁簌簌地流下眼泪。父亲说："事已如此，不必难过，好在天无绝人之路！"

回家变卖典质，父亲还了亏空；又借钱办了丧事。这些日子，家中光景很是惨淡，一半为了丧事，一半为了父亲赋闲。丧事完毕，父亲要到南京谋事，我也要回北京念书，我们便同行。

到南京时，有朋友约去游逛，勾留了一日；第二日上午便须渡江到浦口，下午上车北去。父亲因为事忙，本已说定不送我，叫旅馆里一个熟识的茶房陪我同去。他再三嘱咐茶房，甚是仔细。但他终于不放心，怕茶房不妥帖；颇踌躇了一会。其实我那年已二十岁，北京已来往过两三次，是没有什么要紧的了。他踌躇了一会儿，终于决定还是自己送我去。我两三回劝他不必去；他只说，"不要紧，他们去不好！"

我们过了江，进了车站。我买票，他忙着照看行李。行李太多了，得向脚夫行些小费，才可过去。他便又忙着和他们讲价钱。我那时真是聪明过分，总觉他说话不大漂亮，非自己插嘴不可。但他终于讲定了价钱，就送我上车。他给我拣定了靠车门的一张椅子；我将他给我做的紫毛大衣铺好坐位。他嘱我路上小心，夜里警醒些，不要受凉。又嘱托茶房好好照应我。我心里暗笑他的迂；他们只认得钱，托他们直是白托！而且我这样大年纪的人，难道还不能料理自己么？唉，我现在想想，那时真是太聪明了！

我说道，"爸爸，你走吧。"他望车外看了看，说："我买几个橘子去。你就在此地，不要走动。”我看那边月台的栅栏外有几个卖东西的等着顾客。走到那边月台，须穿过铁道，须跳下去又爬上去。父亲是一个胖子，走过去自然要费事些。我本来要去的，他不肯，只好让他去。我看见他戴着黑布小帽，穿着黑布大马褂、深青布棉袍、蹒跚地走到铁道边，慢慢探身下去，尚不大难。可是他穿过铁道，要爬上那边月台，就不容易了。他用两手攀着上面，两脚再向上缩；他肥胖的身子向左微倾，显出努力的样子。这时我看见他的背影，我的泪很快地流下来了。我赶紧拭干了泪，怕他看见，也怕别人看见。我再向外看时，他已抱了朱红的橘子望回走了。过铁道时，他先将橘子散放在地上，自己慢慢爬下，再抱起橘子走。到这边时，我赶紧去搀他。他和我走到车上，将橘子一股脑儿放在我的皮大衣上。于是扑扑衣上的泥土，心里很轻松似的，过一会说，“我走了；到那边来信!”我望着他走出去。他走了几步，回过头看见我，说：“进去吧，里边没人。”等他的背影混入来来往往的人里，再找不着了，我便进来坐下，我的眼泪又来了。

近几年来，父亲和我都是东奔西走，家中光景是一日不如一日。他少年出外谋生，独力支持，做了许多大事。那知老境却如此颓唐！他触目伤怀，自然情不能自已。情郁于中，自然要发之于外；家庭琐屑便往往触他之怒。他待我渐渐不同往日。但最近两年的不见，他终于忘却我的不好，只是惦记着我，惦记着我的儿子。我北来后，他写了一信给我，信中说道：“我身体平安，惟膀子疼痛利害，举箸提笔，诸多不便，大约大去之期不远矣。”我读到此处，在晶莹的泪光中，又看见那肥胖的，青布棉袍，黑布马褂的背影。唉！我不知何时再能与他相见！

沐浴

——［中国］庐 隐

抬眼看着那些浴罢微带娇慵的女人们，
她们是多么自然的，对着亮晶晶的壁镜理发擦脸，
抹粉涂脂，这时候她们依然是一丝不挂，并且她们忽而起立，
忽而坐下，忽而一条腿竖起来半跪着，
各式各样的姿势，无不运用自如。

说到人，有时真是个怪神秘的动物，总喜欢遮遮掩掩，不大愿意露真相；尤其是女人，无时无刻不戴假面具，不管老少肥瘠，脸上需要脂粉的涂抹，身上需要衣服的装扮，所以要想赏鉴人体美，是很不容易的。

有些艺术团体，因为画图需要模特，不但要花钱，而且还找不到好的，——多半是些贫穷的妇女，看白花花的洋钱面上，才不惜向人间现示色相，而她们那种不自然的姿势和被物质所压迫的苦相，常常给看的人一种恶感，什么人体美，简直是怪肉麻的丑像。

至于那些上流社会的小姐太太们，若是要想从她们里面发见人体美，只有从细纱软绸中隐约的曲线里去想象了。在西洋有时还可以看见半裸体的舞女，然而那个也还有些人工的装点，说不上赤裸裸的。至于我们礼教森严的中国，那就更不用提了。明明是曲线丰富的女人身体，而束腰扎胸，把个人弄得成了泥塑木雕的偶像了。所以我从来也不曾梦想赏鉴各式各样的人体美。

但是，当我来到东京的第二天，那时正是炎热的盛夏，全身被汗水沸湿，加之在船上闷上好几天，这时要是不洗澡，简直不能忍受下去。然而说到洗澡，不由得我蹙起双眉，为难起来。

洗澡，本是极平常的事情，何至于如此严重？然而日本人的习惯有些别致。男人女人对于身体的秘密性简直没有。在大街上，可以看见穿着极薄极短的衫裤的男人和赤足的女人。有时从玻璃窗内可以看见赤身露体的女人，若无其事似的，向街上过路的人们注视。

他们的洗澡堂，男女都在一处，虽然当中有一堵板壁隔断了，然而许多女人

脱得赤条条的在一个汤池里沐浴，这在我却真是有生以来破题儿第一遭的经验。这不能算不是一个大难关吧。

"去洗澡吧，天气真热！"我首先焦急着这么提议。好吧，拿了澡布，大家预备走的时候，我不由得又踌躇起来。

"呵，陈先生，难道日本就没有单间的洗澡房吗?"我向领导我们的陈先生问了。

"有，可是必须到大旅馆去开个房间，那里有西式盆汤，不过每次总要三四元呢。"

"三四元！"我惊奇的喊着，"这除非是资本家，我们那里洗得起。算了，还是去洗公共盆汤吧。"

陈先生在我决定去向以后，便用安慰似的口吻问我道："不要紧的，我们初来时也觉着不惯，现在也好了。而且非常便宜，每人只用五分钟。"

我们一路谈着，没有多远就到了。他们进了左边门的男汤池去。我呢，也只得推开女汤池这边的门，呵，真是奇观，十几个女人，都是一丝不挂的在屋里。我一面脱鞋，一面踌躇，但是既到了这里，又不能作唐明皇光着眼看杨太真沐浴，只得勉强脱了上身的衣服，然后慢慢的脱衬裙袜子，……先后总费了五分钟，这才都脱完了。急忙拿着一块大的洗澡毛巾，连遮带掩的跳进温热的汤池里，深深的沉在里面，只露出一个头来。差不多泡了一刻钟，这才出来，找定了一个角落，用肥皂乱擦了一遍，又跳到池子里洗了洗，就算万事大吉。等到把衣服穿起时，我不禁嘘了一口气，严紧的心脉才渐渐的舒畅了。于是悠然自得的慢慢穿袜子。同时抬眼看着那些浴罢微带娇慵的女人们，她们是多么自然的，对着亮晶晶的壁镜理发擦脸，抹粉涂脂，这时候她们依然是一丝不挂，并且她们忽而起立，忽而坐下，忽而一条腿竖起来半跪着，各式各样的姿势，无不运用自如。我在旁边竟得饱览无余。这时我觉得人体美有时候真值得歌颂，——那细腻的皮肤，丰美的曲线，圆润的足趾，无处不表现着天然的艺术。不过有几个鸡皮鹤发的老太婆，满身都是瘪皱的，那还是披上一件衣服遮丑些。

我一面赏鉴，一面已将袜子穿好，总不好意思再坐着呆看。只得拿了毛巾和换下来的衣服，离开这现示女人色相的地方了。

在回家的路上，我的神经似乎有些兴奋，我想到人间种种的束缚，种种的虚伪，据说这些是历来的圣人给我们的礼赐——尤其严重的是男女之大防，然而日本人似乎是个例外。究竟谁是更幸福些呢?

微不足道的事情

——［中国］周国平

人活着总得做点什么，
既然找不到最有价值的事情，
就只好做微不足道的事情。

有一个善于反省的人，在他生命中的某一天，突然省悟到自己迄今所做的全是微不足道的事情。他想到生命的短暂，不禁为自己虚度了宝贵的光阴而痛心。于是他发誓用剩余的生命做成一件最有价值的事情。许多年过去了，他一直在寻找那件足以使他感到不虚此生的最有价值的事情。可是，他没有找到。结果，他什么事也没有做，既没有做微不足道的事情，也没有做最有价值的事情。

终于有一天，他又一次反省自己，不愿再这样无所事事地生活。人活着总得做点什么，既然找不到最有价值的事情，就只好做微不足道的事情。所以，现在他怀着一种宿命的安乐心情，做着种种微不足道的事情。

快乐的共鸣

——［中国台湾］罗　兰

我们的每一天都要靠自己去涂上彩色，
否则，它就可能是一片空白。

我们的每一天都要靠自己去涂上彩色，否则，它就可能是一片空白。

这彩色就是生活的内容。当你度过了充实、活跃而有成绩的一天，到了晚上，才觉得日子没有白过，而人生也就因此而有乐趣。

朋友A从国外回来，带来了许多漂亮的彩色纸、绸、纱和毛料。还带来了许多手工艺的书。闲时和爱好工艺的朋友一同做纸花、缝靠垫、做壁饰；每做成一件，就约朋友来欣赏一下。一面喝茶、谈谈天，日子里充满了乐趣。当这些工艺品积多了之后，就开个展览会给更多的人来欣赏。

她说："小快乐才是构成人生乐趣的主要旋律。"

朋友B在郊区买了一幢小小的市民住宅。因为房坐落在山脚下，风景绝佳，就常约三五好友，带上一点野餐，偷闲半日，去山上寻幽探胜，山坡上跑跑，小庙里坐坐，一面谈谈文章或人生心得。所费无几，生活却有了浪花，心情就不会呆滞。

他说："又何必一定要跑到远处去观光?"

朋友C家中有个小小的后园，于是种花植树成了生活的最大乐趣。偶尔去乡下走走，带回一些柳枝、昙茎、兰根，试着栽培。小园里随时有新叶新花，闲时约好友同来欣赏，趣味盎然。他说："创造的快乐并不难求呢!"

朋友D平时工作甚忙，但他却每月抽出半日，办了一个文友雅聚。下午2时至5时，茶点招待。朋友们随时可来，有事即可早退。因为不是正式聚餐，没有人数多少的负担。来三五人、八九人、十数人，都可聚晤，茶点既无客数限制，临时人多，也不难立刻添补，可说是最自如的聚会。

他说："友情即是乐趣。又何必一定享受高官厚禄，或得奖出名才觉快乐呢?"

成功与荣誉的得来非易。它们是大快乐，要靠多少年的辛苦耕耘。而它的目标无止境，成功之外另有更大的成功在等待你去追求；荣誉之外另有更大的荣誉在吸引你去获取，如果你只能在成功与荣誉得来的那一刻才感到快乐，那么你日常的人生必然只剩下紧张、焦灼与苦闷了。

何况成功与荣誉贵在有人愿意与你分享。日常只顾奔忙，而忽略了友情，则即使成功与荣誉集于一身，又有什么真正的乐趣呢？

尤其当退休之后，一生繁华似乎都已过去。如果没有适当的方法来使生活充实，就只有凄惶待毙了。那又岂是当初努力辛勤工作的本意？

人生的意义在于尽量把握有生之年，发挥自己的所长，并享有宽舒和美的乐趣。

发挥自己所长是向自己内心去发掘、去充实、去磨炼。享有宽舒和美的人生乐趣，是向周围环境的付出。把自己所知、所有、所得，与别人分享。你会觉得生活的空间广大开朗；生活的内容丰富多彩，日子就不会枯燥乏味了。

快乐不是一条单音的旋律；它需要来自多种音响的协奏与共鸣。它不单是发射，而更需要回应。

当你有心情聆听林间鸟语，你会听到它们的鸣唱总是此起彼应，越唱越有精神。

爱是生命

——［中国台湾］刘　墉

爱是生命，
生命是为了爱！

到一个朋友家做客，她一面为大家斟酒，一边说大孩子该出门约会了。果然，话才完，大孩子就从楼上下来，匆匆冲出门去。

吃饭时，她一面端菜，一边对丈夫说“该开演了”。原来当天晚上，他家的老三在学校有表演。

饭后聊天，她一边为大家倒茶，一边说“老二该到家了”。跟着就见老二进门。

“好像三个孩子全在你的算计中。”我笑道。

“不是在算计中，是挂在心里面。”她指指心，“我这个做妈的，没办法把自己拆成三份，但是可以把心分成三份。”

“每个孩子三分之一？”

常听做父母的问孩子：“你比较爱爸爸，还是比较爱妈妈？”常听子女不平地问父母：“你们比较爱哥哥、姐姐，还是爱我？”

也听过夫妻吵架，一方质问对方：“你到底爱我，还是爱你妈？”

问题是，爱像蛋糕吗？这边切多一点，那边就剩少一些。抑或爱能同时向几个对象表达出100%？

曾在电视里，看见一位贫苦的黑人母亲，搂着她的一群儿女说：“我很穷，幸亏我有许多子女，许多爱。我能给他们每个人100%的生命，也能给他们每个人100%的爱。爱就是生命！”

爱是生命，生命是为了爱！当我们能为所爱牺牲生命时，就表现了100%的爱，因为牺牲的是100%的生命。只是，我们惟有一个身体，却可能有许多“生死与之的爱”。使我们常不得不放下一群羊，去找另一只迷失的羊。如同那位母亲，扔下一个孩子，去找另一个，再回头找这一个。

或许这就是爱的矛盾吧！我们与其恨自己有太多的爱，却只有一个身体、一个生命，不如说：

“谢谢上苍，你虽给我一个身体，却能让我有许多爱，爱自己、爱亲人、爱朋友、爱大地、爱生命。每个爱都是真真实实、完完全全。且愈爱愈深、永永远远……”

我要笑遍世界

——［美国］奥格·曼狄诺

我要用笑声点缀今天，我要用歌声照亮黑夜；
我不再苦苦寻觅快乐，我要在繁忙的工作中忘记悲伤；
我要享受今天的快乐，它不像粮食可以贮藏，更不似美酒越陈越香。
我不是为将来而活，今天播种今天收获。

我要笑遍世界。

只有人类才会笑。树木受伤时也会流“血”，禽兽也会因痛苦和饥饿而哭嚎哀鸣，然而，只有我才具备笑的天赋，可以随时开怀大笑。从今往后，我要培养笑的习惯。

笑有助于消化，笑能减轻压力，笑是长寿的秘方。现在我终于掌握了它。

我要笑遍世界。

我笑自己，因为自视甚高的人往往显得滑稽。千万不能跌进这个精神陷阱。虽说我是造物主最伟大的奇迹，我不也是沧海一粟吗？我真的知道自己从哪里来，到哪里去吗？我现在所关心的事情，十年后看来，不会显得愚蠢吗？为什么我要让现在发生的微不足道的琐事烦忧我？在这漫漫的历史长河中，能留下多少日落的记忆呢？

我要笑遍世界。

当我受到别人的冒犯时，当我遇到不如意的事情时，我只会流泪诅咒，却怎么笑得出来呢？有一句至理名言，我要反复复习，直到它们深入我的骨髓，让我永远保持良好的心境；这句话传自远古时代，它们将陪我渡过难关，使我的生活保持平衡。这句至理名言就是：这一切都会过去。

我要笑遍世界。

世上种种，到头来都会成为过去。心力衰竭时，我安慰自己，这一切都会过去；当我因成功洋洋得意时，我提醒自己这一切都会过去；穷困潦倒时，我告诉自己这一切都会过去；腰缠万贯时，我也告诉自己这一切都会过去。是的，昔日修筑金字塔的人早已作古，埋在冰冷的石头下面，而金字塔有朝一日也会埋在沙土下面。如果世上种种终必成空，我又为何对今天的得失斤斤计较？

我要笑遍世界。

我要用笑声点缀今天，我要用歌声照亮黑夜；我不再苦苦寻觅快乐，我要在繁忙的工作中忘记悲伤；我要享受今天的快乐，它不像粮食可以贮藏，更不似美酒越陈越香。我不是为将来而活，今天播种今天收获。

我要笑遍世界。

笑声中，一切都显露本色。我笑自己的失败，它们将化为梦的云彩；我笑自己的成功，它们恢复本来面目；我笑邪恶，它们远我而去；我笑善良，它们发扬光大。我要用我的笑容感染别人，虽然我的目的自私，但这确是成功之道，因为皱起的眉头会让顾客弃我而去。

我要笑遍世界。

从今往后，我只因幸福而落泪，因为悲伤、悔恨、挫折的泪水毫无价值，只有微笑可以换来财富，善言可以建起一座城堡。

我不再允许自己因为变得重要、聪明、体面、强大而忘记如何嘲笑自己和周围的一切。在这一点上，我要永远像个小孩子一样，因为只有做回小孩子，我才能尊敬别人；尊敬别人，我才不会自以为是。

我要笑遍世界。

只要我能笑，就永远不会贫穷。这也是天赋，我不再浪费它。只有在笑声和快乐中，我才能真正体会到成功的滋味。只有在笑声和欢乐中，我才能享受这劳动的果实。如果不是这样的话，我会失败，因为快乐是提味的美酒佳酿。要想享受成功，必须先有快乐，而笑便是那佳酿。

我要快乐。

我要快乐。

我要走向卓越

——［美国］奥格·曼狄诺

世上的所有生物，
包括人类，都具有求助的本能。

就算是没有信仰的人，遇到灾难的时候，不是也呼求神的保佑吗？一个人在面临危险、死亡或一些未见过或无法理解的神秘之事时，不也曾失声大喊吗？每一个生灵在危险的刹那都会脱口而出的这种强烈的本能是源自于哪里呢？

把你的手在别人眼前出其不意地挥一下，你会发现他的眼睑会因此而本能地一眨；在他的膝盖上轻轻一击，他的腿会立即跳动；在黑暗中吓一个朋友，他会本能地大叫一声“啊！”

不论你信不信宗教，这些自然现象都是无法否认的。世上的所有生物，包括人类，都具有求助的本能。为什么我们会有这种本能，这种反应呢？

其实，我们发出的喊声，不正是一种祈祷的方式吗？人们无法理解，在一个受自然法则统治的世界里，上苍将这种求救的本能赐予了羊、驴子、小鸟、人类，同时也规定这种求救的声音应被一种超凡的力量所推动才能作出回应。从今天开始，我要祈祷，但是我只求指点迷津。

我从不求物质的满足。我不祈求有仆人为我送来食物，不求屋舍、金银财宝、爱情、健康、小的胜利、名誉、成功或者幸福。我只求得到指引，指引我获得这些东西的途径，我的祈祷都有回音。

我所祈求的指引，可能得到，也可能得不到，但这两种结果都属于是一种回音，正如一个孩子向爸爸要面包，面包没有到手，也是作为父亲为孩子的答复。

我要祈求指导，以一个推销员的身份来祈祷——

万能的主啊，帮助我吧！今天，我独自一人，赤裸裸地来到这个世上，没有你的双手指引，我将远离通向成功与幸福的道路。

我不求金钱或衣衫，甚至不求适合我的能力的机遇，我只求您引导我获得适合机遇的能力。

您曾教狮子和雄鹰如何利用牙齿和利爪觅食。求您教给我如何利用言辞谋生，如何借助爱心得以兴旺，使我能成为人中的狮子，商场上的雄鹰。

帮助我！让我经历挫折和失败后仍能谦恭待人，让我看见胜利的奖赏。

把别人不能完成的工作交给我，指引我在他们的失败中撷取成功的种子。让我面对恐惧，好磨炼我的精神。给我勇气嘲笑自己的疑虑和胆怯。

赐给我足够的时间，好让我达到目标。帮助我珍惜每日如最后一天。

引导我言出必行，行之有果。让我在流言蜚语中保持缄默。

鞭策我，让我养成一试再试的习惯。教我使用平衡法则的方法。让我保持敏感，得以抓住机会。赐给我耐心，得以集中力量。

让我养成良好的习惯，戒除不良嗜好。赐给我同情心，同情别人的弱点。让我知道一切都将过去，却也能计算每日的恩赐。

让我看出何谓仇恨，使我对它不再陌生。但让我充满爱心，使陌生人变成朋友。

但这一切祈求都要合乎您的意思。我只是个微不足道的人物，就像那孤零零挂在藤上的葡萄。然而您使我与众不同。事实上，我必须有一个特别的位置。指引我，帮助我，让我看到前方的路。

当您把我种下，让我在世界的葡萄园里发芽，让我成为您为我计划的一切。

帮助我这个谦卑的推销员吧！

主啊，请您指引我！

珍爱光明

——［美国］海伦·凯勒

倘若每一个人在他的青少年时期都经历一段瞎子与聋子的生活，
那该是多么美妙的事啊！
黑暗将使他更加珍惜光明，
寂静将使他更加喜爱声音。

有些时候，我不说话，脑袋里却在寻思：倘若每一个人在他的青少年时期都经历一段瞎子与聋子的生活，那该是多么美妙的事啊！黑暗将使他更加珍惜光明，寂静将使他更加喜爱声音。

我经常询问我那些身体毫无残疾的朋友们，问他们看到了什么。有一天，我的一位好友来看我，她说她刚才在森林里散步，突然想来看我，我问她都看到了些什么，她回答说："一切都是老样子。"如果我不是习惯听这样的回答，那我一定会对它表示怀疑，因为我早就知道，那些美好的东西眼睛是看不到的。

我常自言自语，在森林里走了一个多小时，却没有发现什么值得注意的东西，这怎么可能呢？因为我这个瞎了眼睛的人，仅仅靠触觉就能发现许许多多有趣的东西。我清楚地感受着匀称的嫩叶，我爱抚地用手摸着白柳树光滑的外皮，或是松树粗糙的表皮。春天，我摸索着找寻树枝上的芽苞，寻找着大自然冬眠后醒来的第一个标志。奇特卷曲的光滑花瓣在我手中散发着清香。我在大自然的怀抱里感受着千奇百怪的事物。偶尔，如果幸运的话，我把手轻轻地放在一棵小树上，就能感觉到小鸟放声歌唱时的欢蹦乱跳。我喜欢让清凉的泉水从张开的指间流过。对于我来说，能走在轻软的草地上或芬芳的落叶铺成的道路上，比起走在豪华的波斯地毯上更幸福。四季的变换就像一幕幕令人激动的、无休无止的戏剧，它们的行动从我的指间流过。

有时，我在内心里呼唤着，请求给我一双明亮的眼睛吧。仅仅摸一摸就给了我如此巨大的欢乐，如果能看到，那该是多么令人高兴啊！然而，那些有视力的人却麻木地感受着世界，他们对充满绚丽多彩的景色和千姿百态的表演，都认为是理所当然的。人类就是这个毛病，对已有的东西往往一点都不珍惜，却去向往那些自己所没有的东西，这是非常可惜的，在光明的世界里，将视力的天赋只看做是为了方便，而不看做是充实生活的手段。

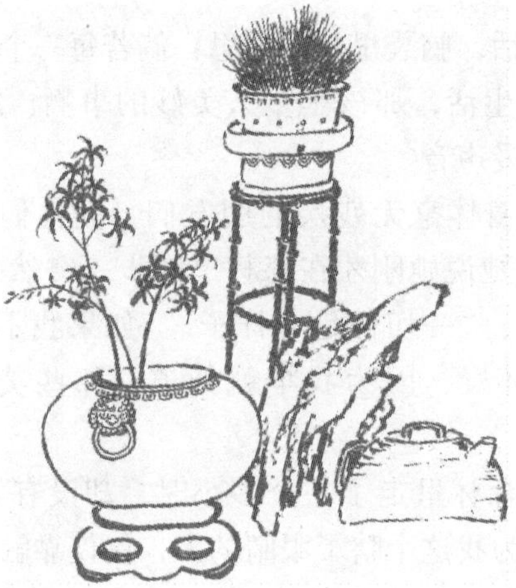

天　国

——［美国］海伦·凯勒

如果我们深信不疑世界上真的有天国，
它只是存在于自己心中，而不在身体之外别的什么地方，
那就没有所谓的“另一个世界”，
而我们所应该做的不外乎竭尽全力地去做、去爱，不断地盼望，
并用此时此刻我们心中天国的绚烂多姿的光彩去照亮、去驱散我们四周的漆黑。

在我的心灵最深处，信心之火正冉冉升起。当我想像从尘世梦里醒来却有身处天国的感觉，那美妙的滋味犹如在饥饿中获得了一块奶酪，而它正冒着热气，阵阵香气扑面而来。几多甘甜和欣慰，心态得以平衡。我一直以为，并且从没有动摇过，我所失去的每个亲人、朋友，都是尘世和那个早晨醒来时的世界之间的新的联系者，虽然我已无法听到他们亲切的话语，虽然我心中仍保留着悲切，然而我又不禁为他们倍感高兴。

我不能明白为什么人会惧怕死亡，死亡其实没什么了不起。尘世的喧嚣生活，支离破碎又寡淡乏味，而死去则是永恒的生命，是一种精神的永存。明白这一点，我们又何必悲悲切切呢！我常常想，倘若有一天，当我一觉醒来，我恢复了光明，那么，我会选择在我心目中的乡村生活，我坚定的思想，使我不听话的眼睛不把视线投向那些转瞬之间即逝即变的景物。

倘若有百万分之一的机会能使那些先我而去的亲人死而复活，那我定会赴汤蹈火，甘冒万死之风险去争取这样的机会，而不会因犹豫、迟疑让他们的灵魂不安或有怨言。一旦事后发现并非如此，我将尽量不在离去者的欢乐上投下阴影，因为还有一个不朽的机会。我有时想，天上人间，究竟谁最需要欢娱，是那些已死去的人，还是如今活着的人？如果都是靠了一个太阳，在人世的阴影下想像，那黑暗的感觉将是何等真切！

当我们为崇高、纯洁的情和爱所感动时，想起已逝去的人，心内顿觉无限温馨，感到有一股力量在缩小我们与他们之间的距离，这的确是件美妙的事。有这种信念，就会有力量去改变死者的面貌，使不幸转变成为赢得胜利的奋斗，为那

些连最后一点支持力量都已经被剥夺掉的人们点燃激励之火。如果我们深信不疑世界上真的有天国，它只是存在于自己心中，而不在身体之外别的什么地方，那就没有所谓的“另一个世界”，而我们所应该做的不外乎竭尽全力地去做、去爱，不断地盼望，并用此时此刻我们心中天国的绚烂多姿的光彩去照亮、去驱散我们四周的漆黑。

天国不是虚幻的，它比人们想像中的样子要美一千倍，那是一个欢乐、祥和的实体，一个崭新的世界，那里没有自私，没有争斗，只有慈祥，只有互助。当天使缓缓经过时，她会抛下知识的黄金果实，让世人采用，那里的人永远生活在爱的氛围之中。

智慧的力量

——［美国］爱默生

一个人必须对自己的缺陷心存敬意，
而对自己的才能要敬畏有加。

智慧的力量是强大的。在智慧的疏导下，任何一股喷泻而出并且气势汹汹地要吞噬我们的混乱的浊流，都会成为有益的力量。我们应该明白，命运掌握在有智慧人的手里。汪洋恣肆的海水不费吹灰之力就可以淹没船只和水手，就像淹没一粒灰尘一样。可是，一旦人类学会游泳，学会驾御风帆，曾经淹没人类和船只的海水就会被他们劈开，它就会像载着自己的泡沫一样负载着他们，宛如一叶羽毛为一种动力所运载。寒冷从来就不会体谅人们的凉热，它穿透你的皮肉，刺痛你的血液，把人冻得僵硬麻木。可是，一旦你学会了滑雪，那么，它就会给你提供一种优雅、甜蜜和富有诗意的运动。寒冷能够刺激你的四肢，振奋你的大脑，激励你，鞭策你，促使你在成长的道路上飞奔，成为走在时代最前列的先锋。

寒冷和大海将锤炼出一个天下至尊的撒克逊民族。上苍不忍心抛弃这个坚韧的民族，而且，在把这个民族封闭于大洋彼岸的英格兰1000年之后，大自然又赐予了100个英格兰，100个墨西哥。它将吞并和统治所有的生命，而不仅仅是几个墨西哥——海水与蒸汽的奥秘、电流的奔波震荡、金属的可塑性、空气动力汽车、有舵气球……这一切的一切，都在等待着你，等待着你的探索和发现。

斑疹伤寒曾是危害人类肆虐的疾病之一，每年，死于它的人数远远超过了战争的屠杀。然而，只要掌握了正确的排液方法，就可以消灭斑疹伤寒。航海时，由于坏血病而导致的灾难可以通过柠檬汁和其他可以携带或者可以获得的食品来加以消除。霍乱与天花引起的人口减少，已经由于排液和接种疫苗而告结束。而其他任何一种瘟疫也都同样连接在因果的链条之上，只要我们破译了其中的密码，就可以击退它们，驯服它们。每当我们用人工去抽取毒液，通常都能从被征服的敌人身上抢夺出某些有益的东西。任性的洪水在人的疏导下，变为听话的仆人，为人们辛苦劳作；野兽可以成为人们的食品、衣服，或者用来进行劳动；化学爆炸已为人们所控制，人们对付爆炸，犹如摆弄钟表一般。这一切，原先的洪水猛兽，现在都已成为人类驯服的骏马。人类以各种各样的方式运动，以马的腿，以风的翅膀，以蒸汽，以气球的气体，以电力……他踮起脚来，宣称要凭借自己的本领去猎取那只雄鹰。他要使一切的一切都成为他的奴役。

直到不久之前，蒸汽还是令我们惊恐不安的恶魔。任何一位壶匠或黄铜匠，在制作水壶的时候，都不得不在它的盖子上留下一个释放这个魔鬼的小孔，以免被激怒的它兴风作浪，掀起水壶和屋顶，甚至将整幢房屋掀倒、摔碎。然而，沃塞斯特侯爵、瓦特和富尔顿却认为：哪里有动力，那里就有上帝，而非恶魔。动力必须为人类所发现和利用，而决不能白白地浪费掉。这头恶魔能够如此轻而易举地把水壶、屋顶和房屋掀起来吗？那它就正是他们所要寻找的大力士工人。他可以被利用去掀走、封锁和强迫另外那些更加难以对付和危险的恶魔，譬如，大面积的泥土、高山、水的重量或阻力、机械以及世界上一切人们的劳动。他将延长时间，缩短空间。

即使是迄今为止最为高级的蒸汽，现在也没有产生过什么不同的结果。大众的舆论曾经是这个世界上最为令人害怕的事情。那些喜欢娱乐的民族曾经做过尝试：要么把它们驱散，要么把它们羁押在重重社会阶层之下——第一层是士兵，然后是领主，最上面是一位堂皇的国王。并且，用城堡、军队和警察的锁链和镣铐加以牵制、桎梏。

但是，有时候，宗教的原则会乘虚而入，进入其间，冲破这一切铁与火的牢笼，并且把置于其上的每一座高山都撕裂、颠覆。那些政治上的富尔顿们和瓦特们相信统一性。他们早就看出来了，看出大众的舆论是一种巨大的动力。通过满足这种动力（因为正义令每一个人满意），通过对社会进行一种不同的安排——把它集合在一个相同的层次上，而不是把它堆积起来形成一座山；他们努力地因势利导，使那件可怕的事情变成一个国家的最无害处和最有生气的形式。

我承认，对命运絮絮叨叨地进行说教是非常讨厌的。又有谁愿意让一位衣冠楚楚、文质彬彬的颅相学家来对他的命运下结论呢？又有谁愿意相信：在他的头颅、脊椎和骨盆里，早就种下了撒克逊或凯尔特民族所特有的恶德呢？——他曾经对自己寄予多高的期望啊，他曾经笃信广阔天地，大有作为，可是现在，这些恶德却断言，他不过是一头自私自利、大吹大擂、奴颜屈膝、胆小怕事的动物。一位渊博的医生曾经告诉我，对于那不勒斯人，这一事实也毫不例外：当他们长大成人之后，就会变成地地道道的无赖。这虽然有些夸张，但也不是无稽之谈。

但是，这一切不过是仓库和军械库。一个人必须对自己的缺陷心存敬意，而对自己的才能要敬畏有加。因为，一项出类拔萃的才能总是过多地汲取他的力量，使他枯萎、凋落；而另一种缺陷，却在背后默默地为他加油，滋补他那日益干涸的源泉，使生命的杠杆保持平衡。忍耐是犹太人最为明显的标记，现在，它已经使犹太人成为地球统治者的君王。如果命运是矿石和采石场，如果邪恶在发展的过程中发生善的作用，如果局限性就是我们应有的力量，如果灾害、敌对势力、重负就是使我们飞翔的翅膀和方法——那么，我们有什么理由不欢迎它呢？

我的菜园

——［美国］霍　桑

其实，家里有个菜园是多好的一件事，
种菜并不会花很大的力气，
可就是这点点力气却会使那几棵菜吃起来特别香甜。

其实，家里有个菜园是多好的一件事，种菜并不会花很大的力气，可就是这点点力气却会使那几棵菜吃起来特别香甜。但你从菜农那里买来的菜，就不会有这么好吃了。没有子女的男人，不妨种几种蔬菜，他就可以领略一点父亲的乐趣：随便一颗种子，南瓜也好，豆子玉蜀黍也好，即使一棵草、一盆花、一枝杂草也好，亲手种在土里，从小到大，亲手栽培，看它生长，其中乐趣无穷。假如所种的东西不多，你记得每棵蔬菜的模样，那么，你对它更会有特别的兴趣。

我的菜园就在古屋林荫道的两旁，大小恰到好处，每天早晨花一两个钟头照料一下就够了。可是我一天总要去看它十几次，因为它们是我的蔬菜儿女。我看着他们，深深沉思，爱护之心油然而生。那些没有蔬菜儿女的人，决不能想像到我心中的感觉，更不会体会到我心头的爱。

满山豆苗，穿土而出；或者一排早春的豌豆，新绿初头，远远望去，刚好是一条淡淡的绿线——天底下最迷人的景色也不过如此。稍后几个星期，某种豆花怒放，蜂雀飞来采蜜，——天使般的小鸟竟飞到我的玉液杯琼浆盏里来吸取它们的仙家饮食，我看在眼里，美到心里。夏季黄瓜的黄花总吸引着无数的蜜蜂，它们探身入内，乐而忘返，也为我带来了许多乐趣，尽管它们的蜂房在何处我并不知道，而且它们采的花露所酿成的蜜我也吃不到。我的菜园只是施舍，不求报偿，于是我看见蜜蜂一群一群地吸饱了花露随风飞去，我很乐于让它们采蜜，因为天下一定有人能吃到它们的蜜；人生中有那么多辛酸的坎儿，天下能多一点蜜糖，总是好事。这样想着，我似乎已经吃上了蜜糖。

讲起夏季南瓜，它们各种不同的美丽的形体实在也值得一谈，它们长得如瓮如瓶，有深有浅；皮有一色无花的，也有起纹如瓦楞的，形体变化无穷，那么美的东西，人的双手是从没有塑造过的。如果雕刻家到南瓜田去一看，一定可以学到不少。我的菜园里有一百个南瓜，它们在我眼里，都值得用大理石雕刻，永久保存的。假如上帝能多给我些钱，我一定要定做一套碗碟，材料用金子，或者用顶细洁的瓷土，至于碗的形状，一定要如同我亲手种植出来的藤上的南瓜。这种碗碟不管是用来盛饭，还是用来装水果，都是别有一番情趣的。

我在菜园里辛勤工作，仅仅是满足我严格的爱美之感而已。冬季南瓜虽然长了一根弯脖子，没有夏季南瓜好看，可是光看它们从小到大的变化过程，也会为我带来一种快慰之感。瓜刚出生时，仅是一团小块，花的残瓣还依附在外。又过些日子，成了圆圆的大个儿，头部还钻在叶子里不让人见，但黄黄胖胖的腰杆却挺了出来，迎接中午时分的太阳。我美滋滋地看着，心里想：凭着我的力量居然做了件这么有意义的事情，世界上因此增添了新的生命。别看南瓜不会说话，不会行动，可它们真的是有生命的，你的手可以摸得出来，你的心可以体会得到，你看见了心里就会觉得高兴。白菜亦是如此——尤其是早熟的荷兰白菜，它的腰围大得可怕，最后常常连心脏都会炸裂的——我们能够参与天地造物之功，栽培出这样大的白菜，心里不由得会自豪。

讲到最后，最大的乐趣还在这里：我们亲手将自己的蔬菜孩子做成午餐、晚餐，放在桌子上，然后我们就像希腊神话中的萨腾大神一样，把自己的孩子吞进肚里。

最美好的时刻

——［美国］贝　尔

我们每个人的一生想必都有一个最美好的时刻。

我们每个人的一生想必都有一个最美好的时刻。

八岁那一年，我拥有了人生中的这一时刻。那是一个春天的夜晚，我突然醒了，睁开眼睛，看见屋里洒满了月光，四周静悄悄的，一点声音也没有。屋内充满了大自然带来的温暖清香。

我从床上起身，轻轻地走出屋子关上了身后的门，母亲正坐在门廊的石阶上，她抬起头，看见了我，笑着点点头，伸出一只手拉我挨着她坐下，另一只手就势把我揽在怀里。整个乡村万籁俱寂，临近的屋子都熄了灯，月光是那么清晰、透明。远处，大约一英里外的那片树林，断断续续地传来了一只只野兔子和小松鼠的欢笑和奔跑的声音；还有那田野里，花园的角落里，花草树木正悄悄探出头。

那些红的桃花、白的梨花，很快就会飘散零落，留下的将是初结的果实；那些野李子树也会长出滚圆的、像一盏盏灯笼似的野李子，在经过太阳烤炙、风吹雨打以后，它会变得又酸又甜；还有那青青的瓜藤，绽开着南瓜似的花朵，花朵里满是蜜糖，等待着早晨蜜蜂的来临，然而，要不了多时，它会变成一条条令你垂涎的甜瓜，你却再也找不到清香的花朵了。啊，在这无边无际的宁静中，生命——这种神秘的东西，既摸不着，也听不见。只有大自然那无所不能、温柔可爱的手在抚弄着它——正在运动着，它在生长，它在壮大。

当然，八岁的我还不会想得那么多，我那时还不知道自己正沉浸在这无边无际的宁静中。不过，当我看见一颗星星挂在雪松的树梢上时，我被深深地迷住了；当我的耳旁传来了一只不知名的小鸟在月光下婉转啼鸣时，我的心里有一种说不出的欢喜；当我的手触到母亲的手臂时，我感到自己是那么安全、那么舒坦。

生命在活动，地球在旋转，江河在奔流。这一切对我来说也许是莫名其妙的事情，也许已经使我模糊地想到：这一定是天使为我捎来的最美好的时刻。

幸福是什么

——［美国］丽莎·普兰特

事实上，只有真实的自我才能让人真正地容光焕发，
当你只为真实的自己而活，并不在乎外在的虚荣，
幸福感将会润泽你干枯的心灵，就如同雨露滋润干涸的大地。

我躲避在大自然的角落里，寻找幸福。在我看来，幸福来源于“简单生活”。那些成功、财富和荣誉，只属于虚荣的人，真正的幸福来自于发现真实独特的自我，保持心灵的宁静。

有人说，“简单生活”就意味着苦行僧般的清苦生活，辞去待遇优厚的工作，靠微薄的存款过活，并清心寡欲，但这是对“简单生活”的误解。“简单”意味着“简洁、明了”，仅此而已。丰厚的存款，如果你喜欢，可用于收藏，重要的是要做到收支平衡，不要让金钱给你带来无谓的麻烦。无论是中产阶级，还是收入微薄的退休工人，都可以生活得尽量悠闲、舒适，在“简单生活”面前，人人平等。这个时代，不是人人都必须像梭罗一样带上一把斧子走进森林，才能获得平静安逸的感觉。关键是我们对待生活的方式，是我们是否愿意抵制媒体、商业向我们大力促销的“财富中心论”，是我们如何在日常生活中挖掘、发展生命的热情、真实和意义。

简单，是平息外部无休无止的喧嚣、回归内在自我的惟一途径。我们加班加点地拼命工作，以至于夜夜疲惫地倒在沙发上，是为了得到一幢倾心已久的别墅；或者是为了一次小小的提升，而默默忍受上司苛刻的指责，并一年到头赔尽笑脸；为了无休无止的约会，精心装扮，强颜欢笑，到头来回家面对的只是一个孤独苍白的自己的时候，我们真该扪心自问：为什么一定要这么做？它们对我就那么重要么？

简单的好处在于：也许我没有海滨前华丽的别墅，而只是租了一套干净漂亮的公寓，这样我就能节省一大笔钱来做自己喜欢的事，比如旅行或者是买上早就梦想已久的摄影机。我无需在上司面前唯唯诺诺，我自己要做自己的主人，提升并不是惟一能证明自己的方式，很多人从事半日制工作或者是自由职业，这样他

们就有更多的时间由自己支配。而且如果我不是那么太忙，能推去那些不必要的应酬，我将可以和家人、朋友交谈，和他们一起共享美妙的晚间生活。

我们总是把拥有物质的多少、外表形象的好坏看得过于重要，用金钱、精力和时间换取一种有目共睹的优越生活，却没有关心自己的心灵已一步步走向衰老。事实上，只有真实的自我才能让人真正地容光焕发，当你只为真实的自己而活，并不在乎外在的虚荣，幸福感将会润泽你干枯的心灵，就如同雨露滋润干涸的大地。

我们想要的越少，得到的幸福就越多，正如梭罗所说："大多数豪华的生活以及许多所谓的舒适的生活，不仅不是必不可少的，反而是人类进步的障碍，对于豪华和舒适，有识之士更愿过比穷人还要简单和粗陋的生活。"简单的生活有利于认清生命的价值。为了认清它，我们必须从清除嘈杂声和琐事开始，认清我们生活中出现的一切。保存那些必须拥有的，丢弃一切没有用的。

简单生活所追求的目标也很简单：增加舒畅，将会减少焦虑；保留真实，虚假将无处藏身；快乐多一点，悲伤就会滚蛋。外界生活的简朴将带给我们内心世界的丰富，从而我们将发现新生活在面前敞开，我们将变得更敏锐，能真正深入、透彻地体验和理解自己的生活；我们将为每一次日出、草木无声的生长而欣喜不已；我们将重新向自己喜爱的人们敞开心扉，表现真实的自然，热情地置身于家人、朋友之中，彼此关心，分享喜悦，真诚相对。那时我们将发现不能接近他人，因隔阂而不能相互沟通，不过是匆忙、疲惫造成的假象。只有当我们轻松下来，开始悠闲的生活才能体验亲密和谐，友爱无间，我们将不会迷恋于生活的虚伪中，而透切地聆听生活的美妙，让生长在大自然中的我们变得更加充实。

快乐是一种选择

——［美国］阿戴尔·拉腊

快乐是你对人生的态度，
这种态度在于你清洗百叶窗时听着咏叹调，
或收拾衣柜时依然兴致勃勃，快乐是家人围坐在餐桌边吃团圆饭，
快乐就在眼前并不需要你计划。

长期以来，人们总是在为了找寻快乐而忙忙碌碌，而专家告诉我们：为了快乐，我们应该做些事情——做出正确的选择，或是有一套正确的自我观念，到后来，我们的总统也关心起他子民的快乐问题，美其名曰《宣言》。

与此同时，还有另一种观念——快乐不是常常存在，它只是偶尔才会光临，如果我们总不快乐，那一定是遇到了什么麻烦。

然而，更多的人们所经历的并不是一种短暂的快乐状态，快乐是一件十分普通的事情，是一种被小品文作家休·普拉瑟称作是“由难以解释的问题、莫名其妙的成功与失败、很少有片刻完全的平静所组成”的混合物。

也许你会说你昨天刚哭完一场，因为你与老板之间有个误会，但是就真的没有快乐而且完全宁静的时候吗？在你拖着疲惫身躯回家的时候，你的爱人不是已为你做好了可口的饭菜了吗？你只记得昨天发生的最糟的事，却忘记在那一天当中，仍有很多美好的时光。

快乐就像是一位可爱、神奇的天使——她总会在你最不期望的时候到来，为你送上一些你梦寐以求的东西，而后又会消失无踪，留下许久没有散去的栀子花香，你无法预料她的出现，而只能在她下次来到时感谢她；你不能迫使快乐的降临——但当她在你身边时，你一定已流露出久违的笑脸。

当你满腹心事，想要在屋里摔东西时，请踱步到窗口，欣赏一下你身边的这个被落日照耀下的都市，请试着听听孩子们在昏暗的光线下打篮球的叫喊……现在感觉怎么样？不用说，你肯定已经完全忘记了刚才的不快。

快乐是你对人生的态度，这种态度在于你清洗百叶窗时听着咏叹调，或收拾衣柜时依然兴致勃勃，快乐是家人围坐在餐桌边吃团圆饭，快乐就在眼前并不需要你计划——等我明天一定高兴……

嘿，你看！她已经冲破乌云来到了我们的面前，你还在等什么呢？

工作与家庭感情

——［美国］亨利·门肯

获取幸福的手段除满意的工作以外，
就要数赫肯黎所谓的家庭感情了，
那是指与家人、朋友的日常交往。

我为什么要继续工作？我的人生中得到哪些满足？我之所以要继续工作，正与母鸡继续生蛋的理由相同。每一个活的生灵里都潜藏着一种天生的强大的、要积极行动的冲力。生命要求你积极地生活。无所作为对于一个健康的生物体来说既痛苦又有害，事实上几乎是不可能的，除非是一项新旧工作交替之间的间歇。惟有垂死的人才能真正地懈息！

我认为，获取幸福的手段除满意的工作以外，就要数赫肯黎所谓的家庭感情了，那是指与家人、朋友的日常交往。我的家庭曾遭受过重大的痛苦，但从未发生过严重的争执，也没有经历过贫困。我和母亲和姐妹在一起感到完全幸福；我和妻子在一起也感到完全幸福。经常和我交往的人大多是我多年的老朋友。我和其中一些人已有三十多年的交情了。我很少把结识不到十年的人视为知己。这些老朋友使我愉快。当工作完成时，我总是怀着迫切的心情去找他们。我们有着共同的情趣，对世事的看法也颇为相似。他们中的大多数都和我一样爱好音乐。在我的一生中，音乐给我带来了许多的欢愉，也给我的业余生活带来了巨大的满足。

幸福的篮子

——［俄国］沃兹涅先斯卡娅

幸福并不是成功、运气，
幸福就是那些快乐的时刻，
是自己的内心被什么事或人勾起的奇妙的喜悦。

那段日子我至今记忆犹新，它让我生活在“零度空间”，不能呼吸，我甚至想了结了自己。那是在安德鲁沙出国后不久，在他临走时，我俩第一次也是最后一次一起过夜。我知道我们已经结束了，他再也不会出现在我的生活里了。我不愿那样，于是，我陷入了极度痛苦、不能自拔的境地。一天，我路过一家半地下室式的菜店，见到一位美丽无比的妇人正踏着台阶上来——太美了，简直是拉斐尔《圣母像》的再版。我停了下来，凝视着她的脸——因为起初我只能看到她的脸。但当她走出来时，我才看清原来她的美貌还不及我的2/3，而且还驼背。我耷拉下眼皮，快步走开了。我羞愧万分……瓦柳卡，我对自己说，你四肢发育正常，身体健康，长相也不错，怎能为了一个男人把自己弄成人不像人、鬼不像鬼呢？打起精神来！比起刚才那位，你幸运多了……

我永远也忘不了那个长得像圣母一样的驼背女人。每当我在生活中再碰到什么坎坷时，她便出现在我的脑海里。

我就是这样学会了不让自己自怨自艾。而后，一位老太太教会了我幸福的秘诀。那次事件以后，我很快又陷入了烦恼，但那次我知道如何克服这种情绪。于是，我便去夏日乐园漫步散心。我顺便带了件快要完工的刺绣桌布，免得空手坐在那里无所事事。我穿上一件极简单、朴素的连衣裙，把头发在脑后随便梳了一条大辫子。又不是去参加舞会，只不过去散散心而已。

来到公园，找个空位子坐下，便飞针走线地绣起花儿来。一边绣，一边告诫自己：“没有什么了不起，要知道你是幸运的，打起精神！平静下来！”这样一想，确实平静了许多，我起身准备回家。恰在这时，坐在对面的一个老太太起身朝我走来。

“你这就要走吗？”她说，“哦，我的意思是想跟您聊聊。”

“那，好极了！”

她在我身边坐下，面带微笑地望着我说：“知道吗，我在对面盯了您半天了，真觉得是一种享受。现在像您这样的女子不多了。”

“什么？”

“在现代化的列宁格勒市中心，忽然看到一位梳长辫子的俊秀姑娘，穿一身朴素的白麻布裙子，坐在这儿绣花！简直想像不出这是多么美好的景象！我要把它珍藏在我的幸福之篮里。”

“什么，幸福之篮？”

“对！这是我的宝贝，一般的人我不会传授，但你……”她看着我问，“您希望自己幸福吗？”

“当然了，谁不希望自己幸福呀。”

“谁都愿意幸福，但并不是所有的人都懂得怎样才能幸福。我教给您吧，算是对您的奖赏。孩子，幸福并不是成功、运气，甚至爱情。您这么年轻，一定认为恋爱就幸福。不是的，幸福就是那些快乐的时刻，是自己的内心被什么事或人勾起的奇妙的喜悦。我坐在椅子上，看到对面一位漂亮姑娘在聚精会神地绣花，我的心就存在了这种喜悦。我已把这一时刻记录下来，为了以后一遍遍地回忆，我把它装进我的幸福之篮里了。这样，每当我难过时，我就打开篮子，将里面的珍品细细品味一遍，其中会有个我取名为夏日公园的刺绣姑娘的时刻。想到它，此情此景便会立即重现，我就会看到，在深绿的树叶与洁白的雕塑的衬托下，一位姑娘正在聚精会神地绣花。我就会想起阳光透过椴树的枝叶洒在您的衣裙上；您的辫子从椅子后面垂下来，几乎拖到地上；您凉鞋使您不舒服，您脱下它，赤着脚；凉凉的地面使您的脚趾头朝里弯。我也许还会想起更多，一些此时我还没有想到的细节。”

“太神奇了！”我惊呼起来，“一只装满幸福时刻的篮子！您什么时候发现的这个篮子？”

“那是一位智者教给我的。噢！您一定知道他，也许还读过他的作品。他就是阿列克桑德拉·格林。我们是老朋友，是他亲口告诉我的。在他的文章中，您能看到幸福的影子，遗忘生活中丑恶的东西，而把美好的东西永远保留在记忆中。但这样的记忆需经过训练才行，所以我就在心中收藏了这个幸福的篮子。”

我谢了这位老太太，朝家走去。路上我开始回忆从我记事以来的幸福时刻。直到现在，我的幸福之篮已经被填得满满的。

理想与幸福

——［前苏联］奥斯特洛夫斯基

虽然活着是非常美好的事，
但不能单单是为了活着，
我们还要斗争，还要赢得胜利！

车子、房子、票子、妻子、儿子，这些在我的理想之中所占比重较小。对我来说，最大的幸福莫过于做一名战士。个人的一切都不会永葆青春，都不能像公共事业那样万古长存。在为实现人类最大幸福的斗争中，要做一名永不掉队的战士，这就是我一直视为最崇高的目标。

最该死的人是自私自利者。须知，他只是为了自己才孤独寂寞地活在这个世界上。一旦抹掉了他们这个“我”字，他们也就形同枯槁，活着对他来说，再也没有任何意义了！但是，如果一个人不是为了自己而活着，而是为了整个社会呕心沥血，那他就可获得永生。因为，如要他灭亡，就首先要毁灭他周围的一切，毁灭整个国家和整个生活。我个人的死亡，只是自己生命的消失，可是我们的大军却一直向前，势不可挡。一个战士，即使他在镣铐锁身的情况下死去，但当他听到自己部队那胜利的欢呼声，他也会得到一种最终的、而且是至高无上的安慰。

拿我为例，活着的每一天都意味着要和巨大的苦痛作斗争。我是在说这十年来的日子。也许你们会说，怎么会天天看到我的微笑。这是发自内心的，饱含着幸福和欢乐的微笑。尽管我忍受着自己病躯的种种苦痛，但我仍然为我们国家的每一个胜利而欢欣鼓舞。因为这对于我来说，是最令我感到快乐的事，虽然活着是非常美好的，但不能单单只为了活着，我们还要斗争，还要赢得胜利！

现在，我觉得自己像冰雪融化那样越来越虚弱了。因此，我要比以往更加珍惜时间，趁我现在还能感到生命之火在心头燃烧，大脑神经还在闪光跳动。我虽经受了身体的巨大悲哀和不幸：双目失明、全身瘫痪、遍体疼痛。但是我仍然感到自己十分幸福。这倒不是因为政府奖赏了我。不，没有这些，我同样是快乐和幸福的！要知道，我所追求的绝不是这些加在我身上的物质的东西，我所追求的是比这高得多的幸福。

金　子

——［英国］莎士比亚

要是有一个人是谄媚之徒，那么谁都是谄媚之徒；
因为每一个按照财产多寡区分的阶级，都要被次一阶级所奉承；
博学的才人必须向多金的愚夫鞠躬致敬。

化育万物的神圣的太阳啊！把地上的瘴雾吸起，让天空中弥漫着毒气吧！同生同长、同居同宿的孪生兄弟，也让他们各人去接受不同的命运，让那贫贱的人被富贵的人所轻蔑吧！重视伦常天性的人，必须遍受各种颠沛困苦的凌虐；灭伦悖义的人，才会安享荣华。让乞儿跃登高位，大臣退居贱职吧；元老必须世世代代受人蔑视，乞儿必须享受世袭的光荣。有了丰美的牧草，牛儿自然肥胖；缺少了饲料它就会疲瘠下来。谁敢秉着光明磊落的胸襟挺身而起，说，“这人是一个谄媚之徒”？要是有一个人是谄媚之徒，那么谁都是谄媚之徒；因为每一个按照财产多寡区分的阶级，都要被次一阶级所奉承；博学的才人必须向多金的愚夫鞠躬致敬。在我们万恶的天性之中，一切都是歪曲偏斜的，一切都是奸邪淫恶的。所以，让我永远厌弃人类的社会吧！泰门憎恨形状像人一样的东西，他也憎恨他自己，愿毁灭吞噬整个人类！泥土，给我一些树根充饥吧！谁要是希望你给他一些更好的东西，你就用你最猛烈的毒物满足他的口味吧！咦，这是什么？金子！黄黄的、发光的、宝贵的金子！不，天神们啊，我不是一个游手好闲的信徒，我只要你们给我一些树根！这东西，只这一点点儿，就可以使黑的变成白的，丑的变成美的，错的变成对的，卑贱变成尊贵，老人变成少年，懦夫变成勇士。嘿！你们这些天神们啊，为什么要给我这东西呢？嘿，这东西会把你们的祭司和仆人从你们的身旁拉走，把壮士头颅底下的枕垫抽去；这黄色的奴隶可以使异教联盟，同宗分裂；它可以使受咒诅的人得福，使害着灰白色的宏病的人为众人所敬爱；它可以使窃贼得到高爵显位，和元老们分庭抗礼；它可以使鸡皮黄脸的寡妇重做新娘，即使她的尊容会使身染恶疮的人见了呕吐，有了这东西也会恢复三春的娇艳。来，该死的土块，你这人尽可夫的娼妇，你惯会在乱七八糟的列国之间挑起纷争，我倒要让你去施展一下你的神通。嘿！远处是军队奏出的鼓声吗？你还是活生生的，可是我要把你埋葬了再说。不，当那看守你的人已经疯瘫了的时候，你也许要逃走，且待我留着这一些作质——拿了若干金子。

论 迅 速

——［英国］培　根

所谓真正迅速的人，
是指做得成功而有效的人，
而非仅仅是把事情做得快的人。

急于求成的人是必须要小心的，要知道吃得太快会造成消化不良。

所谓真正迅速的人，是指做得成功而有效的人，而非仅仅是把事情做得快的人。譬如在赛跑中，优胜者并非步子迈得最急或脚抬得最高者；因此在事业上，迅速与否应该由工作质量来衡量。

某些人只追求表面上的快速。为了显示工作效率，就把并未结束的事草草了结。然而这往往是了而不结，其结果是一件本可以一次做完的事，却不得不回头重复多次。所以，有位伟人说得好："慢些，我们就会更快！"

然而另一方面，我们又应当追求真正的迅速。因为时间与事业的关系，有点像金钱与商品的关系。做事情费时太多，就意味着买东西付出了高昂的代价。古代的斯巴达和西班牙人是一向做事慢慢吞吞。因而有一句谚语说："我愿采用西班牙式的死法。"——意思是说，这样死亡可以来得慢一些。

别人在向你介绍情况时，最好首先耐心听，千万不要随意打断话头。因为话头一被打断，你便不得不从旧题上重复听一次。所以那些乱插话者，甚至比发言冗长者更令人讨厌。

对一句话或一件事的重复提出是浪费时间。但反复宣讲一件事的要点，使人易于抓住，效率也会由此上升。正如赛跑者不宜穿大袍，讲话不要过多拐弯抹角。这貌似谦虚，其实是在说废话。但应注意的是，对一个与自己意见不相投机者，讲话却有必要谦和而委婉，否则正像把盐撒入伤口，会使他持有的成见更深。

要追求卓越的迅速，就要善于安排工作的次序、分配时间和选择要点。只是要注意这种分配不可过于细密琐碎。善于选择要点就意味着不浪费时间，而不得要领的狂忙一阵等于乱放空炮。

做事最好的三个步骤——筹备、审议、执行。审议时应当博采众论、集思广益，但筹备和执行的人，应当是精简中的“极品”。

不要小看草案，它也是一个有助于提高效率的工具。即使这一草案在审议中被推翻，这也意味着事情有了进展，因为已否定了不可取的方案。这种否定犹如田野中的枯草，会作为以后新生植物的肥料。

宁　静

——［英国］罗　素

平静的生活是伟大的特征之一，
他们的快乐，在旁观者看来，不是那种令人兴奋的快乐。
没有坚持不懈的劳动，任何伟大的成就都是不可能的。

过度的兴奋不仅有害于健康，而且会使对各种快乐的欣赏能力变得脆弱，使得广泛的机体满足被兴奋所代替，智慧被机灵所代替，美感被惊诧所代替。我并不完全反对兴奋，一定的兴奋对身心是有益的，但是，同一切事物一样，问题出在数量上。数量太少会引起人强烈的渴望，数量太多则使人疲惫不堪。因此，要使生活变得幸福，一定的忍受力是必要的。这一点从开始就应该告诉年轻人。

一切伟大的作品都有令人生厌的章节，一切伟人的生活都有无聊乏味的时候。试想一下，一个现代的美国出版商，面前摆着刚刚到手的《旧约全书》书稿。不难想像这时他会发表什么样的评论，比如说《创世纪》吧。“老天爷！先生”，他会这么说，“这一章太不够味儿了。面对那么一大串人名——而且几乎没作什么介绍——可别指望我们的读者会发生兴趣。我承认，你的故事开头不错，所以开始时我的印象还相当好，不过你也说得太多了。把篇幅好好地削一削，把要点留下来，把水分给我挤掉，再把手稿带来见我。”现代的出版商之所以这么说，是因为他知道现代的读者对繁复感到恐惧。对于孔子的《论语》，伊斯兰教的《古兰经》，马克思的《资本论》，以及所有那些被当做畅销书的圣贤之书，他都会持这种看法。不独圣贤之书，所有精彩的小说也都有令人乏味生厌的章节。要是一部小说从头至尾，每一页都扣人心弦，那它肯定不是一部伟大的作品。伟人的生平，除了某些光彩夺目的时刻以外，总有不那么绚丽夺目的时光。苏格拉底可以日复一日地享受着宴会的快乐，而当他喝下去的毒酒开始发作时，他也一定会从自己的高谈阔论中得到一定的满足。但是他的一生，大半时间还是默默无闻地和他的妻子克姗西比一起生活，或许只有在傍晚散步时，才会遇见几个朋友。据说在康德的一生中，从来没有到过柯尼斯堡以外10英里的地方。达尔文，在他周游世界以后，余生都在他自己家里度过。马克思，掀起了几次革命之后，则决定在不列颠博物馆里消磨掉余生。由此可以发现，平静的生活是伟人的特征之一，他们的快乐，在旁观者看来，不是那种令人兴奋的快乐。没有坚持不懈的劳动，任何伟大的成就都是不可能的。这种劳动令人如此全神贯注，如此艰辛，以至于使人不再有精力去参加那些更紧张刺激的娱乐活动，除了加入假日里恢复体力消除疲劳的娱乐活动，如攀登阿尔卑斯山之外。

幸福

——［英国］维廉·巴克莱

一个人如果只知道生活在过去，
而失去了对未来的希望，
那么，他的生命已经开始终结。

幸福的生活不可或缺的三个因素：有希望、有工作、会爱人。

古希腊亚历山大大帝在职期间有一次大送礼物，以表示他的豪迈。他给第一个人一大笔钱，给第二个人一个省份，给第三个人一个高官。他的朋友听到这件事后，对他说："你要是一直这样做下去，你自己不怕变成个穷光蛋吗？"亚历山大回答说："这是不可能发生的，我为我自己留下的是一份最伟大的礼物。我所留下的是我的希望。"

一个人如果只知道生活在过去，而失去了对未来的希望，那么，他的生命已经开始终结。对过去的回忆不能鼓舞我们有力地生活下去，它只能让我们逃避，好像囚犯逃出监狱。

一个英国老妇人，在她身患绝症自知时日不多的时候，写下了如下的诗句：

请不要可怜我，我永远也不要怜悯；

我将不再工作，永远永远不再工作。

人总经历过失业或没事做的日子，这时他就会觉得时间过得很慢，生活十分空虚。有过这种体验的人都应该知道，一份属于自己的工作是多么地重要。

有位叫做白朗宁的诗人曾写道："他望了她一眼，她对他回眸一笑，生命突然苏醒。"

只要你的生活中充满了爱，你就会变得谦卑、有生气，新的希望就会油然而生，世上就会有千百件事等着你去完成。有了爱，你的生命天天都是阳光，世界也变得万紫千红。

改变你的祷告吧，它应该是："上帝啊，让我有足够的力量和时间帮助那些需要我帮助的人吧！"

真正的家

——［英国］J·拉斯金

这，便是家的实质——它是和平之宫，
是庇护所，不但能使人逃避一切损害，
而且可以逃避恐惧、疑虑和分裂。

简而言之，两性各自的特征是：

男子的力量是积极的、进取的、捍卫性的。显然，他们是实干家、创造者、发现者和保卫者。他们的智力适于推测与发明；他们的能量适于进取，适于战争，适于征服，只要他们从事的战争是正义战争，他们的征服便是不可或缺的征服。然而妇女的力量不适于战斗，而适于决断；她们的智力不适于发明或创造，而适于下达悦耳的命令，做出巧妙的安排和决定。她们了解事物的性质、要求和地位。她们的伟大在于赞扬。她们不参与竞争，但都万无一失地判决胜利王冠的归属。由于她们的职能与地位，她们受到保护，不受一切危险与引诱的损害。

男子在外部世界中从事艰苦的劳动，必须面临一切危险与考验，因此，他们必须面对失败、进攻和不可避免的错误；不时受伤或被征服；常常误入歧途；因此，在任何时候，他们都必须刚毅坚定。但对于妇女，她们坚决保护她们免受这一切损害；在他们的家里——在妇女料理下的家里——除非妇女本人出于自愿，否则，她们没有必要卷入危险、引诱、错误或进攻之中。

这，便是家的实质——它是和平之宫，是庇护所，不但能使人逃避一切损害，而且可以逃避恐惧、疑虑和分裂。家倘若不如此，便不成其为家了；倘若外界生活所含的焦虑渗透到家之中；倘若夫妻任何一方允许外界那个千变万化的、陌生的、没人爱的敌对社会跨入家的门槛，那么，家便不成其为家，只能是外部世界的、被人们蒙上屋顶、在其中生火煮饭的那部分罢了。

然而，家只能是一个神圣的地方，是维斯塔的一座殿堂，是家神守护下一座温暖的殿堂，那么，除了那些能得到它以爱相迎的人以外，谁也不容许接近它。只要它的屋顶与炉火仅仅是更高洁的灯与阴凉处——如同荒野中岩石旁的阴凉处，波涛汹涌的大海中灯塔的光亮——只要它名副其实，符合人们对家的赞扬，它就是真正的家。

真正的妻子，她无论走到什么地方，家便围绕着她出现在什么地方。她头顶上也许只有高悬的星星，她脚下也许只有寒夜草丛中萤火虫的亮光，然而，她在哪儿，家便在哪儿；对于高洁的妇女，家在她周围覆盖的面积很广阔，胜过柏树遮住的天空，胜过橘红色的彩绘装饰；它为无家可归的人洒下柔和的光。

铁　匠

——［法国］左　拉

在铁匠身上，
我找到了我们的艺术家们煞费苦心地在希腊死人的肉体上寻找的现代雕塑的线条。
我不自觉地认为，他就是因劳动而变得伟大的英雄，
是我们时代的不知疲倦的儿子，是他在烈火中用铁材锻造明天的社会。

铁匠长得高高大大，是当地首屈一指的大个儿，两个肩头满是肌肉疙瘩，面孔和臂膀被炉火和锤子迸起的铁屑炽染得黝黑。他有一个四四方方的脑袋，一簇乱蓬蓬浓黑的头发下面，生着一双孩子气的蓝色大眼睛，像钢一样明亮。他还有一个宽大的颌骨，发出笑声和喘息声来，就像他那巨大的风箱在狂欢和呼啸；当他以力气十足的姿态抡起臂膀——这是他常年在铁砧旁边劳动养成的习惯动作——会使人们似乎忘记了他已年过五旬，他能举起绰号叫“小姐”的二十五斤重的铁锤，挥舞着这厉害无比的“姑娘”，从村东一直走到村西。

我有幸跟铁匠在一起住过一年。那一年正赶上我生病，需要休养。我身心憔悴，离开了家，毫无目的地走着，只想找一个能够安安静静地工作的地方，以便恢复自己的精力。就这样，一天黄昏，我在旅途上错过了村子，却远远望见一个铁匠铺，火光熊熊，坐落在两条大路交叉点的路旁，显得那样的孤独。敞开的大门里射出了灿烂辉煌的火花，宛如十字路口燃起一堆篝火；对面沿溪边的一行白杨树也像火把一样冒着青烟。在落幕的黄昏中，远远地传来了铁锤有节奏的声响，如同某个铁骑兵团在逐渐接近地驰骋而来。没有多长的时间，我就来到了那敞开的门前，在强烈的火光里，在震耳欲聋的响声里，在滚雷般的震动里，我停住了脚步。看到人的双手把烧红了的铁杆卷曲、伸直的这幅劳动场面，一股无限的幸福和快慰涌上了心头。

这个秋天的傍晚，我第一次看到了铁匠。他正在打一片铁铧，他没有穿上衣，露出粗壮的胸脯，每呼吸一下，肋部便显现出久经锻炼的钢筋铁骨般的肋条。他身子向前一倾，猛地一下，把铁锤抡下来，就这样，片刻不停地、灵便而持续地晃动着身体，肌肉紧张而有力地伸展收缩；铁锤按照一个有规则的圆圈环

转，迸起点点火星，留下条条光尾。铁匠就这样挥舞着“小姐”。那个，也许是他的儿子，一个20来岁的小伙子，用钳子夹住烧红的铁块，从另一面敲打，以至于被老头子手里那“姑娘”的令人眼花缭乱的舞蹈声所淹没。笃、笃——，笃、笃——，犹如母亲庄严的声音，在鼓励婴儿伊呀学语。“小姐”欢快地跳着舞，抖动着裙衣上的钻石，她每次跳落在铁砧上，犁铧便留下她的一个脚印。一股血红的火焰一直飞溅到地面，照亮了两个工人的魁梧的身躯，将他们的远大的身影一直送到打铁间阴暗而又乱糟糟的角落。熊熊的火光逐渐暗淡下来，铁匠手中的“小姐”停止了舞蹈。他浑身黝黑地站立在那里，手拄着铁锤的把柄，任脑门的汗珠滚滚流出。他的两肋还在忽扇，在他儿子慢慢推拉着的风箱的呼呼声中，我清楚地听见他喘息的声音。

那天晚上，我就投宿在铁匠家里，不再离开。在打铁间上面，有一间空着的阁楼，铁匠让我住在那里。第二天早上五点钟，天还没亮，我就被震响全屋的欢笑声唤醒。在我的阁楼下面，铁锤已在飞舞。“小姐”把我当懒汉对待，她震动着楼下的天花板，使劲全力要把我从床上拉起来。她把我那摆设着一个衣柜、一张桌子和两把椅子的破旧房间摇撼得吱吱作响，催我赶快起床。我只能从床上爬起来，向下面走去。楼下，炉火正红，风箱呼啸着，一堆蓝里透红的火焰从煤炭中升起，像一颗星辰在鼓吹炭火的疾风里灼灼燃烧。铁匠正在计划着一天的活计。他在一个角落里搬运铁块，翻弄制成的耕犁，细细地观察着上面的每一个瑕疵，他看见了我，就手掐着腰，呵呵地冲着我笑，那张大嘴直咧到耳根。能够五点钟就把我从床上吵起来，这在他是件开心的事。我认为他早晨是故意敲打铁锤的，为的是好让铁锤的可怕喧闹把我从美梦中拖起。他用那粗大的双手搭在我的肩上，就像父亲对着孩子讲话似的，俯下身子对我说，如果我在他的废铁堆里生活，我的身体就会很快复原。然后我们都坐在一辆翻倒在地面的破旧篷车的底板上，一块儿喝白葡萄酒。

后来，我白天大都是在铁匠铺里度过的。特别是冬季和阴雨天气，我整天都在那里。很快，我对这种劳动着了迷。铁匠把铁块随心所欲地摆弄，这场持久的战斗像一出感人肺腑的戏剧，使我激动不已。看着从炉火中夹出来放在铁砧上的铁块在铁匠的攻无不克的努力之下像柔软的蜡一样卷曲、伸直、揉成一团，我啧啧称奇。犁体做成了，我就蹲在犁体前面，却再也认不出前一天那块奇形怪状的废铁来。我细细端详着每一个零件，似乎是力大无比的手指在不借助火力的情况下把它们捏成这个样子的。这使我不禁遐想着一位远远眺见过的姑娘，在我对面的窗下，整天用她那纤细的手拿着黄铜丝制成一根根枝茎，再用丝绒把手工做的紫罗兰花缚在上面。

我从没见过铁匠唉声叹气。他白天需要干十四个小时的活儿，晚上却总是乐滋滋的，喜笑颜开，用心满意足的神情挥动着手臂。他不感伤，也从不知疲倦。

也许就算是房子塌下来，他也能顶得住。

冬天，他说他的铁匠铺里再舒服不过了。夏天，他把门扉大开，让干草的清香随风扑进。夕阳西下之际，我总要走到门前，在他身旁坐下。那里正是半山腰，可以鸟瞰整个辽阔的山谷。耕过的田畴织成一望无际的地毯，消失在地平线尽头、黄昏的淡紫色的微光里。有了这副大自然的美景，我们感到亿万分地幸福。

铁匠喜爱说笑话，他告诉我，所有这些土地都是他的；他还告诉我，他的铁匠铺给这一带供应耕犁已经有两百多年。这是他的骄傲。没有他，什么庄稼也长不出来。平原上，五月碧绿，七月金黄，这块色彩变幻无穷的织锦有他的一份功劳。他像热爱自己的女儿一样爱庄稼，赶上阳光灿烂的好天气，他便高兴地如同小孩子；看到令人发愁的乌云，他就举拳咒骂。他常常指给我看远处几块还没有他脊背大的土地，向我叙述某一年他为这块燕麦地造的一部耕犁。农忙季节，他偶尔会撂下铁锤，走到路边，手遮阳光，驰目四望。他看见自己制造的无数耕犁在啃噬泥土，开出一道道垄沟，前面、左面、右面，到处都是。耕牛缓慢地前行，像推动着千军万马。犁锋在阳光下闪烁，发出银光。然后，他向我招手，叫我去看看他的耕犁在做着多么“神圣的工作”。

所有这些在我的阁楼底下丁丁当当的铁材，向我的血液里注进了铁质，这比服用药房买来的药对我更有效。我喜欢这种喧闹，我需要这种铁锤与铁砧碰撞发出的音乐，以便从其中可以倾听出人生的味道。在被风箱的轰鸣弄得欢腾活跃的房间里，我的身心逐渐康复。笃、笃——，笃、笃——，这铁锤成了调节我的工作时刻的愉快的钟摆。在劳动最紧张的关头，铁匠发威了，烧红了的铁块在着了魔似的铁锤的跳跃下铿锵作响。这时，我的手腕也如同感染了一股巨大的活力，很想大笔一挥把这个世界夷为平地。不久，当铁匠铺重归于平静，我的脑海里也万籁俱寂下来。我到楼下，看到那些被征服而还在冒烟的金属，为自己微不足道的工作深感惭愧。

啊！在午后酷热的当儿，他是多么壮美矫健！他上身直裸到腰间，肌肉突出而坚硬，犹如米开朗基罗创作的力感极强的巨大雕像。在铁匠身上，我找到了我们的艺术家们煞费苦心地在希腊死人的肉体上寻找的现代雕塑的线条。我不自觉地认为，他就是因劳动而变得伟大的英雄，是我们时代的不知疲倦的儿子，是他在烈火中用铁材锻造明天的社会。他也用铁锤来做游戏。当他开心取乐的时候，就抡起“小姐”，全力以赴地敲打。于是在他周围，在玫瑰色的炉火的光辉里，响起一片雷鸣。我仿佛听见了劳动着的人民的声息。

我那懒惰和多疑的毛病，就在这里，在这铁匠铺里，在无数耕犁中间，逃离得无影无踪。

幸　福

——［法国］卢　梭

幸福是不容易抓住的，它总是游移不定，
而上苍也并没有让它常驻人间。

幸福是不容易抓住的、它总是游移不定，而上苍也并没有让它常驻人间。世界上的一切都瞬息万变，没有什么是永恒的。环顾四周，万物皆变。我们自己也处于变化之中，今天爱的人或许明日就会消失得无影无踪。因此，要想在今生今世追索到至极的幸福，那只能是做梦。

因此，我奉劝各位，当自己惬意时便纵情享乐，万不可因一念之差而失去满足的情趣；同时，也别想将片刻之乐永系在身，这种念头不过是痴心妄想。所谓幸福者，其实根本就没有这种人；而心满意足之人则随处可见。心满意足的事情常常让我记忆犹新。此种情感缘于我感觉的强烈驱使，是我之所见所闻的必然结果。幸福并没有悬挂招牌，因此想要同它有过深交，惟一的途径便是走入幸福者的内心。而心满意足的情绪却表现在于人的眼神、举止、言谈、步履，它会让旁人受其感染，不由自主地想要加入行列之中。当你在节日里看到人们尽情欢乐、喜笑颜开、神情容颜中流露出穿透生活阴霾的喜悦之情时，难道不会感到这是生活中最甜美的享受吗？

如果我是富豪

——［法国］卢　梭

为了成为自己的主人，
我们将是自己的仆从，
每个人都被大家服侍。

我不会到乡间为自己修建一幢别墅，也不会在穷乡僻壤筑起杜伊勒利宫，我要在一道林木葱茏、景色优美的山坡上拥有一间质朴的小屋，一间有着绿色挡风窗的小白屋。至于屋顶，我会把那茅草换成瓦片，这样在任何季节都将是最惬意的。因为瓦片比茅草干净，色调更加鲜明，而且我家乡的房子都是这样的，这能够让我感觉自己回到了童年。

无需庭院，但要一个饲养家禽的小院子；我无需马厩，但要一个牛栏，里面饲养着奶牛，每天为我带来新鲜的奶汁；我无需花圃，但要一畦菜地；我无需宽大的花园，但要一片如我下面所描绘的果园。树上的果子不必点数也不必采撷，供路人享用；我不会把果树贴墙种在房屋周围，使路人碰也不敢碰树上华美的果实。然而，这小小的挥霍代价轻微，因为我幽静的房屋坐落在偏远的外省，那儿金钱是不多的，但食物丰富，是个既富饶又穷困的地方。

然后，我邀请一批由我精心挑选出的朋友。男的喜欢寻欢作乐，而且个个是行家；女的乐于走出闺阁，参加野外游戏，懂得垂钓、捕鸟、翻晒草料、收摘葡萄，而不是只会刺绣、玩纸牌。那儿，都市的风气荡然无存，我们都变成山野的村民，每晚都有不同的活动恣意寻欢。白天，我们聚集在一起参加户外锻炼以及劳作，这样会使我们食欲大增。我们的每餐饭都是盛宴，食物的丰富胜似佳肴。愉快的情绪、田野的劳动、嬉笑的游戏是世上最佳的厨师，而精美的调料对于日出而作的劳动者简直是可笑的玩意。这样的筵席不讲究礼仪也不讲究排场：到处都是餐厅——花园、小船；树阴下，有时筵席设在淙淙的泉水边，在如茵的草地上，在桤树和榛树之下；客人们手端丰盛的食物，欢快地唱着歌，歪歪斜斜地排成行列。草地桌椅、泉水环石当放酒菜的台子，饭后的水果就挂在枝头。上菜不分先后，只要胃口好，何必讲究客套；人人都喜欢亲自动手，不必假助他人。在这诚挚而亲密的气氛中，人们互相逗趣，互相戏谑，但又不涉鄙俚，毫无虚情假意和约束之感。完全不需要讨厌的仆人，因为他们会偷听我们谈话，低声评论我们的举止，用贪婪的目光数我们吃了多少块肉，有时迟迟不上酒，而且宴会时间太长他们还唠唠叨叨。

为了成为自己的主人，我们将是自己的仆从，每个人都被大家服侍。我们任凭时间流逝，用餐即是休息，一直吃到太阳落山也没有什么不可以。如果有劳作归来的农夫荷锄从我们身边走过，我要对他讲几句亲切的话使他高兴；我要邀请他喝几口佳酿使他能够暂时忘记身体的疲劳。由此我的内心又会呈现出些许的喜悦，并悄声对自己说："我还算是个好人。"

乡民的节日，我会和朋友赶去助兴；邻里的婚礼，也少不了我的凑趣。我给这些善良的人们带去几件同他们自己一样朴素的礼物，为喜庆增添几许欢愉；作为交换，我将得到无法估价的报偿，一种和我同样的人极少得到的报偿：倾心交谈和无比的快乐。我在他们的长餐桌边就座，高高兴兴地喝喜酒；我随声附和，同大家一道唱一首古老的民歌；在谷仓里，我们一同跳舞，心情犹如参加了巴黎歌剧院的舞会，不！比那里更加欢畅。

幸福的寄托

——［法国］霍尔巴赫

每个人的幸福依赖于他在一些人的内心引起并培养起来的种种情感。

在现在的世道下，德行远不能使实践它的人得到安乐，反而会使他们时常陷于不幸，给他们的幸福安置些连续不断的障碍。这些都是常常被人们说，并在实践中已证明了的。

我们常常看见德行是得不到报答的，我说什么呢？我这样回答：我承认由于人类迷误的必然结果，德行很少被引向那些能寄托幸福的事物上去。大多数社会，常常被那些由于无知、谄媚、偏见、权力的滥用，以及罪而不罚等等，共同使之成为德行之敌的人们所统治，这些人不惜把他们的尊重和恩惠给予那些不肖的属下，他们只对浅薄而有害的才能给予奖赏，决不给有功劳的人以公平的待遇。

每个人的幸福依赖于他在一些人（使命使他处于这些人当中）的内心引起并培养起来的种种情感。显赫的身世固然足以使人头晕目眩；威权和力量固然足以取得别人并非出自心愿的敬意；家资豪富固然可以贿买那些低下和卑劣的灵魂。然而，惟有人道、慈惠、同情和公正，才能使那些亲切的、深情的、尊重的情感被毫不费力地给予有理性的人。

西西弗是幸福的

——［法国］加　缪

无意识的、秘密的召唤，一切面貌提出的要求，这些都是胜利必不可少的对立面和应付的代价。

西西弗是个荒唐可笑的英雄。他之所以荒谬，是因为他为了一种目的，坚韧不拔地、毫无退缩地长期忍受一种磨难。他藐视神明，仇恨死亡，对生活充满激情，这必然使他受到难以用言语尽述的非人折磨：他以自己的整个身心致力于一种没有效果的事业，而这是为了对大地的无限热爱必须付出的代价。人们并没有谈到西西弗在地狱里的情况。创造这些神话是为了让人们的头脑中有一个栩栩如生的形象。在西西弗身上，我们只能看到这样一幅图画：一个紧张的身体千百次地重复一个动作，搬动巨石，滚动它并把它推至山顶；巨石后面是一张痛苦扭曲的脸，这张紧贴在巨石上的面颊上落满泥土；抖动的肩膀，沾满泥土的双脚，完全僵直的胳膊，以及那坚实的满是泥土的双手。经过被渺渺空间和永恒的时间限制着的努力之后，他的目的就达到了。西西弗于是看到巨石在几秒钟内又向着下面的世界滚下，而他则必须把这巨石重新推向山顶。于是他又向山下走去。

正是因为这种周而复始、不屈不挠的重复，使我对西西弗产生了兴趣。这一张饱经磨难、近似石头般坚硬的面孔已经化成了石头。我看到这个人以沉重而均匀的脚步走向那无尽的苦难。这个时刻就像一次呼吸那样短促，它的到来与西西弗的不幸一样是确定无疑的，这个时刻就是意识的时刻。在每一个这样的时刻中，他离开山顶，并且逐渐地深入到诸神的巢穴中去，他超出了他自己的命运。他比他搬动的巨石还要坚硬。

如果说这个神话是悲剧的，那是因为它的主人公是有意识的。如果他希望每一步都走向成功的话，他就不会有丝毫痛苦。今天的工人终生都在劳动，终日完成的是同样的工作，这样的命运并不比西西弗的命运幸运。但是，这种命运只有在工人变得有意识的偶然时刻才是悲剧性的。西西弗，这诸神中的无产者，这进行无效劳役而又进行反叛的无产者，他完全清楚自己所处的悲惨结局：在他下山时，他想到的正是这悲惨的境地。造成西西弗痛苦的清醒意识，同时也就造就了他的胜利。没有不通过蔑视而自我超越的命运。

西西弗无声的全部快乐就在于此，他的命运是属于他的，无限期地推动岩石是他毕生追求的事业。同样，当荒谬的人深思他的痛苦时，他就使一切偶像哑然失声。在这突然重又沉默的世界中，大地升起千万个美妙细小的声音。无意识的、秘密的召唤，一切面貌提出的要求，这些都是胜利必不可少的对立面和应付的代价。不存在无阴影的太阳，也不可能没有黑夜。荒谬的人说“是”，但他的努力永不停息。如果有一种个人的命运，就不会有更高的命运，或至少可以说，只有一种被人看作是宿命的和应受到蔑视的命运。此外，荒谬的人知道，他是自己生活的主人。在这微妙的时刻，人回归到自己的生活之中，西西弗回身走向巨石。他冷静地面对并非能改变自己命运的行动，他的命运是他自己创造的，是在他的记忆的注视下聚合而又马上会被他的死亡固定的命运。因此，盲人从一开始就坚信，一切人的东西都源于人道主义。就像盲人渴望看见世界，而黑暗是永无止境的，西西弗永远行进，而巨石仍在滚动着。

我把西西弗留在山脚下，我们总是看到他身上的重负，而西西弗告诉我们，最高的虔诚是战胜诸神并且搬掉石头。他认为自己是幸福的。这个从此没有主宰的世界，对他来讲既不是荒漠，也不是沃土。这块巨石上的每一个组成部分，这黑黝黝的高山上的每一石一峭，惟有对西西弗才形成一个世界。他爬上山顶所要进行的斗争本身，就足以使一个人心里感到充实。谁能认为西西弗不是幸福的呢？

寻找彩虹

——［英国］劳伦斯

用真理的构架建立起来的新世界犹如那天空的彩虹一般绚丽灿烂。

她的病体逐渐好转，她可以坐起来看着新世界的诞生。她坐在窗户边上，看着人们在街道边来来往往地行走着，有矿工，有女人和孩子，每个人都在旧壳中行走着，但是透过这层壳可以看到正在变大、成长的新的萌芽和轮廓。在矿工们静静地、沉默的外表中，她看到了一种不安，一种为了新的解放而痛苦的等待。她在妇女们虚假坚定的自信中也发现了同样的东西。妇女们的自信非常脆弱，很快就会破裂，然而，从那破裂处萌生的新芽却又显出强劲的生命力。

在每件事物当中，她都看到自己在摸索着，在寻找富有活力的上帝的缔造物，而不是去寻找那已经过去的、陈旧、僵硬、毫无趣味的生命形式。有时候巨大的恐惧向她袭来；有时候她失去了触觉，失去了感觉，对那个束缚了她和整个人类的外壳怀有一种深深的恐惧心理。人们全被囚禁在外壳这个监狱之中，他们都几近疯狂。

她看到了矿工们那似乎已经死去的僵硬的身体，看到了他们那没有光彩的眼神，就像是木头人一样呆滞。她看到新房子那坚硬、锋利的边缘好像在毫无感觉、洋洋自得地朝山坡延伸过去，这种得意是针对那可怕的、乱七八糟的角和直线表现出来的，是不能战胜的洋洋自得。这种绝对的污浊又硬又脆。她看到对面黑乎乎的山上笼罩的一层暗褐色的雾气，一座座黑漆漆的房屋和石绵瓦，像一堆堆杂乱无章的怪物。山顶上，旧教堂的尖塔刺目地屹立在简陋的新房屋之上，而那些乱七八糟、异常脆弱的新房子坚硬的边缘从贝尔多佛延伸出去，和从雷斯里延伸过来的污秽的新房子连接起来。而雷斯里的房子又延伸出去和海纳的房子混成一片。大地的躯干上蔓延着一片僵死、腐旧、可怕的污浊，她感到一阵深深的恶心，坐在那儿昏死过去了。随后，在飘动的云彩中，她看到有一道淡淡的彩虹，微弱的色彩照亮了昏暗的苍穹。

她被深深地感动了，她不顾一切地寻找着高高挂在天际的那一抹神奇的色彩，她看到一条彩虹正在形成。彩虹的一处正在强烈地发出光芒，她的心中满怀着希望的痛苦，彩虹的弓形逐渐在那儿形成，色彩慢慢聚拢起来，一道巨大的淡淡的彩虹突然冒了出来。弧形更弯更强，直到不能再弯，形成光线、颜色和苍穹共同构筑的伟大作品，它的柱基在低矮污浊的新房子上闪耀着光芒，而弓形的顶端则连着天堂。

彩虹屹立在大地上。她知道那些在硬壳中爬行、分散在这污浊世界上的肮脏不堪的人们仍旧活着，她知道彩虹在他们的血液中升腾起来，并在他们的精神中抖动着获得了生命。她知道他们会丢弃坚硬破碎的外壳，那新的、干净裸露的身体将萌发出新的生命，获得新的生长，去迎接天空中的阳光、风和雨。她在彩虹中看到了地球上那些陈旧污秽、不堪一击的房屋和工厂焕发出新的光彩，而用真理的构架建立起来的新世界犹如那天空的彩虹一般绚丽灿烂。

最新福音

——［英国］卡莱尔

一个人尽管如何冥顽不灵，尽管忘记他应有的崇高使命，
只要是踏踏实实、埋头苦干，那么这个人就会有所发展；
只有怠惰的人才会永无希望。

一种永垂不朽的高尚甚至神圣之境就蕴含在工作里。一个人尽管如何冥顽不灵，尽管忘记他应有的崇高使命，只要是踏踏实实、埋头苦干，那么这个人就会有所发展；只有怠惰的人才会永无希望。努力工作，而绝不贪婪卑吝，这便是与自然的契合感应；想把工作完成的诚恳愿望本身即将把人逐步导入真理，导入自然的种种任命与规则，而这些也就是真理。

认识你的工作，并且努力去做。人们常说："要认识你自己。"假设你是一个完全无从认识的人，那么，认识你自己能做些什么，然后便动手去做，这个方法很适合你。

劳动就是生命。一旦工作开端得当，一个工作者的内心深处就会迸发出他天赋的力量。从他的内心深处是会被引入到一切高尚之境、一切知识之境的，不管是"自我知识"，抑或是更多的其他方面。严格地讲，除工作中所获知识外，你并无别的知识来源。至于其余，不过是知识的一种假说而已。而且直到我们真正着手和给予确定为止，也只是学校里尚待争论的东西，也只是飘浮在云端或卷动在逻辑的漩涡里的虚无缥缈的东西。最终只有行动才能解决各种各样的怀疑。

属于安乐的东西

——［德国］歌　德

我认为华丽的房间与优美的家具是为那些没有思想或不想有思想的人而专门设计的。

世界是宽广、美丽的，但是我却由衷地高兴自己拥有一个小庭园。这个庭园虽小却是自己的庭园，它的土地不需要园丁的灌溉。倾心于自己庭园的人，拥有名誉、快乐与喜悦。

华丽的建筑与房间是属于王侯与富翁的。住在那些建筑中会越来越安定、满足、无所求。我完全不属于那里。如你所见，我的房间里连一张沙发也没有，我总是坐在老木头椅子上。为了头部而睡个枕头也是两三周以前的事。只要置身于安乐优美的布置中，想法就会变得懒散，情绪也会变得安乐、消极。拒绝享乐是我从年轻时便养成的不同于他人的习惯。我认为华丽的房间与优美的家具是为那些没有思想或不想有思想的人而专门设计的。

如果我是王侯的话，我不会把最高的职权给那些专门靠着自己是名门贵族、年长者以及没有做什么特殊工作的人——我寻求的是年轻人，但是他们必须是聪明活泼，而且具备善良意志与极高尚的性格等各种才能的人物——如此一来，他们才能有兴趣去处理政治、开发国民。但是，该到哪里找寻这般优良臣下的幸福王侯呢？

幸福的价值

——［德国］费尔巴哈

幸福生活的价值是变幻多端的，
如寒暑表一样，它有时会升高，有时会降低。

如果你为了追求幸福而将自己弄到自杀的地步，这并不能说明什么，只能说明你是为了自己认为是主要的东西而牺牲你认为是次要的东西，为了你的更高幸福而牺牲你的生命，为了高级的福利牺牲低级的福利，为了必要的东西牺牲可以缺少的东西，虽然这种可以缺少的东西也是你认为你所舍不得的，虽然缺少这种东西会引起你的苦痛。但是，如上所述，只要你想得到比它更好的，你的不舍也会变成舍得。

水不是酒，它只不过是适于饮用的一种液体，在各种饮料中它是一种无色无味的必需品。人们认为它具有一定魔力的时候，正是人们急需要它的时刻。这种必要性将水变为酒，将黑麦变为极精细的上等小麦粉，将草垫变为由鸭绒做的被褥；将泥土塑造为公爵，而反之也常将公爵变为泥土！将最平常、最不起眼的东西变为最高级的东西，将最不值钱的东西变为无价宝；通常被人们任意践踏的乡土，到了远在他乡的落难者手中，却如同害怕别人抢夺的宝贝。

幸福生活的价值是变幻多端的，如寒暑表一样，它有时会升高，有时会降低。一个陈腐的真理是：我们并不把经常不断享受的东西感觉为幸福，并加以珍重。另一个陈腐的真理是：为了认识某种东西是幸福，最好我们先丧失这种东西；虽然我们不认识也不注意某种东西，但只要我们能拥有它就是幸福的。健康就是其中之一，对于一个健康者说来，健康是毫不为奇的，是当然的，是不值得注意和重视的，而实际上其他幸福的来源都基于它之上。当健康变成一种健康的饥饿时，那是因为自己的一贫如洗。但是，如果一个健康的穷光蛋一旦病了，或开始感觉不舒适，啊！你看，原来极少受重视的健康会怎样立刻在人生幸福中抬高自己的地位，会怎样变成超越其他一切幸福的幸福，变成最高的幸福！这个穷光蛋会激动地大声说："只要有健康。我就是世界上最幸福的人，贫穷和苦难都滚一边去吧！从现在开始，我要用我的劳动来换取财富，我要成为最富有的人！"

论衣服

——［黎巴嫩］纪伯伦

你们的衣服掩盖了许多的美，却遮不住丑恶。
你们虽在衣服里可寻得隐秘的自由，却也寻得橛饰与羁勒了。

于是一个织工说：请给我们谈衣服。
他回答说：
你们的衣服掩盖了许多的美，却遮不住丑恶。
你们虽在衣服里可寻得隐秘的自由，却也寻得橛饰与羁勒了。
我恨不得你们多用皮肤，而少用衣服去逢迎太阳和风。
因为生命的气息是在阳光中，生命的把握是在风里。

你们中有人说：那纺织衣服给我们穿的是北风。
我也说：对的，是北风，
但他的机行是可羞的，那使筋肌软弱的是他的线缕。
当他的工作完毕时，他在林中喧笑。
不要忘却“羞怯”只是遮挡“不洁”的眼目的盾牌。
在“不洁”完全没有了的时候，“羞怯”不就是心上的桎梏与束缚么？
也别忘了大地是欢喜和你的赤脚接触，风是希望和你的头发相戏的。

论 饮 食

——［黎巴嫩］纪伯伦

既然你们必须杀生为食，
且从新生的动物口中夺他的母乳来止渴，
那就让它成为一个敬神的礼节吧。

一个开饭店的老人说：请给我们谈饮食。

他说：

我恨不得你们能借着大地的香气而生存，如同那“空气植物”受着阳光的供养。

既然你们必须杀生为食，且从新生的动物口中夺他的母乳来止渴，那就让它成为一个敬神的礼节吧。

让你的肴馔摆在祭坛上，那是丛林中和原野上的纯洁清白的物品，为更纯洁清白的人们而牺牲的。

当你杀生的时候，心里对他说：

“在宰杀你的权力之下，我同样地也被宰杀，我也要同样地被吞食。

那把你送到我手里的法律，也要把我送到那更伟大者的手里。

你和我的血都不过是浇灌天树的一种液汁。”

当你咬嚼着苹果的时候，心里对他说：

“你的子核要在我身中生长，

你来世的嫩芽要在我心中萌芽、成长，

你的芳香要成为我的气息，我们要终年地喜乐。”

在秋天，你在果园里摘葡萄酿酒的时候，心里说：“我也是一座葡萄园，我的果实也要摘下酿酒，和新酒一般，我也要被收存在永生的杯里。”

在冬日，当你斟酒的时候，你的心要对每一杯酒歌唱；让那曲成为一首纪念秋天和葡萄园以及酿酒之歌。

欢欣鼓舞吧

——［印度］泰戈尔

我们的一生是短促的，一生只给我们几天恋爱的日子。
如果生命是为了艰辛劳役的话，那就无穷地长了。
兄弟，为记住这一点而欢欣鼓舞吧。

没有一个人长生不老，也没有一件东西永久存在。

兄弟，为记住这一点而欢欣鼓舞吧！

我们的一生不是一个古老的负担，我们的道路不是一条漫长的旅程。

一个独一无二的诗人不必唱一首古老的歌。花褪色了，凋零了；戴花的人却不必永远为它悲伤。

兄弟，为记住这一点而欢欣鼓舞吧！

一定要有完全的休止，才纺织成完美的音乐。为了沉溺在金色的阴影里，人生向夕阳沉落。一定要把爱情从嬉戏中唤回来饮烦恼的酒，一定要把它带到眼泪的天堂。

兄弟，为记住这一点而欢欣鼓舞吧！

我们赶紧采集繁花，否则繁花要被路过的风蹂躏了。

攫取那迟一步就会消失的吻，使我们的血脉畅通，眼睛明亮。

我们的生活是热烈的，我们的欲望是强烈的，因为时间在敲着别离的丧钟。

兄弟，为记住这一点而欢欣鼓舞吧！

我们来不及把一件东西抓住，挤碎，而又弃之于尘土。

一个个时辰，把自己的梦藏在裙子里，迅速地消逝了。我们的一生是短促的，一生只给我们几天恋爱的日子。

如果生命是为了艰辛劳役的话，那就无穷地长了。

兄弟，为记住这一点而欢欣鼓舞吧！

我们觉得美是甜蜜的，因为她同我们的生命依循着同样飞速的调子一起舞蹈。

我们觉得知识是宝贵的，因为我们永远来不及使知识臻于完善。

一切都是在永恒的天堂里做成和完成的。
然而，大地的幻想之花，是由死亡来永葆鲜艳的。
兄弟，为记住这一点而欢欣鼓舞吧！

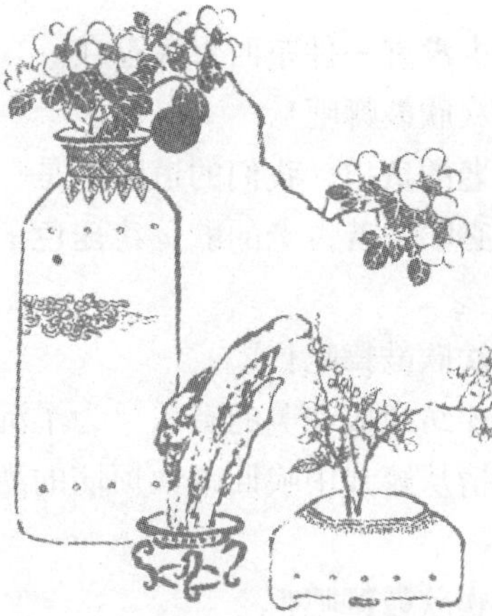

快乐的期待

生活中有了这种精神
——意在创造而非索取的精神，
那么就会有一种根本的快乐，
即不会被逆境所完全掠夺的快乐。

——罗　素

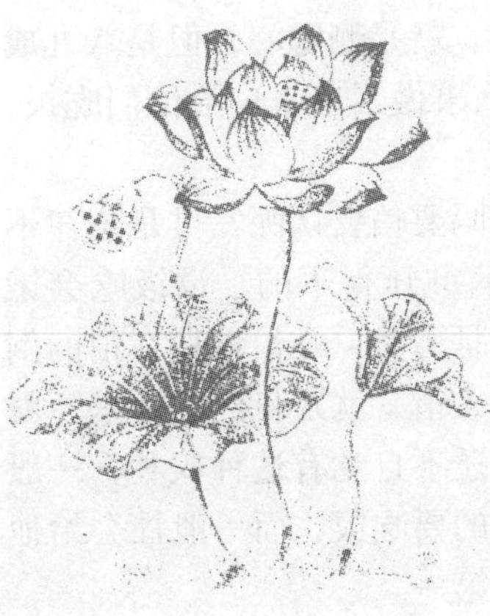

论吃饭

——［中国］朱自清

我们有自古流传的两句话：
一是“衣食足则知荣辱”，见于《管子·牧民》篇，
一是“民以食为天”，是汉朝郦食其说的。
这些都是从实际政治上认出了民食的基本性，
也就是说从人民方面看，吃饭第一。

我们有自古流传的两句话：一是“衣食足则知荣辱”，见于《管子·牧民》篇，一是“民以食为天”，是汉朝郦食其说的。这些都是从实际政治上认出了民食的基本性，也就是说从人民方面看，吃饭第一。另一方面，孔子说，“食色，性也”，是从人生哲学上肯定了食是生活的两大基本要求之一。《礼记·礼运》篇也说到“饮食男女，人之大欲存焉”，这更明白。照后面这两句话，吃饭和性欲是同等重要的，可是照这两句话里的次序，“食”或“饮食”都在前头，所以还是吃饭第一。

这吃饭第一的道理，一般社会似乎也都默认。虽然历史上没有明白的记载，但是近代的情形，据我们的耳闻目见，似乎足以教我们相信从古如此。例如苏北的饥民群到江南就食，差不多年年有。最近天津《大公报》登载的费孝通先生的《不是崩溃是瘫痪》一文中就提到这个。这些难民虽然让人们讨厌，可是得给他们饭吃。给他们饭吃固然也有一二成出于慈善心，就是恻隐心，但是八九成是怕他们，怕他们铤而走险，“小人穷斯滥矣”，什么事做不出来！给他们吃饭，江南人算是认了。

可是法律管不着他们吗？官儿管不着他们吗？干吗要怕要认呢？可是法律不外乎人情，没饭吃要吃饭是人情，人情不是法律和官儿压得下的。没饭吃会饿死，严刑峻罚大不了也只是个死，这是一群人，群就是力量：谁怕谁！在怕的倒是那些有饭吃的人们，他们没奈何只得认点儿。所谓人情，就是自然的需求，就是基本的欲望，其实也就是基本的权利。但是饥民群还不自觉有这种权利，一般社会也还不会认清他们有这种权利；饥民群只是冲动的要吃饭，而一般社会给他们饭吃，也只是默认了他们的道理，这道理就是吃饭第一。

三十年夏天笔者在成都住家，知道了所谓“吃大户”的情形。那正是青黄不接的时候，天又干，米粮大涨价，并且不容易买到手。于是乎一群一群的贫民一面抢米仓，一面“吃大户”。他们开进大户人家，让他们煮出饭来吃了就走。这叫做“吃大户”。“吃大户”是和平的手段，照惯例是不能拒绝的，虽然被吃的人家不乐意。当然真正有势力的尤其有枪杆的大户，穷人们也识相，是不敢去吃的。敢去吃的那些大户，被吃了也只好认了。那回一直这样吃了两三天，地面上一面赶办平粜，一面严令禁止，才打住了。据说这“吃大户”是古风；那么上文说的饥民就食，该更是古风罢。

但是儒家对于吃饭却另有标准。孔子认为政治的信用比民食更重，孟子倒是以民食为仁政的根本；这因为春秋时代不必争取人民，战国时代就非争取人民不可。然而他们论到士人，却都将吃饭看做一个不足重轻的项目。孔子说，“君子固穷”，说吃粗饭，喝冷水、“乐在其中”，又称赞颜回吃喝不够，“不改其乐”。道学家称这种乐处为“孔颜乐处”，他们教人“寻孔颜乐处”，学习这种为理想而忍饥挨饿的精神。这理想就是孟子说的“穷则独善其身，达则兼善天下”，也就是所谓“节”和“道”。孟子一方面不赞成孔子说的“食色，性也”，一方面在论“大丈夫”的时候列入了“贫贱不能移”一个条件。战国时代的“大丈夫”，相当于春秋时的“君子”，都是治人的劳心的人。这些人虽然也有饿饭的时候，但是一朝得了时，吃饭是不成问题的，不像小民往往一辈子为了吃饭而挣扎着。因此士人就不难将道和节放在第一，而认为吃饭好像是一个不足重轻的项目了。伯夷、叔齐据说反对周武王伐纣，认为以臣伐君，因此不食周粟，饿死在首阳山。这也是只顾理想的节而不顾吃饭的。配合着儒家的理论，伯夷、叔齐成为士人立身的一种特殊的标准。所谓特殊的标准就是理想的最高的标准；士人虽然不一定人人都要做到这地步，但是能够做到这地步最好。

经过宋朝道学家的提倡，这标准更成了一般的标准，士人连妇女都要做到这地步。这就是所谓“饿死事小，失节事大”。这句话原来是论妇女的，后来却扩而充之普遍应用起来，造成了无数的惨酷的愚蠢的殉节事件。这正是“吃人的礼教”。人不吃饭，礼教吃人，到了这地步总是不合理的。

士人对于吃饭却还有另一种实际的看法。北宋的宋郊、宋祁兄弟俩都做了大官，住宅挨着。宋祁那边常常宴会歌舞，宋郊听不下去，教人和他弟弟说，问他还记得当年在和尚庙里咬菜根否？宋祁却答得妙：请问当年咬菜根是为什么来着！这正是所谓“吃得苦中苦，方为人上人”。做了“人上人”，吃得好，穿得好，玩儿得好；“兼善天下”于是成了个幌子。照这个看法，忍饥挨饿或者吃粗饭、喝冷水，只是为了有朝一日可以大吃大喝，痛快的玩儿。吃饭第一原是人情，大多数士人恐怕正是这么在想。不过宋郊、宋祁的时代，道学刚起头，所以宋祁还敢公然表示他的享乐主义；后来士人的地位增进，责任加重，道学的严格的标准掩护着也约束着在治者地位的士人，他们大多数心里尽管那么在想，嘴里却就不敢说出。嘴里虽然不敢说出，可是实际上往往还是在享乐着。于是他们多吃多喝，就有了少吃少喝的人；这少吃少喝的自然是被治的广大的民众。民众，尤其农民，大多数是听天由命安分安己的，他们惯于忍饥挨饿，几千年来都如此。除非到了最后关头，他们是不会行动的。他们到别处就食，抢米，吃大户，甚至于造反，都是被逼得无路可走才如此。这里可以注意的是他们不说话；“不得了”就行动，忍得住就沉默。他们要饭吃，却不知道自己应该有饭吃；他们行动，却觉得这种行动是不合法的，所以就索性不说什么话。说话的还是士人。他们由于印刷的发明和教育的发展等等，人数加多了，吃饭的机会可并不加多，于是许多人也感到吃饭难了。这就有了“世上无如吃饭难”的慨叹。虽然难，比起小民来还是容易。因为他们究竟属于治者，“百足之虫，死而不僵”，有的是做官的本家和亲戚朋友，总得给口饭吃；这饭并且总比小民吃的好。孟子说做官可以让“所识穷乏者得我”，自古以来做了官就有引用穷本家穷亲戚穷朋友的义务。到了民国，黎元洪总统更提出了“有饭大家吃”的话。这真是“菩萨”心肠，可是当时只当作笑话。原来这句话说在一位总统嘴里，就是贤愚不分，赏罚不明，就是糊涂。然而到了那时候，这句话却已经藏在差不多每一个士人的心里。难得的倒是这糊涂！

第一次世界大战加上五四运动，带来了一连串的变化，中华民国在一颠一拐的走着之字路，走向现代化了。我们有了知识阶级，也有了劳动阶级，有了索薪，也有了罢工，这些都在要求“有饭大家吃”。知识阶级改变了士人的面目，劳动阶级改变了小民的面目，他们开始了集体的行动；他们不能再安贫乐道了，也不能再安分守己了，他们认出了吃饭是天赋人权，公开的要饭吃，不是大吃大喝，是够吃够喝，甚至于只要有吃有喝。然而这还只是刚起头。到了这次世界大战当中，罗斯福总统提出了四大自由，第四项是“免于匮乏的自由”。“匮乏”自然以没饭吃为首，人们至少该有免于没饭吃的自由。这就加强了人民的吃饭权，也肯定了人民的吃饭的要求；这也是“有饭大家吃”，但是着眼在平民，在全民，意义大不同了。

抗战胜利后的中国，想不到吃饭更难，没饭吃的也更多了。到了今天一般人民真是不得了，再也忍不住了，吃不饱甚至没饭吃，什么礼义什么文化都说不上。这日子就是不知道吃饭权也会起来行动了，知道了吃饭权的，更怎么能够不起来行动，要求这种“免于匮乏的自由”呢？于是学生写出“饥饿事大，读书事小”的标语，工人喊出“我们要吃饭”的口号。这是我们历史上第一回一般人民公开的承认了吃饭第一。这其实比闷在心里糊涂的骚动好得多；这是集体的要求，集体是有组织的，有组织就不容易大乱了。可是有组织也不容易散；人情加上人权，这集体的行动是压不下也打不散的，直到大家有饭吃的那一天。

同是上帝的儿女

——［中国］石评梅

我怀疑了，为什么我能坐车，他们只这样拉车？

为什么我穿着耀目丝绸的皮袍，他们只披着百结的单衣？

为什么我能在他们面前当小资本家，他们只在我几枚铜子下流着血汗？

狂风——卷土扬沙的怒吼，人们所幻想的璀璨庄严的皇城，确是变成一片旷野无人的沙漠；这时我不敢骄傲了，因为我不是一只富于沙漠经验的骆驼——忠诚的说，连小骆驼的梦也未曾做过。

每天逢到数不清的洋车，今天都不知被风刮在哪里去；但在这广大的沙漠中，我确成到急切的需要了。堪笑——这样狼狈，既不是贿选的议员，也不是树倒的猴狲，因有温馨的诱惑我；在这萧条凄寒的归路里，我只得蹒跚迎风，呻吟着适之先生的“努力”。

我觉着走了有数十里，实际不过是由学校走到西口，这时揉揉眼睛，猛然有了发现了：

两个小的活动的骷髅，抬着一辆曾拖过尸骸的破车，一个是男的在前面，一个是女的在后面，她的嘴似乎动了一动，细听这抖颤的声浪，她说：

“大姑儿您要车?”

“你能拉动我吗？这样小的车夫。”

“大姑儿，您坐吧，是那儿?”前边那个男小孩也拖着车子问我。但是我总不放心，明知我近来的乡愁闲恨，量——偌大的人儿，破碎的车儿，是难以载起。决定后，我大踏步的向前走了。

“大姑儿，您见怜小孩们吧！爸爸去打仗莫有回家，妈妈现在病在床上，想赚几个铜子，给妈妈一碗粥喝，但老天又这样风大！”后面那女孩似唱似诉的这样说。

真大胆，真勇气，记得上车时还很傲然：等他们拖不了几步，我开始在车上战栗了！不禁低头看看——我怀疑了：“为什么我能坐车，他们只这样拉车？为什么我穿着耀目丝绸的皮袍，他们只披着百结的单衣？为什么我能在他们面前当小资本家，他们只在我几枚铜子下流着血汗？

谁能不笑我这浅陋呢？

良心，或者也可说是人情，逼着我让他们停了车，抖颤的掏出钱袋，倾其所有递给他们；当时我只觉两腮发热，惭愧的说不出什么！

他们惊讶的相望着，最终他们来谢我的，不是惨淡的笑容，是浸入土里的几滴热泪！至现在我还怀疑我们……同是上帝的儿女！

玫瑰的刺

——［中国］庐　隐

早听鸡鸣，夜闻犬吠，
使人不禁有世外桃源之想。

当然一个对于世界看得像剧景般的人，他最大的努力就是怎样使这剧景来得丰富与多变化，想使他安于任何一件事，或一个地方，都有些勉强。我的不安于现在，可说是从娘胎里带来的，而且无时无刻不想把这种个性表现在各种生活上，——我从小就喜欢飘萍浪迹般的生活，无论在什么地方住上半年就觉得发腻，总得想法子换个地方才好，当我中学毕业时虽然还只有十多岁的年龄，而我已开始撇开温和安适的家庭去过那流浪的生活了。记得每次辞别母亲和家人，独自提着简单的行李奔那茫茫的旅途时，她们是那样的觉得惘然惜别，而我呢，满心充塞着接受新刺激的兴奋，同时并存着一肩行李两袖清风，来去飘然的情怀。所以在一年之中我至少总想换一两个地方——除非是万不得已时才不。

但人间究竟太少如意事，我虽然这样喜欢变化而在过去的三四年中，我为了生活的压迫，曾经俯首贴耳在古城中度过。这三四年的生活，说来太惨，除了吃白粉条，改墨卷，作留声机器以外，没有更新鲜的事了。并且天天如是，月月如是，年年如是。唉！在这种极度的沉闷中，我真耐不住了。于是决心闯开藩篱，打破羁勒，还我天马行空的本色，狭小的人间世界，我不但不留意了，也再不为它的职权所屈伏了。所以在过去的一年中，我是浪迹湖海——看过太平洋的汹涛怒浪，走过繁嚣拥挤的东京，流连过西湖的绿漪清波。这些地方以西湖最合我散荡的脾味，所以毫不勉强的在那里住了七个多月，可惜我还是不能就那样安适下去，就是这七个月中我也曾搬了两次家。

第一次住在湖滨——那里的房屋是上海式的鸽子笼，而一般人或美其名叫洋房。我们初搬到洋房时，站在临湖的窗前，看着湖中的烟波，山上的云霞，曾感到神奇变化的趣味。等到三个月住下来，顿觉得湖山无色，烟波平常，一切一切都只是那样简单沉闷，这个使我立刻想到逃亡。后来花了两天工夫，跑遍沿湖的地方，最终在一条大街的弄堂里，发现了一所颇为幽静的洋房；这地方很使我满意，房前有一片苍翠如玉的桑田，桑田背后漾着一湾流水。这水环绕着几亩禾麦离离的麦畦；在热闹的城市中，竟能物色到这种类似村野的地方：早听鸡鸣，夜闻犬吠，使人不禁有世外桃源之想。况且进了那所房子的大门，就看见翠森森一片竹林，在微风里摇掩作态；五色缤纷的指甲花、美人蕉、金针菜和牵牛、木槿都利利落落布满园中；在万花丛里有一条三合土的马路，路旁种了十余株的葡萄，路尽头便是那又宽畅又整洁的回廊。那地方有八间整齐的洋房，绿阴阴的窗纱，映了竹林的青碧，顿觉清凉爽快。这确是我几年来过烦了死板和繁嚣的生活，而想找得的一个休息灵魂的所在。尤其使我高兴的是门额上书着“吾庐”两个字；高人雅士原不敢希冀，但有了正切合我脾味的这个所在，谁管得着是你的“吾庐”或他的“吾庐”，暂时不妨算是我的“吾庐”，我就暂且隐居在这里，何尝不算幸运呢？

在“吾庐”也仅仅住了一个多月，而在这一个多月中，曾有不少值得记忆的片段，这些片段正像是长在美丽芬芳的玫瑰树上的刺，当然有些使接触到它的人们，感到微微的痛楚呢！

向 日 葵

——［中国］冯亦代

人的一生尽管有多少波涛起伏，
对生活的热爱却难能泯灭。

看到外国报刊登载了久已不见的梵高名画《向日葵》，以三千九百万美元的高价在伦敦拍卖成交，特别是又一次看到原画的照片，心中怏怏若有所失者久之。因为这是一幅我所钟爱的画。当然我永远不会有可以收藏这幅画的家财，但这也禁不住我对它的喜欢。如今归为私人所有，总有种今后不复再能为人们欣赏的遗憾。我虽无缘亲见此画，但我觉得名画有若美人，美人而有所属，不免是件憾事。

记得自己也曾经有过这幅同名而布局略异的复制品。是抗战胜利后在上海买的。有天在陕西南路街头散步，在一家白俄经营的小书店橱窗里看到陈列着一幅梵高名画集的复制品。梵高是19世纪以来对现代绘画形成颇有影响的大师。我不懂画，但我喜欢他的强烈色调，明亮的画幅上带着些淡淡的哀愁和寂寞感。《向日葵》是他的系列名画，一共画了七幅，四幅收藏在博物馆里，一幅毁于第二次世界大战时的日本横滨，这次拍卖的则是留在私人手中的最后两幅之一，当下我花了四分之一的月薪，买下了这幅梵高的精致复制品。

我特别喜欢他的那幅向日葵，朵朵黄花有如明亮的珍珠，耀人眼目，但孤零零插在花瓶里，配着黄色的背景，给人的是种凄凉的感觉，似乎是盛宴散后，灯烛未灭的那种空荡荡的光景，令人为之心沉。我原是爱看向日葵的，每天清晨看它们缓缓转向阳光，洒着露珠，是那样的楚楚可怜亦复可爱。如今得了这幅画便把它装上镜框，挂在寓所餐室里。向日葵衬在一片明亮亮的黄色阳光里，挂在漆成墨绿色的墙壁上。宛如亭亭伫立在一望无际的原野中。特别怡目，但又显得孤清。每天我就这样坐在这幅画的对面，看到了欢欣，也尝到了寂寞。以后我读了欧文·斯通的《生活的渴望》，是关于梵高短暂一生的传记。他只活了三十七岁，半生在探索色彩的癫狂中生活，最后自杀了。他不善谋生，但在艺术上却走出了自己的道路，虽然到死后很久才为人们所承认。我读了这本书，为他执著的生涯所感动，因此更宝贵他那画得含蓄多姿的向日葵。我似乎懂得了他的画为什么一半欢欣，一半寂寞的道理。

解放了，我到北京工作，这幅画却没有带来；总觉得这幅画面与当时四周的气氛不相合拍似的。因为解放了，周围已没有落寞之感，一切都沉浸在节日的欢乐之中。但是曾几何时，我又怀恋起这幅画来了。似乎人就像是这束向日葵，即使在落日的余晖里，都拼命要抓住这逐渐远去的夕阳。我想起了深绿色的那面墙，它一时掩没了这一片耀眼的金黄；我曾努力驱散那随着我身影的孤寂，在作无望的挣扎。以后星移斗转，慢慢这一片金黄，在我的记忆里也不自觉地淡漠起来，逐渐疏远得几乎被遗忘了。

十年动乱中，我被谪放到南荒的劳改农场，每天做着我力所不及的劳役，心情惨淡得自己也害怕。有天我推着粪车，走过一家农民的茅屋，从篱笆里探出头来的是几朵嫩黄的向日葵，衬托在一抹碧蓝的天色里。我突然想起了上海寓所那面墨绿色墙上挂着的梵高《向日葵》。我忆起那时家庭的欢欣，三岁的女儿在学着大人腔说话，接着她也发觉自己学得不像，便嘻嘻笑了起来，爬上桌子指着我在念的书，说“等我大了，我也要念这个”。而现在眼前只有几朵向日葵招呼着我，我的心不住沉落又飘浮，没个去处。以后每天拾粪，即使要多走不少路也宁愿到这处来兜个圈。我只是想看一眼那几朵慢慢变成灰黄色的向日葵，重温一些旧时的欢乐，一直到有一天农民把熟透了的果实收藏了进去。我记得那一天我走过这家农家时，篱笆里孩子们正在争夺丰收的果实，一片笑声里夹着尖叫；我也想到了我远在北国的女儿，她现在如果就夹杂在这群孩子的喧哗中，该多幸福！但如果她看见自己的父亲，衣衫褴褛，推着沉重的粪车，她又作何感想？我噙着眼里的泪水往回走。我又想起了梵高那幅《向日葵》，他在画这画时，心头也许远比我尝到人世更大的孤凄，要不他为什么画出行将衰败的花朵呢？但他也梦想欢欣，要不他又为什么要用这耀眼的黄色作底呢？

梵高的《向日葵》已经卖入富人家，可那幅复制品，却永远陪伴着我的记忆；难免想起作画者对生活的疯狂渴望。人的一生尽管有多少波涛起伏，对生活的热爱却难能泯灭。阳光的金色不断出现在我的眼前，这原是梵高的《向日葵》说出了我未能一表的心思。

不要急

——［中国］苏　童

不要太急了。对于大多数人来说，这是金玉良言，
但做起来却不容易。急躁不是美德，
却几乎是我们共有的思维和行为方式。

多年以前在我们那条街上曾经发生过一起令人唏嘘的车祸，死于车祸的是一个初为人父的男子。据说是婴儿的尿布在那个阴雨天都用完了，而头天洗的尿布都在工厂的锅炉房烘烤着，婴儿的母亲让做父亲的去工厂取那些尿布来救急。这件事情使年轻的父母心急火燎的，那男子的自行车骑得飞快，结果被一辆卡车撞了。

后来事故现场的目击者都说，他的自行车确实骑得太快了，他赶路太急了。

想起这个不幸的故事完全是缘于最近流行的一句话：不要太急哦！我第一次听到这句话是在牌桌上，我打牌一直没什么风度，输多了就很急躁。那位朋友相反，输得越多人越轻松，而且妙语连珠，从来不急，是真正那种好牌风的人。有一次他像是对自己也像是对我们说，不要太急了。他的声音使热闹的骂声沸腾的牌桌突然安静下来，然后我们听见那位朋友说，最近流行这句话，这句话真好。

这确实是一句好话，是不多见的具有劝世意义的流行话语。不知怎么，又想起另一个好脾气的朋友。有一次他的孩子发高烧，他的妻子急得手忙脚乱，光着脚抱起孩子就往医院冲，而那位朋友一如既往地穿戴整齐才尾随妻儿而去。事后他妻子指责他，他说，再怎么急也不至于光着脚出门呀！他妻子便一时无言以对。

我想人的性情通达至此，生活便是另一种坦荡的境界了。那两位朋友对于危机的处理方法出于天生的性情，其实也是一种对生活的态度。他们不肯受制于危机的打压，他们用理性控制着自己生活中的每一个细节，如此，危机便仅仅成为正常生活的一个部分了。

不要太急了。对于大多数人来说，这是金玉良言，但做起来却不容易。急躁不是美德，却几乎是我们共有的思维和行为方式。每一次急躁都有其自然而然的

理由，正如你的小宝贝没有尿布换了，而尿不湿这种新产品还没有面世；正如你在牌桌上大输特输，而你口袋里的筹码却不多了；正如你的孩子高烧四十度，病因却不详。你有理由着急，但是我们却总是容易忘记这个常识：急有什么用？

不要太急了，说的是嘛，我们急了这么多年，生活中该有的有了，不该有的还是没有，急出什么名堂来了？一着急说不定就像那个不幸的父亲，为了尿布而葬送了自己的性命。我不提倡市侩哲学，但我一直认为为了生命献出生命是值得的，为了尿布献出生命却是很可惜的。

友谊和花香一样

——［中国台湾］席慕蓉

友谊和花香一样，还是淡一点的比较好，
越淡的香气越使人依恋，也越能持久。

淡淡的花香

曾经有人问过我，为什么那么喜欢植物？为什么总喜欢画花？

其实，我喜欢的不仅是那一朵花，而是伴随着那一朵花同时出现的所有的记忆；我喜欢的甚至也许不是眼前的大自然，而是大自然在我心里所唤起的那一种心情。

我从朋友那里听到一句使我动心的话："友谊和花香一样，还是淡一点的比较好，越淡的香气越使人依恋，也越能持久。"

真的啊！在这条人生的长路上，有过多少次，迎面袭来的是那种淡淡的花香？有过多少朋友，曾含笑以花香贻我？使我心中永远留着他们微笑的面容和他们的淡淡的爱怜。

中年的心情

今夜，在我的灯下，我终于感觉到一种中年的心情了。

这是一种既复杂却又单纯，既悲伤却又欢喜，既无奈却又无怨的心情。

在人生的长路上，总会遇到分歧的一点，无论我选择了哪一个方向，总是会有一个方向与我相背，使我后悔。此刻，我置身的这条路上，和风丽日，满眼苍翠，而我相信，我当初若是选择了另外一个方向，也必然会有同样的阳光，同样的鸟语花香。越走越远以后，每次回顾，就都会有一种莫名的怅惘。

生命里到处都铺展着如谜般的轨道，理想依旧存在，先是在每一个昼夜的反复里，会发生很多细小琐碎的错误，将我与我的理想慢慢隔开。回头望过去，生命里所有的记忆都只能变成一幅褪色的画。

希望终于有一天，画出一幅永不褪色的画来。

多好啊！活得很美

——［中国台湾］刘　墉

他是一位真正的艺术家。

在那么不如意的时候，他依然快乐，依然生活得很美。

“我最近好为难。”有个条件不错的男学生对我说，“我有两个女朋友，都很爱我，我也很喜欢她们，不知该选哪一个。”

“表明两个条件差不多。”我说。

“不！条件差得多。”学生瞪着我说，“一个很有钱，家里放了一架史坦威钢琴。另一个很穷，我常给她打电话，打一半，就没法说了。因为她的卧室正靠着铁道，火车过，整个房子都震动，什么也听不见，只好拿着电话发呆。”

隔了半年，遇到那学生，他已经结婚了。

“娶了史坦威钢琴的？”我笑道。

“不！娶了铁道旁边贫民区的。”

“噢！”我点了点头，“不简单哪！有什么特别的原因吗？”

“有！有一天，我到她家去，坐在她卧室聊天，突然火车过，好响！带起一阵风，把窗帘都吹起来了，那是一块很便宜的薄棉布的窗帘，她自己用手缝的。”这时候，阳光射进来，我看见窗台上放了一个宝特瓶切一半做成的花盆，里面开着一丛不知名的小黄花。我问她那是什么花。她很不好意思，挡在前面说：“是不值钱的花。”我又问：“很漂亮啊！是什么花吗？”她吞吞吐吐半天，才说：“是野地里挖来的小草花，不值钱！”学生脸上露出一种好特殊的光彩，你知道吗？我那时突然产生一种感动，冲上去抱住她，叫她不要那么说，不要说不值钱，美的感觉是不能用钱衡量的。就在那一刻，我发觉我深深爱上了她。

感动心灵的美，不见得华丽

学生的话，常浮过我的脑海，我常想像那个浴着午后的阳光，被风拂起的窗帘，和窗台上逆光看去的那丛野草花。多么平凡，多么美！

记得有一年情人节，去花店定花，花店老板随手拿了一枝玫瑰送我。

回家，我把那枝玫瑰插在细细的小瓶子里。隔了两天情人节的花也送到了，是 24 朵玫瑰。我又找了一个大大的水晶瓶，放进去。

奇怪的是那 24 朵馥郁的玫瑰和旁边孤零的一小枝比起来，我却对那一枝有种特别的感动。觉得好精巧、好细致、好有慧心。

也想起有一次到前历史博物馆馆长何浩天先生家去。他的家布置得很简朴，案上没花，只有一盆番薯冒出的青苗。淡红色的番薯皮，翠绿弯转的藤叶给人一种特别的雅致。让我回到童年，记忆中父亲用小水皿养的蒜苗，在冬天的窗前盎出一片新绿。

真正会心的美，常像是简简单单的禅宗水墨画，不必华丽的色彩，也无须复杂的构图，却能在那“空灵”引人遐想，给人美。

美，帮我们度过人生的苦难

自从女儿上幼儿园，也常常给我这种美。

她有个放自制玩具的篮子，乍看好像垃圾桶。里面有用超级市场上的牛皮纸袋做的帽子，用衣服夹子和钮扣组成的小人，用纸盘做的面具，用黄豆组成的图画。学校动不动就发通知，要家长给孩子准备空的鲜奶盒子或卫生纸用剩下的“纸轴”。跟着就让孩子从学校带回那些废物组成的玩具。问题是大人眼中的废物，却成为孩子的宝贝。他们不在乎世俗的价值，只在乎自己有没有感动，有没有想像。

于是，常看见小丫头举着她的劳作炫耀。先觉得她傻。想想，才发觉是自己俗。她让我又想起那个学生的女朋友，窗台上放的宝特瓶花盆和里面的小草花。更让我想起以前哥伦比亚大学教授的一段话：

“你们将来教美术，目的不应该是造就几个专业的艺术家，而是培养一批有美感的国民，让他们能在最平凡的东西上见到美，也懂得利用身边平凡的东西创造美；使他们对生活有一种积极快乐的态度，而不只是现实的价值；更使他们能以美的感觉面对人生的苦难。”

人，就是一种美

记得初到纽约的时候，去苏活区看一位艺术界的老朋友。进入他的工作室，我差点窒息。

只见一片烟尘飞扬，四处弥漫着浓浓的油漆味，他正埋头修理古董。

他把顾客送来的瓷器碎片，慢慢拼起来。先用胶水粘合，再用瓷粉填补、打光。然后把断缺的花纹，照原来的样子画好。再用喷飞机的罐装油漆，将表面喷成釉彩的光亮。

朋友摘下口罩，陪我走出工作室，小心跨过残雪的泥泞，步上曼哈顿昏暗的街头。

“多美啊!”他一面呵着手、吐着白烟，一面抬着头，看那四周像要围过来的高楼，近乎咏叹地说，“纽约！一个真正看到人的城市。”指指高楼，又指指蹲在街角的浪人，“都是人创造的，各式各样的人，多美”!

我看着他的脸，看到脸上的感动，也从心底产生一种感动——他是一位真正的艺术家。在那么不如意的时候，他依然快乐，依然生活得很美。

我现在就付诸行动

——［美国］奥格·曼狄诺

一切的一切都只是白日做梦
——除非我们付诸行动。

我的幻想毫无价值，我的计划将石沉大海，我的目标将不会达到。一切的一切都只是白日做梦——除非我们付诸行动。

我现在就付诸行动。

一张地图，不论多么详尽，比例多么精确，它永远不可能带着它的主人在地面上行走半步。一个国家的法律，不论多么公正、严明，永远不可能防止罪恶的发生。任何宝典，即使我手中的羊皮卷，永远不可能创造财富。惟有行动才能使地图、法律、宝典、梦想、计划、目标具有实在意义。行动，像食物和水一样，它滋润我，使我成功。

我现在就付诸行动。

拖延使我裹足不前，它来自恐惧现在我从所有勇敢的心灵深处，了解到这一秘密。我知道想克服恐惧必须毫不犹豫，起而行动，只有如此，心中的慌乱才可以得到平定。现在我知道行动会使猛狮般的恐惧，减缓为蚂蚁般的平静。

我现在就付诸行动。

此刻我要牢记萤火虫的启迪：只有在振翅的时候才能发出光芒。我要成为一只萤火虫，即使在艳阳高照的白天我也要发出光芒。别像蝴蝶一样，舞动翅膀，靠花朵的施舍生活；我要做萤火虫，照亮大地。

我现在就付诸行动。

我决不把今天的事情留给明天，因为我已深知明天是永远不会来临的。现在就付诸行动吧！即使我的行动不会带来快乐与成功，但只要我已行动过，就足已把那些坐以待毙者比下去。行动也许不会结出快乐的果实，但没有行动，所有的果实都得不到收获。

我现在就付诸行动。

立刻行动！立刻行动！立刻行动！从今往后，我要一遍又一遍，每时每刻默诵这句话，直到成为习惯，好比呼吸一般，成为本能，好比眨眼一样。有了这句话，我就能调整自己的情绪，迎接失败者避而远之的每一次挑战。

我现在就付诸行动。

我一遍又一遍地重复这句话。

清晨醒来时，失败者流连于床榻，我却要想到这句话，然后开始行动。

我现在就付诸行动。

外出推销时，失败者还在考虑是否会遭到拒绝的时候，我要想到这句话，面对第一个来临的顾客。

我现在就付诸行动。

面对紧闭的大门时，失败者怀着恐惧与惶惑的心情，在门外等候；我却想到这句话，随即上前敲门。

我现在就付诸行动。

面对诱惑时，我想到这句话，远离罪恶。

我现在就付诸行动。

只有行动才能决定我在商场上的价值。若要加倍我的价值，我必须加倍努力。我要前往失败者惧怕的地方，当失败者休息的时候，我要继续工作。当失败者沉默的时候，我开口推销，我要拜访十户可能买我东西的人家，而失败者在一番周详的计划之后，却只拜访一家。在失败者认为太晚时，我能够骄傲地说大功告成。我现在就付诸行动。

现在是我的所有。明天是为懒汉保留的工作日，我并不懒惰。明天是弃恶从善的日子，我并不邪恶。明天是弱者变强者的日子，我并不软弱。明天是失败者借口成功的日子，我并不是失败者。

我现在就付诸行动。

我是雄狮，我是苍鹰，饥即食，渴即饮。除非行动，否则就此灭亡。

我渴望成功，快乐，心灵的平静。除非行动，否则我将在失败、不幸、夜不成眠的日子中奄奄一息。

我向自己发布命令并且必须服从自己的命令。

成功不是等待。如果我迟疑，她会投入别人的怀抱，永远弃我而去。

我现在就付诸行动。

我的梦中城市

——［美国］德莱塞

我的梦中城市，它是沉默的，
清冷的，静穆的。

我的梦中城市，它是沉默的，清冷的，静穆的。这也许是由于我实际上对于群众、贫穷及像灰砂一般刮过人生路途的那些缺憾的风波风暴都一无所知的缘故。这是一个可惊可愕的城市，这么的大气魄，这么的美丽，这么的死寂。这里有跨过高空的铁轨，有像狭谷的街道，有大规模升上壮伟城市的楼梯，有下通深处的通道，而那里所有的却奇怪得很，是下界的沉默。又有公园、花卉、河流。而过了二十年之后，它竟然在这里了，和我的梦差不多一般可惊可愕，只不过当我醒来时它是罩在生活的骚动底下的。它具有追逐、梦想、热情、欢乐、恐怖、失望等等的情感。通过它的道路、峡谷、广场、地道，是奔跑着、沸腾着、闪烁着、聚拢着的一大堆的存在，这都是我的梦中城市从来不知道的。

关于纽约——其实也可以说关于任何大城市，不过说纽约更加确切，因为它曾经是而且仍旧是非常与众不同的——在从前也如在现在，那使我感到有兴趣的东西就是它显示于迟钝和乖巧、强壮和薄弱、富有和贫穷、聪明和愚昧之间的那种十分鲜明而同时又无限广泛的对照。这之中大概数量和机会上的理由比任何别的理由都占得多些，因为别处地方的人类当然也并无两样。不过在这里，能够从中挑选的人类是这么的多，因而强壮的或那种根本支配着人的，是无比的强壮，而薄弱的也是那么的薄弱。

我有一次看见一个可怜的缝衣妇。她那失了神的眼睛没有半点光彩，粗糙的脸上叠着很多皱纹。她住在冷街上一所分租房子厅堂角落的夹板房里，用着一个放在柜子上的火酒炉子在做饭。那间房子的空间，大概只够一个人迈上三步。

“我宁可住在纽约这种夹板房里，不情愿住乡下那种十五间房的屋子。”她有一次发过这样的议论，说这话时，她那无神的眼睛放射出无限的光彩，这是我在她身上从来不曾看见过，也从来不再见到的。她有一种方法贴补她的缝纫的收入，就是替那些和她一样的下等人在纸牌、茶叶、咖啡渣之类里面望运气，告诉许多人说要有恋爱和财气了，其实这两项东西都是他们永远不会得到的。原来这个城市的色彩、声音和光耀，哪怕只叫她见识见识，也就足够赔补她一切的不幸了。

其实我自己不是也曾感觉到过那种炫耀吗？现在不是仍然感觉到吗？百老汇路，当四十二条街口，在这些始终如一的夜晚，城市被西部来的如云的游览闲人所拥挤。所有的店门都开着，差不多所有酒店的窗户都开得大大的，让那些无所事事的过路人可以观望。这里就是这个大城市，而它是醉态的，梦态的。一个五月或是六月的月亮将要像擦亮的银盘一样高高挂在高楼间。一百乃至一千面电灯招牌将街面照得如同白昼。穿着夏衣戴着漂亮帽子的市民和游人的潮水；载着大包小包的货品担负着无足重轻的使命的街车；像嵌宝石的苍蝇一般飞来飞去的出租汽车和私人汽车。还有那轧士林也贡献了一种特异的香气。生活在发泡，在闪耀；漂亮的言谈，散漫的材料。百老汇路就是这样的。

还有那五马路，那条歌中所唱的水晶的街，在一个有市集的下午，无论春夏秋冬，总是一般热闹。正当二三月间，春来欢迎你的时候，那条街的窗口都拥塞着精美无遮的薄绸以及各色各样的缥缈玲珑的饰品，还有什么能这样分明地报告你春的到来呢？十一月一开头，它便歌唱起洛杉矶、新开港以及热带和暖海的大大小小的快乐。直到十二月，这条马路上又将皮货、地毯，舞会和宴会，陈列得那么傲慢，对你大喊着风雪快要来了，其实你那时从山上或海边度假回来还不到十天哩。你看见这么一幅图画，看见那些划开了上层的住宅，总以为全世界都是非常的繁荣，无限地快乐的了。然而，你倘使知道那个俗艳的社会的矮丛，那个介于成功的高树之间的徒然生长的乱莽和丛簇，你就觉得这些无边的巨厦里面并没有一件事情是完美而崇高的了！

我常常想到那数量巨大的下层人，那些除开自己的青春和志向之外再没有东西推荐他们的男孩子和女孩子，时时刻刻将他们的面孔朝着纽约，侦察着那个城市能够给他们怎样的财富或名誉，不然就是未来的位置和舒适，再不然就是他们将可收获的无论什么。啊，他们的青春的眼睛是沉醉在它的无穷的希望里了！于是，我又想到全世界一切有力的和半有力的男男女女们，在纽约以外的什么地方勤劳从事着这样或那样的工作——一间店铺，一个矿场，一家银行，一种职业——惟一的志向就是要去达到一个地位，然后靠他们的财富进入并居留纽约，然后过着支配大众的奢侈生活。

你就想想这里面的幻觉吧，真是深刻而动人的催眠术哩！强者和弱者、聪明人和愚蠢人、心的贪馋者和眼的贪馋者，都怎样的向那庞大的东西寻求忘忧草，寻求迷魂汤。我每次看见人们似乎愿意拿出任何的代价——拿出那样的代价——去祈求品尝这口毒酒，总觉得十分惊奇。他们是展示着怎样一种令人心痛的热心。美愿意出卖它的花，德性出卖它的最后的残片，力量出卖它所能支配范围里面一个几乎是高利贷的部分，名誉和权力出卖它们的尊严和存在，老年出卖它的疲乏的时间，以求得这一切中一小部分东西，以求触摸这个城市的真实存在和它构成的图画。难道你还没有听见他们正唱着它的赞美歌吗？

快乐不是自来水

——［美国］迪尼斯·普雷格

如果你凡事都从好的方面看，对人生一定有好处；
如果你总是往坏处想，日子就难过了。

我有幸参加了一次以快乐为题的演讲，事后，有位女听众站起来说："我真该带我的丈夫来听听这次演讲。"她解释说自己的丈夫老是很不快乐，虽然她很爱他，但和他生活在一起实在不容易。

这位女士的话让我想到道理应该是这样讲的：不管是谁，要把寻觅快乐当一回事。我告诉她，为了我们的另一半，我们的孩子、朋友，我们要尽量快乐。你若不同意我的意见，不妨去问问孩子跟不快乐的父母长大是什么滋味；或者问问做父母的，如果他们有一个不快乐的孩子有多痛苦。

其实，我自己的童年就不是特别快乐，而且跟大多数少年一样沉溺在不能自拔的痛苦中。但有一天我忽然醒悟，原来自己只是在害怕困难而唯唯诺诺。要快乐起来也很容易，这种事不需花心思费力气。真正的成就在于尽我所能以求快乐。

不少人并没有意识到快乐是必须去求去找才会有的。我们都以为快乐只是一种感觉，源自碰巧发生在我们身上的好事，而那种好事会不会发生则非我们所能主宰。

快乐主要是由我们支配的，我们应该主动争取；真相却刚好相反，需要被动等待。希望自己有个快乐的人生，就必须克服一些障碍，其中三个障碍是：

第一，与别人比较。

多数人都拿自己跟我们以为人生顺利的人比较，有些是亲友，有些是我们其实只听说过的人。我认识一个年轻人，是外表看去纯粹的事业有成、日子美满的那种人。他谈起他挚爱的妻女，谈起他在他中意的城市当电台节目主持人，喜不自禁。我记得当时我心里想的是怎么什么好事都让这个家伙碰上了。

然后我们谈起电脑和互联网。他告诉我，他感激这世界上有互联网，因为他可以从中查索关于多发性硬化症的资料——他妻子正在饱受此症煎熬。我先前认为他是人生的幸运儿，此时只觉得自己愚不可及。

第二，过于追求完美。

每个人都在追求着想像中最完美的生活。问题却是很少有人事业与家庭都合乎他们自己想像中的标准。

就我自己而言。我出身的家庭没有人离过婚，在我看来婚姻是一生一世的事。因此，当我和第一任妻子在结婚五年，儿子出世三年后离异时，我整个人都垮掉了，我觉得自己还不如死掉。

接着我再婚，婚后向妻子芬妮坦承自己一直无法摆脱先前婚姻失败的阴影。这时，家里共有四人：我和儿子、她和她前夫的女儿。当芬妮问我觉得家里还有什么问题时，我老实回答，就是和儿子相处的时间太短。

“那么你为什么不因此而开心生活?”她问。理当如此。但首先我必须从自己内心想像的“完美”家庭中走出。

第三，过分在意自己的缺憾。

破坏快乐的有效方法莫过于对任何事物只集中注意瑕疵，假如望向天花板时只盯着缺了块天花板的那处地方。又如有个秃子对我说的：“每到一个地方，我都会首先观察人群中有否另一个秃头。”

一旦你找出自己缺了哪一块天花板，就要探讨，若重新取得这块天花板是否真的可以使你快乐。然后你有三个行动选择：去找到这块天花板，或用另一块不同的天花板补上，又或者根本不予理会，把注意力放在那些没掉的天花板上。

我多年来研究快乐的道理，得到最重要的结论之一是：人的一生遭遇和他是否会获得快乐并无太大关系。稍加细想就会明白这道理，很明显。你一定也认识不少人，生活颇为顺利，但从根本上来说不快乐；我们也知道有些人吃过不少苦头，却能乐天知命的生活。

第一道秘方是感激。快乐都存于有感激之心的人，无感激之心的人不会快乐。我们总以为人是因为不快乐才抱怨，事实上，是抱怨促使人不快乐。

第二，要知道快乐是另一件事情的副产品。明显的快乐源泉是各种使我们生活有目标的活动，例如研究昆虫或打打球。当你用心投入自己喜好的运动时，你获得的快乐将不计其数。

最后，应有如下的信念：这世界上有些永恒的事物是超越我们的，而且我们的生存有更重大的意义。这信念会使我们生活更快乐。我们需要精神上或宗教上的信仰，或者秉持自己的人生观。

无论你的人生观是什么，都该包含这个道理：如果你凡事都从好的方面看，对人生一定有好处；如果你总是往坏处想，日子就难过了。如果你想开心过日子的话，那么，请立即快乐起来。

机会在敲门

——［美国］魏特利·薇特

机会并非外界的生存实体，
它存在你的内心之中，你自己就是机会。

艾略特是英国著名小说家，他曾经这样写道：

“生命巨流中的黄金时刻稍纵即逝，除了砂砾之外我们别无所见；天使前来探访，我们却当面不识，失之交臂。”

20世纪的美国人也有一句俗谚：“通往失败的路上处处是错失了的机会。”

期盼幸运从前门进来的人，却没有回头看看后窗进入的机会。

马娇丽就是这样一个人。她在一家小型制造业公司谋得一份好差事，可是上司要她做一件不在她职责范围内的工作，她拒绝了。不久以后，在另一个部门的一位同事建议她尝试那个部门的工作，她再度回绝。马娇丽不愿做不属于她职责内的事情，除非给她加薪，升她的级。她没有发觉其实那都是些她成功的机会。假使她接受新任务并且顺利完成，她就极有资格要求加薪和升级了。结果她被认为是不思进取的青年。

我们常把机会拟人化，误以为幸运之神真的存在，于是，便坐在那里等待机会敲门。

可惜的是，机会从来不会自动前来敲门。不管你等待多少年，也听不到它的敲门声。

原因是机会并非外界的生存实体，它存在你的内心之中，你自己就是机会。

而只有你才能制造机会。只有你能发挥自己的能力来利用机会。也只有你才能发现机会，然后把失败与挫折转变为成功与满足。

有些人给机会下了狭隘的定义，认为是指一笔交易成功或职务升迁。其实机会所涵盖的范围很广，它意味着众人皆陷入消极的泥潭中时，你却能寻出一条积极思考的途径。机会是在强大压力之下圆满完成任务；机会是不卷入办公室里的勾心斗角；机会是不受紧张、冲突和自疑的牵绊；机会是接纳自己的一切，求得内心的宁静，并享受充满自信的愉悦。

朝向一个值得努力的目标前进，尽量利用造物主慷慨赐予你的才华和能力，机会就在其中。

自然会认清机会所在，只要你不再打击自己。

你会发掘出无穷的机会，只要你不再担心别人怎么想。

你一定能掌握好机会，只要你不再空想着你的前途多美妙。

你也一定能够为自己创造机会，但你必须放弃对昔日挫败的思想。

记住，任何人都有失意和挫折的时候，但是人人也都有丰富的潜力。悲观者只看见自己的错处和弱点，乐观者则专注于自己内心的力量和创造力。

你该怎样为自己开创机会？那就必须要你不断地探索、发现并且适应新来乍到的机运。

还有一点请记住：随时保持你那开放与乐观的心。

听，机会已经在敲你的门，哦，不是敲你的前门，而是叩你的心扉。

把世界的喧闹变成音乐

——［美国］富尔顿·沃斯勒

如同艺术家在把美带给别人时感到愉快一样，
任何掌握了赞扬艺术的人都会发现，赞扬不仅给听者，也给自己带来极大的愉快。
它给平凡的生活带来了温暖和快乐，把世界的喧闹声变成了音乐。

百老汇的一位喜剧演员有一次做了个梦：自己在一个座无虚席的剧院给成千的观众表演——讲笑话、唱歌，可全场竟没有一个人发出会意的笑声和掌声。

“即使一个星期能赚上 10 万美元，”他说，“这种生活也如同下地狱一般。”

事实上不只演员需要鼓掌，如果没有赞扬和鼓励，任何人都会丧失自信。可以这样说：我们大家都有一种双重需要，即被别人称赞和去称赞别人。

赞扬人也是一种艺术，不但需要合适的方式加以表达，而且还要有洞察力和创造性。一位举止优雅的妇女对一位朋友说：“你今天晚上的演讲太精彩了。我情不自禁地想，你当一名律师该会是多么出色。”这位朋友听了这意想不到的评语后，像小学生似的红了脸。正如安德烈·毛雷斯曾经说过的：“当我谈论一名将军的功劳时，他并没有感谢我。但当一位女士提到他眼睛里的光彩时，他却表露出无限的感激。”

没有人不会被真心诚意地赞赏所触动。耶鲁大学著名的教授威廉·莱昂·弗尔帕斯经历过这样一件事：有一年夏天又闷又热，他走进拥挤的列车餐车去吃午饭，在服务员递给他菜单的时候，他说：“今天那些在炉子边烧菜的小伙子一定是够受的了。”那位服务员听了后吃惊地看着他说：“上这儿来的人不是抱怨这里的食物，便是指责这里的服务，要不就是因为车厢里闷热大发牢骚。19 年来，你是第一位对我们表示同情的人。”弗尔帕斯得出结论说：“人们所需要的，是一点作为人所应享有的被关注。”

在这种关注之中，真诚是最为重要的。因为只有真诚才能使赞语具有效力。做父亲的劳累了一天后回家，当他看到自己的孩子将脸贴着窗子正等待和注视着自己的时候，便会感到自己的灵魂沐浴在甜蜜的甘露之中。

真诚地赞扬别人，能帮助我们消除在日常接触中所产生的种种摩擦与不快。

这一点在家庭生活中体现得最为明显。妻子或丈夫如能有心经常适时地讲些使对方感到高兴的话，那就等于取得了最好的婚姻保险。

孩子们总是特别渴望得到别人的肯定。一个孩子如果在童年时代缺少家长善意的赞扬，那就可能影响到他个性的发展，甚至还可能成为他终生的不幸。一位年轻的母亲讲了一件令人深思的事：我的小女儿经常淘气，我不得不常常责骂她。有一天她表现得特别好，没有做一件惹人生气的事。那天晚上，我把她安顿上床后正要下楼时，突然听到她在低声哭泣。我不禁问她出了什么事，她一边哭一边问道："难道我今天不是一个很乖的小姑娘吗？"

说话和善——适用于所有人与人之间的关系。我小时候住在巴尔的摩，邻近的街区新开了一家药店，而帕克·巴洛——我们的经验丰富的久有声望的药店主，对此感到非常气愤。他指责他年轻的对手卖次药，毫无配药方的经验。后来，这个受到攻击的新来者准备为此事向法院起诉。他去请教一位律师，这名律师劝告他说："别把这件事闹得满城风雨，你不妨试着表示善意。"

第二天，当顾客们又向他述说帕克的攻击时，他说："一定是在什么事上产生了误会。帕克是这个城里最好的药店主，他在任何时候都乐意给病人配药。他这种对病人的关心给我们大家树立了榜样。我们这个地方正在发展之中，有足够的余地可供我们两家做生意。我是以巴洛医生的药店作为自己的榜样的。"

帕克听到这些话后——因为好话乘上闲谈之翼也跟流言飞得一样快——便急不可待地去见自己的年轻对手，并向他介绍了自己的一些经验，提了一些有益的劝告。这样，真诚的赞扬消除了怨恨。

要是有不少人聚在一起，那就需要考虑周到。大家集在一起交谈，一个有心人会让每个人都感到自己是这场讨论的参加者。我的一位朋友曾经常带着赞赏谈论亚瑟·詹姆斯·巴尔弗总理作为餐桌上的主人的情况："他会接过一个害羞的人所讲的犹犹豫豫的观点，从中发现出人意料的智慧之处，把它加以扩展，直至最初提出这个观点的人都感到自己确实对人类智慧做出了某种贡献。每个客人在离开餐桌时，都会感到像是在空中行走，相信自己比原来想像的要伟大些。"

为什么我们中的大多数人没能把一些令人愉快的真实感受说出口呢？而这本来是可以使别人感到十分快乐的。有这样一句话："给活着的人献上一朵玫瑰，比给死者送去豪华的花圈要好得多。"此话不无道理。有一位商人常去光顾一家古董店。一天，他刚离开，店主的妻子对丈夫说："刚才我真想告诉他，我们对他经常上这儿来感到多么高兴。"丈夫回答说："那么等他下次来时告诉他吧。"

第二年的夏天，一名年轻女子来到这家古董店，自我介绍说她是那个商人的女儿，并说她父亲已经去世了。店主的妻子告诉了她，在她父亲最后一次来店里时自己和丈夫的谈话。这个女子顿时含着泪水说："要是你当时把你的话给我父亲说了，那该有多好啊！"

“从那天以后，”这位店主说，“每当我想到某人有什么好的地方，我就告诉他。因为说不定我以后再也不会有这样的机会了。”

如同艺术家在把美带给别人时感到愉快一样，任何掌握了赞扬艺术的人都会发现，赞扬不仅给听者，也给自己带来极大的愉快。它给平凡的生活带来了温暖和快乐，把世界的喧闹声变成了音乐。

人人都有值得称道的地方，我们只须把它说出来就是了。

为何自讨苦吃

——［美国］弗兰克·苏里文

每天最好自寻烦恼，即便只是芝麻大的小苦恼，也要烦恼一下。要不然，待到真正的大烦恼来临时，你怎么经受得住？

别人说："快乐总比忧愁好。"而我说："忧愁更胜快乐一筹。"请问，哪有像今天这样充满了忧愁的大好机会？既然如此，不好好发愁一下，怎能对得住自己？每天最好自寻烦恼，即便只是芝麻大的小苦恼，也要烦恼一下。要不然，待到真正的大烦恼来临时，你怎么经受得住？

我可是出了名的自寻烦恼、自讨苦吃的专家，凭这个称号，现在提出几点成功的心得：

忧愁须及时，不可拖延。你不能说，我今天不必忧愁，我太开心了，明天再发愁吧。但明天你要是更加开心，那又怎么办？

不要以为有人说你年轻，不应该忧愁。其实，开始忧愁越早越好。善于自寻烦恼的朋友十几岁便开始了忧愁，这倒是个好现象。也不要方枘圆凿、格格不入。觉着自己的脾气适合那一类烦恼，然后顺道而行，锲而不舍。

也许你可能对自己说："这么一件小事，我值得为此烦恼吗？"这种态度实在不可取。要知道，所有的大事都是由小事转化过来的。例如，你对朋友可能说了不客气或无聊的呆话，你曾否因此烦心？如能善为运用，这种思想就可使你终日寡欢。或者想想，他曾否故意说了得罪你的话？诸如此类的事，也可以使你一天到晚忧愁。

我最擅长于制造一些无聊的小烦恼，善加培养，把它酿成称心如意的大烦恼。或许是我的想像力太过丰富。一封信寄出以后，我常常苦思：可曾贴了邮票？地址是否正确？直想到神智疲惫而后已。

不忽视传统的烦恼，文明的命运问题和缝纫刺绣一样，可以随时拿出来忧愁一番。也不要忘记以你的健康为题，你可能以为目前身体很好，但是你也可以想像自己生了什么病，建议你看几本医学书籍，我保证你至少会发现自己有几种乃至十几种病状。

如果你是个天生的乐天派，任何书籍也无法使你找出病症。那总可以为家人或朋友烦心吧。我就知道有一位太太，为她独生子的健康烦心了19年，而她却从来未曾有过病痛。

对了，你还可以为了钱而发愁。方法很简单：如果没有钱，就为赚钱发愁；如果有钱，就为怕损失发愁。

不论如何，千万别与那些劝你不要烦恼的人为友。不要让一天白白过去而毫无愁事。即使没有发愁的理由，也要设法找些理由来杞人忧天，这才算得上自讨苦吃。

快乐的真谛

——［美国］诺宾·基尔福德

乐观者和悲观者之间的差别十分微妙：
乐观者看到的是甜甜圈，
而悲伤者看到的则是甜甜圈中间的小小空洞。

在日常生活中，我们往往见到有人乐观，有人悲观。为何会这样？其实，外在的世界并没有什么不同，只是个人的处世态度不同罢了。

最能说明这个问题的是我在一家卖甜甜圈的商店前面见到一块招牌，上面写着："乐观者和悲观者之间的差别十分微妙：乐观者看到的是甜甜圈，而悲伤者看到的则是甜甜圈中间的小小空洞。"这个短短的幽默句子，透露了快乐的本质。事实上，人们眼睛见到的往往并非事物的全貌，只看见自己想寻求的东西。乐观者和悲观者各自寻求的东西不同，因而对同样的事物就采取了两种不同的态度。

有一天，我站在一间珠宝店的柜台前，把一个装着几本书的包裹放在旁边。当一个衣着讲究、仪表堂堂的男子进来，开始在柜台前看珠宝时，我礼貌地将我的包裹移开，但这个人却愤怒地看着我，他说，他是个正直的人，绝对无意偷我的包裹。他觉得受到了侮辱，重重地将门关上，走出了珠宝店。我感到十分惊讶，这样一个无心的动作，竟会引起他如此的愤怒。后来，我领悟到这个人和我仿佛生活在两个不同的世界，但事实上世界是一样的，所差别的是我和他对事物的看法相反而已。

几天后的一天早晨，我一醒来便心情不佳，想到这一天又要在单调的例行工作中度过时，便觉得这个世界是多么枯燥、乏味。当我挤在密密麻麻的车阵中，缓慢地向市中心前进时，我满腔怨气地想："为什么有那么多笨蛋也能拿到驾驶执照？他们开车不是太快就是太慢，根本没有资格在高峰时间开车，这些人的驾驶执照都该被吊销。后来，我和一辆大型卡车同时到达一个交叉路口，我心想："这家伙开的是大车，他一定会直冲过去的。"但就在这时，卡车司机将头伸出车窗外，向我招招手给我一个开朗、愉快的微笑。当我将车子驶离叉路口时，我的愤怒突然完全消失，心情豁然开朗起来。

这位卡车司机的行为，使我仿佛置身于另一个世界，但事实上，这个世界依旧，所不同的只是我们的心境。

每个人在生活中都会有类似的小插曲，这些小插曲正是我们追求快乐的最佳方法。要活得快乐，就必须改变自己的态度。我想，这就是快乐的真谛吧！

我的一天

——［前苏联］奥斯特洛夫斯基

……黑夜，我睡下，疲倦了，但很满意。
这就是我的一天，虽很平凡，但却很重要……

正当我美梦酣畅的时候，一阵电话铃声把我唤了回来，醒来的第一个感觉就是我这被瘫痪所钉住的身体疼得难以忍受。这就是说，几秒钟之前我还在做梦，在梦中我年轻、有力，骑着战马像疾风一般奔向初升的太阳。我动了动，却没有睁开眼，因为这么做没有什么意义：在这一瞬间我正回忆着一切。八年前，残酷的疾病使我倒在床上，动弹不得，害我瞎了眼睛，把我周围的一切变成了黑夜。

痛楚，确切点说是肉体的痛楚又向我发动了袭击，来势凶猛。我紧紧地咬着牙。第二次电话铃声赶紧地跑来援助我。我知道，生活并没有离我远去。母亲走进来。她送来早晨的邮件——报纸、书籍、一束信件。今天还有好几次有趣味的约会。生活要取得它应有的权利。快滚吧！你这只会令懦弱的人屈服的家伙！同往日一样，我战胜了肉体的痛苦。

“快点，妈妈，快点！洗脸，吃饭……”

母亲把未喝完的咖啡拿走。我马上听见我的秘书阿列克山得拉·彼得洛夫娜的问安。她像钟一样准确。

像往常一样，我召呼众人把我抬到花园阴凉的地方，预备开始工作，赶快生活。就因为这个，我的一切欲望才那样强烈。“请读报吧，让我了解一下阿比西尼亚和意大利边界又有哪些新情况发生？法西斯主义——这个带着炸弹的疯子——已经向这里猛袭了，没有人知道它什么时候、向什么方向扔下这个炸弹。”

报上说：国际关系宛如乱蜘蛛网一样复杂，破产了的帝国主义的麻烦毕生都解决不了……战争的威胁像乌鸦一样盘旋在世界上空。日暮途穷的资产阶级已将自己仅有的后备军——法西斯青年匪徒——投入竞技场。而这些匪徒正凭借着斧头和绳索，将资产阶级的文化很快地拉回中世纪去。欧洲大地上弥漫着浓烈的血腥味。那笼罩上空的阴云连最瞎的人也能看得真切，世界狂热地扩充着军备……

不要再读了！我已不忍心再听下去了，我希望听听我国的生活！

于是我听到了可爱的祖国的心脏的跳动。在我面前立即便显现出一个青春、美丽、健康、活泼、不可战胜的苏维埃国家。只有她，毅然举起社会主义这面大旗为着和平公道、正义而战，也只有她，真实地把民族间的友谊落到实处。做这样的祖国的儿子该是多么幸福啊！……

阿列克山得拉·彼得洛夫娜念信啦。这是从辽阔的苏联遥远的尽头给我写来的——海参威、塔什干、费尔干、第弗利斯、白俄罗斯、乌克兰、列宁格勒、莫斯科。

莫斯科、莫斯科呀！世界的心脏！这是我的祖国在和他的儿子中的一个互相通话，和我，和《钢铁是怎样炼成的》一书的著者，一个年轻的、初学的作者互相通话。几千封被我小心保存在纸夹中的信——这是我最珍贵的宝藏。都是谁写的呢？谁都写。工厂和制造厂的青年工人、波罗的海和黑海的海员、飞行家、少年先锋队员——大家都忙着说出自己的思想，讲一讲由那本书所激发的情感。这里的每一封信都让我增益不少，也让我非常感动。看吧，一封劝我劳动的信写道："亲爱的奥斯特洛夫斯基同志！我们焦急地期待着您的新小说《暴风雨所诞生的》早日问世。你快点写吧。你一定会把这本书完成得不错。祝你健康和有伟大的成就。别列兹尼克制工厂全体工人……"

又有一封信通知我说，一九三六年，我的小说将在几家出版社同时出版，印刷总数五十二万册。这简直是一支书籍大军了……

我听见：门外，有汽车轻轻的刹车声、脚步声、问好。我听出来是马里切夫工程师来了。他正在建筑一所别墅，是乌克兰政府将把这所别墅作为礼物赠给作家奥斯特洛夫斯基。在古老花园的绿树浓荫中，距海滨不远，将建造起一所美丽的小型别墅。工程师打开了设计图。

"您的办公室、藏书室、秘书办公室、浴室都在这边。这半边是给您的家属住。有很大的凉台，夏天您可以在那里工作。周围阳光很充足。另外，还有一些高大的绿色植物……"

一切都预备好了，就为着让我能安心工作。我深深体会到祖国的关怀和抚爱。

"您还有些什么别的要求吗？"工程师问。

"没什么了，这已经让我十分满意了……"

"那么我们就动工啦。"

工程师走了。阿列克山得拉·彼得洛夫娜翻开记录本子。我的工作开始了，在我工作的时候，任何人都不能来打扰我。几个钟头的紧张工作。我忘却周围一切。回忆着往事。在记忆中出现了动乱的一九一九年。大炮在怒吼……黑夜里火光冲天……大队的武装干涉者侵入了我国，我小说的主人公出现了，忘我牺牲的青年和自己的父亲们并肩作战，给这种进攻以反击。

“已经过去四个小时了，休息的时间到了！”秘书小声说。

午餐……一小时休息……。晚间的邮件——报纸、杂志，又有来信。下午的时光又这样在记忆中度过，阳光已躲在了树后，我虽看不见，但我能感觉得到。

我听见了有许多人来了，他们脚步轻盈，笑声爽朗，他们是我的朋友，我国英勇的少女们——女跳伞家，她们曾打破了世界迟缓跳伞的记录。同来的还有索契城参加新建筑工程的共青团员们。伟大建筑的隆隆响声竟被带进了这幽静的花园。我禁不住遐想着，外面正在怎样用水泥和柏油铺着我这小城的街道。一年前还是旷野的地方，现在已经耸立着宫殿似的疗养院的高大建筑了。

夜色渐渐浓重起来，客人们告辞离去。人们念书报给我听。轻轻的敲门声。这是工作日程上规定的最后一次约会，前来的是英文《莫斯科日报》的记者。他的俄语不太好。

“您说您以前是个普通工人?”

“不错，当过烧锅炉的工人。”

他的铅笔很快地擦着纸响。

“您不认为您很痛苦吗？您想，您是瞎子呀，多年躺在床上不能动了。难道您一次也没有想到自己失去了幸福，没有想到永远不能再看东西、走路，而感到生活无望?”

我微笑着。

“我从来没有感觉我是痛苦的，相反，我感觉我很幸福，幸福是有多重含义的。创作使我产生了无比惊人的快乐，而且我感觉出自己的手也在为我们大家共同建造的美丽楼房——社会主义——砌着砖块，这样，我个人的悲痛便被排除了。”

……黑夜，我睡下，疲倦了，但很满意。这就是我的一天，虽很平凡，但却很重要……

敲门声

——［英国］莎士比亚

那打门的声音是从什么地方来的？
究竟是怎么一回事，
一点点的声音都会吓得我心惊肉跳？

麦克白：那打门的声音是从什么地方来的？究竟是怎么一回事，一点点的声音都会吓得我心惊肉跳？这是什么手！嘿！它们要挖出我的眼睛。大洋里所有的水，能够洗净我手上的血迹吗？不，恐怕我这一手的血，倒要把一碧无垠的海水染成一片殷红呢。

麦克白夫人：我的两手也跟你的同样颜色了，可是我的心却羞于像你那样变成惨白。我听见有人打着南面的门。让我们回到自己房间里去，一点点的水就可以替我们清除痕迹，那不是很容易的事吗？你的魄力不知道到哪儿去了。听！又在那儿打门了。披上你的睡衣，也许人家会来找我们，不要让他们看见我们还没有睡觉。别这样傻头傻脑地呆想了。

麦克白：要想到我所干的事，最好还是忘掉我自己。用你打门的声音把邓肯惊醒了吧！我希望你能够惊醒他！

……

门房：门打得这样厉害！要是一个人在地狱里做了管门人，就是拔闩开锁也足够他办的了。敲，敲，敲！凭着魔鬼的名义，谁在那儿？一定是个囤积粮食的富农，眼看碰上了丰收的年头，就此上了吊。赶快进来吧，多预备几方手帕，这儿是火坑，包你淌一身臭汗。敲，敲！凭着还有一个魔鬼的名字，是谁在那儿？哼，一定是什么讲起话来暧昧含糊的家伙，他会同时站在两方面，一会儿帮着这个骂那个，一会儿帮着那个骂这个。他曾经为了上帝的缘故，干过不少亏心事，可是他那条暧昧含糊的舌头却不能把他送上天堂去。啊！进来吧，暧昧含糊的家伙。敲，敲，敲！谁在那儿？哼，一定是什么英国的裁缝，他生前给人做条法国裤还要偷材料，所以到了这里来。进来吧，裁缝！你可以在这儿烧你的烙铁。

敲，敲，敲个不停！你是什么人？可是这儿太冷，当不成地狱呢。我再也不想做这鬼看门人了。我倒很想放进几个各式各样的人来，让他们经过酒池肉林，一直到刀山火焰上去。来了，来了！请你记着我这看门的人。

正当的享乐

——［英国］休　谟

在奢侈豪华的餐桌上，
如果人们品尝不到彼此交谈志向、学问和各种事情的愉快，
这种奢华不过是无聊没趣的标志，同生气勃勃或天才毫无关系。

如果我说：各种感官上的满足，各种精美的饮食衣饰给予我们的快乐其实是丑恶的，那么，这种想法是决不可能被人接受的，只要这个人的头脑还没有被狂热弄得颠倒错乱。我确实听说有一位外国僧侣，他因为房间的窗户是朝一个神圣的方向开的，就给自己的眼睛立下誓约：千万别朝那边看，那里会见到使全身感到愉悦的东西。

喝香槟酒或勃艮第葡萄酒也是罪过，不如喝点淡啤酒、黑啤酒好。那些追求享乐的人，如果以损害美德如自由或仁爱为代价的话，就是可恶的；同样，如果为了享乐，一个人毁了自己的前程，把自己弄到一贫如洗甚至四处乞求的地步，那也是愚蠢的；如果这些享乐并不损害美德，而是给朋友和家庭以宽裕豁达的关怀，是各种各样行之有效的慷慨和同情，它们就是完全无害的。在一切时代，所有的道德家都会认为这是完全正确的。

在奢侈豪华的餐桌上，如果人们品尝不到彼此交谈志向、学问和各种事情的愉快，这种奢华不过是无聊没趣的标志，同生气勃勃或天才毫无关系。一个不关心、不尊重朋友和家人，只知道自己花钱享乐的人，他的心是石头。但是如果一个人匀出足够的时间来从事有益的研究讨论，拿出自己的财富来做仗义有为的事，他将会受到社会各界的赞扬。

无益的优点

——［英国］休　谟

羞恶之心，在一个有毛病的人身上确实是一种美德，
可是它产生的是巨大的不快和悔恨。
但也正因为如此，有的坏人才能完全摆脱罪恶而从善。

一个人的优点与缺点是相互对应的，这种优点会使他比全身缺点要更加可悲。一身都是毛病的人容易因为受困而惊醒，可是如果他有慷慨大度和友善的性格，能活跃地关照他人，使他能得到很多幸运和奇遇，就是他的最大的不幸。羞恶之心，在一个有毛病的人身上确实是一种美德，可是它产生的是巨大的不快和悔恨。但也正因为如此，有的坏人才能完全摆脱罪恶而从善。没有友善的心肠，却徒有一副多情的面孔的人，在无节制的恋爱里比豪放性格的人更幸运，但这个人因此就丧失了他自己，完全成为自己情欲的奴隶。

性格上的郁郁寡欢，对我们的情感来说确实是个缺陷和不足，但它常常伴随着高度的荣誉感和正直诚实，在很高尚的人品中就时常能见到它，尽管它足以使生活加重痛苦，给人的影响很坏。反之，一个自私的坏蛋可以具有活跃快乐的性格和某种欢快的心情，这的确是一个好品质，可是他借助这点好处，使他受到了多大的惩罚啊！即使他交了好运，他的好些罪过也会使他悔恨和不得安逸。

快乐的期待

——［英国］塞缪尔·约翰逊

希望虽然常常带来失望，但却非常必要，
因为，希望本身就是幸福，尽管它常遭挫折，
但这种挫折毕竟不比希望破灭那样可怕。

因为存在意外的火花，才使得我们有机会看到了最明亮的欢乐火焰，人生道路上不时散发出花朵的芳香，那是聪明的人偶然播下的种子而生长起来的。

若想设计一场欢乐却不是容易办到的。例如，把一些有聪明才智的人士和妙趣横生的幽默家，从遥远的地方邀请来会聚一堂。他们出现便会接受赞赏者的欢呼与喝彩。然而他们面面相觑，沉默吧，心中有愧；说话吧，又有所顾虑。人们的全身开始不适，终于愤恨起给自己施加痛苦的人了，于是决意对这种毫无价值的欢乐聚会表示冷漠态度。这时，有一种东西可以燃起仇恨——酒。它可以将阴郁变成暴躁，直到最后把大家弄得不欢而散。他们退到一个较为隐蔽的地方去发泄自己的愤慨，但谁知又在那儿被细心人们听见了，于是他们的重要性又得以恢复，性情开始变好了。终于，他们用诙谐的言行，使整个夜晚充满喜悦。

快乐总是仅在于一瞬间。最活跃的想像，有时在忧郁的冷淡影响下，也将会变得呆钝；但在某些特殊场合，又需要诱发心情突破原来的境界，驰骋放纵。这时就用不着什么非凡的巧妙言辞，只消凭借机遇就行了。因此，才智和勇气必定满意地与机遇共享荣誉。

当然，世界上还有一些快乐是不言而喻的。心境不佳的补救方法一般就是变换环境；差不多每个人都经历过旅行的快乐，改变一下自己的环境会使自己心理上得到暂时的解脱。从理论上说做到这一点，对旅行的人来说是没有什么困难的。阴影和阳光由他任意支配，他无论歇于何处，都会遇上丰盛的餐桌和快活的容颜。在出发日期到来以前，他便一直沉溺于这些向往之中。然后他雇了四轮旅行马车，开始朝着幸福的境界前进。

可行程才走到十分之一，他就得到教训，知道以前的想像太脱离现实了。路上风尘仆仆，天气十分闷热，马跑得慢，赶车的又粗暴野蛮。他只觉得胃里空

空，饿得不行，想着要吃顿饱饭，睡上一觉。但旅店拥挤不堪，他的吩咐也无人理睬。他无可奈何地将令人倒胃口的饭菜狼吞虎咽地吃了下去，然后上车继续赶路，另寻快乐。到了夜晚，他终于找到一间较为宽敞的住所，可那也比他想像中的场所要糟好几倍。

最后他想到了故乡，于是便决意走访故旧谈心消遣，或以回忆青梅竹马的情景为乐事。他在一个朋友家门口停下来，并想要给对方一个惊喜。可惜，他要不是自报家门，主人就不认识他了。好不容易解释一番，主人才忆起他来。可怜他只能受到冷淡的接待和礼节上的宴请，于是他不得不匆匆告辞，另访一位友人。不幸的是那位朋友又因事外出，远走他方，眼见房屋空空，他只好怅然离去。这种意料不到的失望真叫人懊恼不已，原因在于未能预见到。后来他又走访了一家，那家人因不幸的事个个愁容满面，他们把他视为讨厌的不速之客，认为他不是来拜访的，而是来嘲笑他们的。

一切的事情都和自己的幻想有那么遥远的距离，凭借幻想和希望绘出美好画景的人将得不到什么快乐；希望作机智谈话的人，总想知道他的声誉应归功于什么私见。希望虽然常常带来失望，但却非常必要，因为，希望本身就是幸福，尽管它常遭挫折，但这种挫折毕竟没有希望破灭那样可怕。

为快乐而工作

——［英国］罗素

始终一贯的目标并不足以使生活幸福，但它是幸福生活不可或缺的条件。而在工作中，始终一贯的目标才是主要的体现。

许多从事文化工作的人，找不到独立运用自己才能的机会，而只得受雇于由庸人、外行把持的富有公司，被迫制作那些荒诞无聊的东西，这是现今存在于西方知识界中的不幸的原因之一。如果你去问英国或美国的记者，他们是否相信他们为之奔走的报纸政策，我相信，你会发现只有少数人相信，其余的人都是为生计所迫，才将自己的技能出卖给那些有害无益的事业。这样的工作不能给人带来任何满足，并且当他勉为其难地从事这种工作时，不能从任何事物中获得完全的满足，从而变得玩世不恭。

我不能指责从事这种工作的人，因为舍此他们就会挨饿，而挨饿是不好受的。不过我还是认为，只要有可能从事能满足一个人的建设性本能冲动的工作而无其他之累，那么他最好还是为自己的幸福去做这种劳动。对自己的工作引以为耻的人是没有自尊可言的，幸福就更无从谈起了。

在现实生活中，建设性劳动的快乐是少数人所特有的享受，然而这少数人的具体人数并不少。任何人，只要他是自己工作的主人，他就能感受到这一点，其他所有认为自己工作有益且需要相当技巧的人均有同感。培养令人满意的孩子是一件能给人以极大快乐的，但又是艰难的、富于建设性的劳动。凡是取得这方面成就的女性都觉得：由于她辛勤操持的结果，世界才包含了某些有价值的东西，要不是她的劳作，这些东西就不会在世界上存在。

在如何从总体上看待自己生活这一问题上，人与人之间存在着深刻的差异。对于一些人来说，把生活看作一个整体是很自然的做法，能够做到这一点也是幸福的关键；对于另外一些人来说，生活是一连串并不相关的事情，它们之间缺乏统一性，运动也没有方向。我认为前者比后者更易获得幸福，因为前者能够从自己营造的环境中获得满足和自尊，而后者则会被命运之风一会儿刮到东，一会儿刮到西，永远找不到落脚点。

把生活看作一个整体，这不仅是智慧的，而且也是真正道德的重要部分，是应被教育极力倡导的内容之一。始终一贯的目标并不足以使生活幸福，但它是幸福生活不可或缺的条件。而在工作中，始终一贯的目标才是主要的体现。

祈祷悠闲

——［英国］V·李

悠闲意味着不仅有充裕的时间，
而且有充沛的愉快度时的精力。

当我们才走到别人房间的门口时，便说：“噢！这才是人们感到宁静的地方！”在一般情况下，我们不期望去分享一座古宅的安宁，比如说，在僻静郊区的一座古宅，周围是结着鲜红果实的树，雪松半掩住窗；或者某座修道院，门廊前面依稀可见搭起支架的橘树。但在那整洁宽敞、精心装饰的房里，或在那座修道院里，绝无宁静可以分享，最多只能勉强过日子。我通常不善于发现别人生活中的苦恼和烦恼。而对自己生活里的些微不便却很敏感；在某些问题上，我们自己的眼里容不得一粒泥沙，可面对邻人所遭受的困苦却不屑一顾。

悠闲事实上是指某种特别的心境，它源自于我们切身的真实感受，而又不仅仅是时间的因素。我们所说的空闲时间，实际上是指我们感到闲适的时候。什么是闲适？那便只能意会不可言传了。这与无所事事或游手好闲无关，尽管我们明白，它的确牵涉到自由支配时间的概念。等候在律师的客厅里可谓空闲的时刻，但并无闲适之感；同样，我们在火车站换车，即使等上两三个小时，也享受不了那份悠闲的清福。这两种情形，我们都不会感到安宁自在——在这种场合能安心读报、学习或回味往日在海外的游历，那根本就不可能。这时，我们的心里急躁得如油锅中的跳蚤，就像我们在童年时不住地用脚去踢那慢吞吞的四轮车的软垫的心情一样。

悠闲意味着不仅有充裕的时间，而且有充沛的愉快度过时间的精力。同时，要真正领略到悠闲的滋味，必须从事优雅得体的活动，因为悠闲所要求的活动是发自内心的自然冲动，而非出自勉强的需要，像舞蹈家起舞或滑冰者滑动，都必须合着节拍；而不像扶犁耕地或听差跑腿，为了得到报偿。正是这个缘故，一切悠闲皆是艺术。

但这是一个难办的问题。时光，已经飞速而过！我们必须结束这段闲话，各自行动起来才不枉费光阴，以免登上时光那单调的车轮！这样，我们愈是感到工作的乐趣就愈少尝到无聊的滋味，如果碰巧我们的工作很有意义。很可惜的是，我们今天的工作常常无益。让我们乞求我们的上帝吧，请他赐予我们闲暇，并给予使用它的快活精力。圣者，请为我们祈祷！

鱼

——［法国］法朗士

他们约定，每次钓起一条鱼，
钓竿就得轮流从哥哥转到妹妹的手中来。

暑假的一天早晨，热昂和他妹妹热昂妮，很早就扛着一根钓竿，挂着一个鱼篓出发了。他们沿着河岸往前走，热昂是杜林人，他的妹妹也是一个杜林姑娘。今天的天气湿润而柔和，在两排银色的杨柳中间，杜林河不慌不忙地向前流，水清得像镜子。早晨和晚间，这里总有一层白雾在水草地上移动。但热昂和热昂妮所喜爱的并不是它两岸的绿色，也不是那映着天空的一平如镜的清水，他们所喜爱的是河里的鱼。他们在一个合适的地点停下脚步，热昂妮在一个秃顶的杨树下坐下来，热昂把鱼篓放在一边，解开他的鱼具。这是一件很原始的钓鱼工具——一根枝条，系上一根线，线的尽头有一根弯过来的针。枝条是热昂提供的，线和钩子则是热昂妮的贡献。因此这一套鱼具是哥哥和妹妹的共同财产。虽然是一套非常简陋的钓鱼工具，但兄妹俩都想占为己有，发展到最后，这一套本来是和鱼儿开玩笑的东西，却成了兄妹俩斗殴的导火索：热昂的胳膊被拧得发紫，热昂妮的双颊被她哥哥的耳光打得发红。终于，他们拧累了，也打累了，热昂和热昂妮只好达成协议，同意不用武力攫取鱼具，而在友谊的气氛中共用。他们约定，每次钓起一条鱼，钓竿就得轮流从哥哥转到妹妹的手中来。

协定当然是由热昂开始执行。可是他执行到什么时候为止，那可就无法预测了。他没有公开破坏协定，但他却用了一个很不光彩的办法来逃避约定。为了不把鱼竿交给他的妹妹，即使鱼儿把食饵啃得浮子上下移动，他也不把鱼儿提出水面。

热昂是诡计多端的，但热昂妮却也不是平庸之辈。她已经等待了两个钟头了。但最后她终于感到闲得发慌了。她打呵欠，伸懒腰，并躺在柳树阴下闭起眼睛来。热昂从眼角里斜斜地望了她一眼，以为她睡着了。他突然把线抽出水来，线尾上悬着一件闪闪发光的东西。一条白杨鱼已经挂在钩子上了。

“啊！现在轮到我了！”热昂妮一跃而起，一把把钓竿抢了过来。

石头下面的一颗心

——［法国］雨　果

如果你是石头，便应当做磁石；
如果你是植物，便应当做含羞草；
如果你是人，便应当做意中人。

把宇宙缩减到惟一的一个人，把惟一的一个人扩张到上帝，这才是爱。

爱，便是众天使向群星的膜拜。

上帝在一切的后面，但是一切遮住了上帝。东西是黑的，人是不透明的，爱一个人，便是要使他透明。

某些思想是祈祷。有时候，无论身体的姿势如何，灵魂却总是双膝跪下的。

相爱而不能相见的人有千百种虚幻而真实的东西用来骗走离愁别恨。别人不让他们见面，他们不能互通音信，他们却能找到无数神秘的通信方法。他们互送飞鸟的啼唱、花朵的香味、孩子们的笑声、太阳的光辉、风的叹息、星的闪光、整个宇宙。这有什么办不到呢？上帝的整个事业是为爱服务的。爱有足够的力量可以命令大自然为它传递书信。

啊，春天，你便是我写给她的一封信。

未来仍是属于心灵的多，属于精神的少。爱，是惟一能占领和充满永恒的东西。对于无极，必须不竭。

上帝不能增加相爱的人们的幸福，除非给予他们无止境的岁月。在爱的一生之后，有爱的永生，那确是一种增益；但是，如果要从此生开始，便增加爱给予灵魂的那种无可言喻的极乐的强度，那是无法做到的，甚至上帝也做不到。上帝是天上的饱和，爱是人间的饱和。

如果你是石头，便应当做磁石；如果你是植物，便应当做含羞草；如果你是人，便应当做意中人。

深邃的心灵们，明智的精灵们，按照上帝的安排来接受生命吧。这是一种长久的考验，一种为未知的命运所做的不可理解的准备工作。这个命运，真正的命运，对人来说，是从他第一步踏出墓穴时开始的。到这时，便会有一种东西出现在他眼前，他也开始能辨认永定的命运。永定，请你仔细想想这个词儿。活着的人只能望见无极，而永定只让死了的人望见它。在死以前，为爱而忍痛，为希望而景仰吧。不幸的是那些只爱躯壳、形体、表相的人，唉！这一切都将由一死而全部化为乌有。应当知道爱灵魂，你日后还能找到它。

一心一意

——［法国］安德烈·莫洛亚

生活的艺术则是选择一个高尚的目标，
全力以赴地为之奋斗。

没有人敢说他的精力和才智是无穷的。面面俱到者，往往一事无成。我见多了那些见异思迁的人。他们一会儿觉得“我能成为一名伟大的音乐家”；一会儿又认为“办企业对我来说易如反掌”；一会儿又说“我若涉足政界，准能一举成功”。到头来，这号人只是五音不全的业余音乐爱好者、破产的企业老板以及失业的公务员。拿破仑曾这样说：“战争的艺术就是在某一点上集中最大优势兵力。”生活的艺术则是选择一个高尚的目标，全力以赴地为之奋斗。职业的选择不能听任自然，初出茅庐者都应该扪心自问：“我具有哪种本领？哪个工作才适合我？”如果力所不及，强求也是徒劳。如果你有个大胆又果敢的儿子，那么，就让他去当飞行员。因为留他在办公室只能埋没他的才干。但选择一旦做出，除非发生错误或严重意外，你决对不可轻易改变主意。

在已确定的职业范围内，仍有必要做进一步的选择。一位作家不可能什么小说都写，一位官员不可能改变全世界。一位旅行家不可能走遍天涯海角。除此以外，你最好顺从天意，摆脱权力欲。给你一点必要的选择时间，但是有限。军人在充分考虑了一道命令的后果之后，他们习惯于在讨论中一语定夺：“执行!”你也可以同样的方式，结束你的自我讨论。“明年我干什么？是继续上学，还是就此工作？是先立业，还是先成家?”对这些问题，反复考虑是自然的，但是为自己限定一定的时间也是必要的。时间一过，就应当做出决定。“执行”的决定既已做出，就别给自己找后悔的理由，因为，世界上的事情总是在千变万化。

为了保证忠实地执行自己做出的决定，经常制定既能体现长远规划，又能显示近期目标的工作计划是有益的。几个月之后，几年之后，再回头看看当初的计划，我们会对自己的能力和素质产生信心。但是，在项目众多的计划中，我们还有必要分清事件的轻重缓急。在这方面，应该倾注全部的心血，全心全意干你该干的事。当你的思想和行动都朝着一个目标努力时，人便能够快速达到目的地。

然后，你可以回顾一下以往的足迹，察看一番走过的弯路，如果事业尚未成功，那么继续前进。

什么都懂一点的人是讨人喜欢的。但是干事业，你只能在一定的时间内，专心致志于一个目标。美国人讲："一心一意。"也许你常常会被一些问题纠缠不清，难以下手，并由此而心烦意乱，但是，只要你肯不懈努力，障碍就会乖乖地成为你走向成功的踏脚石。

漫 步

——［法国］卢 梭

绝对的安静则导致哀伤，向我们展现死亡的形象。
因此，有必要向欢快的想像力求助，
而对天生有这种想像力的人来说，它是会自然而然地出现在脑际的。

在我住过的地方当中，只有比埃纳湖中的圣皮埃尔岛才使我感到真正的幸福，使我如此亲切地怀念。这个小岛，纳沙泰尔人称之为土块岛，即使在瑞士也很不知名。据我所知，没有哪个旅行家曾提起过它。然而它却非常宜人，对一个想把自己禁锢起来的人来说，位置真是出奇地适宜，尽管我是世上惟一命定要把自己禁锢起来的一个人。我并不认为这种爱好只有我一个人才有——不过我迄今还没有在任何他人身上发现这一如此合乎自然的爱好。

比埃纳湖边的岩石和树林离水更近，显然比日内瓦湖荒野些、浪漫色彩也浓些，但和它一样的秀丽。这里的田地和葡萄园没有那么多，城市和房屋也少些，但更多的是大自然中青翠的树木、草地和浓荫覆盖的幽静所在，相互衬托着的景色比比皆是，起伏不平的地势也颇为常见。湖滨没有可通车辆的大道，游客也就不常光临。对喜欢悠然自得地陶醉于大自然的美景之中，喜欢在除了莺鸣鸟啼和顺山而下的急流轰鸣之外别无声息的环境中进行沉思默想的孤独者来说，这是个很有吸引力的地方。这个差不多呈圆形的美丽的湖泊，正中有两个小岛，一个有人居住，种了庄稼，方圆约半里；另一个小些，荒无人烟，后来为了不断挖土去修大岛上被波涛和暴风雨冲毁之处而终于遭到破坏。弱肉总为强食。岛上只有一所房子，很大，很讨人喜欢，也很舒适，跟整个岛一样，也是伯尔尼医院的产业，里面住着一个税务官和他的一家人，以及他的仆役。他在那里经营一个有很多家禽的饲养场、一个鸟栏、几片鱼塘。岛虽小，地形和地貌却变化多端，景色宜人的地点颇多，也能种各式各样的庄稼。有田地、葡萄园、树林、果园、肥沃的牧地，浓荫覆盖，灌木丛生，水源充足，一片清新；沿海有一个平台，种着两行树木，平台中央盖了一间漂亮的大厅，收摘葡萄的季节，湖岸附近的居民每星期天都来欢聚跳舞。

在莫蒂埃村住所的投石事件以后，我就逃到了这个岛上。我觉得在这里真感到心旷神怡，生活和我的气质是如此相合，所以决心在此度过余年。我没有别的担心，就怕人家不让我实现我的计划，这计划是跟有人要把我送到英国去的那个计划很不协调的，而后者会产生什么结果，我那时已经有所感觉了。这样的预感困扰着我，我真巴不得别人就把这个避难所作为我终身监禁的监狱，把我关在这里一辈子，消除我离去的可能和希望，禁止我同外界的任何联系，从而使我对世上所发生的一切一无所知，忘掉它的存在，也让别人忘掉我的存在。

人们只让我在这个岛上待了两个月，而我却是愿意在这里待上两年，待上两个世纪，待到来世而不会有片刻厌烦的，尽管我在这里除了我的伴侣以外来往的就只有税务官、他的太太还有他的仆人。他们确实都是好人，不过也就是如此而已，而我所需要的却也正是这样的人。我把这两个月看成是一生中最幸福的时刻，要是能终生如此，我就心满意足，片刻也不作他想了。

这到底是种什么样的幸福？享受这样的幸福又是怎么回事？我要请本世纪的人都来猜一猜我在那里度过的是怎样的生活。可贵的闲逸的甘美滋味是我要品尝的最主要的第一位的享受，我在居留期间所做的事情完全是一个献身于闲逸生活的人所必需做的乐趣无穷的活动。

有人求之不得地盼望我就这样与世隔绝，画地为牢，不得外力的援助就不可能在众目睽睽之下离开，没有周围的人帮忙就既不能同外界联系，也不能同外界通讯。他们的这个希望使我产生了在此以前所未曾有过的就此安度一生的指望。想到我有充分时间来悠悠闲闲地处理我的生活，所以在开始时我并没有作出任何安排。我被突然遣送到那里，孤独一人，身无长物，我接连把我的女管家叫去，把我的书籍和简单的行李运去。幸而我没有把我的大小箱子打开，而是让它们照运到时的原样摆在我打算了此一生的住处，就好像是住一宿旅馆一样。所有的东西都原封不动地摆着，我连想都没有想去整理一下。最叫我高兴的是我没有把书箱打开，连一件文具也没有。碰到收到倒霉的来信，使我不得不拿起笔来时，只好嘟囔着向税务官去借，用毕赶紧归还，但愿下次无需开口。我屋里没有那讨厌的文具纸张，却堆满了花木和干草。我那时生平第一次对植物学产生了狂热的兴趣，这种爱好原是在狄维尔诺瓦博士启发下养成的，后来马上就成为一种嗜好。

我不想做什么正经的工作，只想做些合我心意、连懒人也爱干的消磨时间的活儿。我着手编皮埃尔岛植物志，要把岛上所有的植物都描写一番，一种也不遗漏，细节详尽得足以占去我的余生。听说有个德国人曾就一块柠檬皮写了一本书，我真想就草地上的每一种禾本植物、树林里的每一种苔藓、岩石上的每一种地衣去写一本书；我也不愿看到任何一株小草、任何一颗植物微粒没有得到充分的描述。按照这个美好的计划，每天早晨我们一起吃过早饭以后，我就手上端着放大镜，腋下夹着我的自然分类法，去考察岛上的一个地区，为此我把全岛分成若干方块，准备每一个季节都在各个方块上跑上一圈。每次观察植物的构造和组织、观察性器官在结果过程中所起的作用时，我都感到欣喜若狂，心驰神往，真是其妙无比。

各类植物特性的不同，我在以前是毫无概念的，当我把这些特性在常见的种属身上加以验证，期待着发现更罕见的种属时，真是心醉神迷。夏枯草两根长长的雄蕊上的分叉、荨麻和墙草雄蕊的弹然而必须承认，在一个跟世界其余部分天然隔绝的丰沃而孤寂的小岛上进行这种遐想却要好得多，愉快得多。在那里，到处都呈现出欢快的景象，没有任何东西勾起我辛酸的回忆，屈指可数的居民虽然还没有使我乐于与之朝夕相处，却都和蔼可亲，温和体贴；在那里，我终于能毫无阻碍、毫无牵挂地整日从事合我口味的工作，或者置身于最慵懒的闲逸之中。

对一个懂得如何在最令人扫兴的事物中沉浸在愉快的幻想里的遐想者来说，能借助他感官对现实事物的感受而纵横驰骋于幻想之间，这样的机会当然是美好的。当我从长时间的甘美的遐想中回到现实中来时，眼看周围是一片苍翠，有花有鸟；极目远眺，在广阔无垠的清澈见底的水面周围的是富有浪漫色彩的湖岸，这时我以为这些可爱的景色也都是出之于我的想像；等到我逐渐恢复自我意识，恢复对周围事物的意识时，我连想像与现实之间的界限也确定不了了：两者都同样有助于使我感到我在这美妙的逗留期间所过的沉思与孤寂的生活是何等可贵。这样的生活现在为何还不重现？我为什么不能到这亲爱的岛上去度过我的余年，永远不再离开，永远也不再看到任何大陆居民？看到他们就会想起他们多年来兴高采烈地加之于我的种种灾难。他们不久就将被人永远遗忘，但他们肯定不会把我忘却。不过，这又有什么关系？反正他们没有任何办法来搅乱我的安宁。摆脱了纷繁的社会生活所形成的种种尘世的情欲，我的灵魂就经常神游于这一氛围之上，提前跟天使们亲切交谈，并希望不久就将进入这一行列。我知道，人们将竭力避免把这样一处甘美的退隐之所交还给我，他们早就不愿让我待在那里了。但是他们却阻止不了我每天借想像之翼飞到那里，一连几个小时重尝我住在那里时的喜悦。

我还可以做一件更美妙的事，那就是我可以尽情想像。假如我设想我现在就在岛上，我不是同样可以遐想吗？我甚至还可以更进一步，在抽象的、单调的遐想之外，再添上一些可爱的形象，使得这一遐想更为生动活泼。在我心醉神迷时，这些形象所代表的究竟是什么，连我的感官也时常是不甚清楚的。现在还想越来越深入，它们也就被勾画得越来越清晰了。跟我当年真在那里时相比，我现在时常是更融洽地生活在这些形象之中，心情也更加舒畅。不幸的是，随着想像力的衰退，这些形象也就越来越难以映上脑际，而且也不能长时间地停留。唉！正在一个人开始摆脱他的躯壳时，他的视线却被他的躯壳阻挡得最厉害。

互异成趣

——［日本］松下幸之助

天底下本没有十全十美的人，你我都各有长处与缺点。
若是我们能坦然地不断活用这些长处与缺点，
就能提高我们的品味与生活。

你喜欢吃青菜，我喜欢吃鱼肉。虽然嗜好各有不同，然而我们还是一桌共食。若是我们每个人都尝到了自己喜爱的食物，大家都会感到舒舒服服。要是你说自己不愿吃青菜，别人也不会因此而排斥你，更不会命令你非吃不可。

当我们能够体悟到各自互异的本质时，便会对彼此的互异成趣感到快乐。这种快乐可以稳定一个人的心。

每个人都有思考问题的不同方式，但最终我们还是同席而坐。倘若我们相互讨论、相互学习，方可和气生财。天底下本没有十全十美的人，你我都各有长处与缺点。若是我们能坦然地不断活用这些长处与缺点，就能提高我们的品味与生活。因此，去批评、排斥、怀疑别人是大可不必的。

这才是人类进步的原因，可只有真正的君子才能达到如此之境界。因思想不同而彼此相争的态度，因嗜好不同而彼此反目的行为，都不是真正的君子所为。

生命是短暂的，未来却是无限的。在有限的生命里我们何必不去追寻能使你我互相进步的途径呢?

论逸乐

——［黎巴嫩］纪伯伦

逸乐是一阕自由的歌，却不是自由；
是你的愿望所开的花朵，却不是所结的果实。

有个每年进城一次的隐士，走上前来说：给我们谈逸乐。

他回答说：

逸乐是一阕自由的歌，

却不是自由；

是你的愿望所开的花朵，

却不是所结的果实。

是从深处到高处的招呼，

却不是深，也不是高。

是闭在笼中的翅翼，

却不是被围绕住的太空。

噫，实话说，逸乐只是一阕自由的歌。

我愿意你们全心全意地歌唱，我却不愿你们在歌唱中迷恋。

你们中间有些年轻的人，寻求逸乐，似乎这便是世上的一切，他们已被裁判、被谴责了。

我不要裁判、谴责他们，我要他们去寻求。

因为他们必会寻到逸乐，但不止找到她一人；

她有七个姊妹，最小的比逸乐还娇媚。你们没听见过有人因要挖掘树根却发现了宝藏么？

你们中间有些老人，想起逸乐时总带些懊悔，如同想起醉中所犯的过失。

然而懊悔只是心灵的蒙蔽，而不是心灵的惩罚。

他们想起逸乐时应当带着感谢，如同秋收对于夏季的感谢。

但是假如懊悔能予他们以安慰，就让他们得到安慰吧。

你们中间有的不是寻求的青年人，也不是追忆的老年人；

在他们畏惧寻求与追忆之中，他们远离了一切的逸乐，他们深恐疏远了或触犯了心灵。

然而他们的放弃，就是逸乐了。

这样，他们虽用震颤的手挖掘树根，他们也找到宝藏了。

告诉我，谁能触犯心灵呢?

夜莺能触犯夜的静默么，萤火虫能触犯星辰么?

你们的火焰和烟气能使风觉得负载么?

你们想心灵是一池止水，你能用竿子去搅拨它么?

常常在你拒绝逸乐的时候，你只是把欲望收藏在你心身的隐处。

谁知道在今日似乎避免了的事情，等到明日不会再浮现呢?

连你的身体都知道他的遗传与正当的需要，而不肯被欺骗。

你的身体是你灵魂的琴，

无论他发出甜柔的音乐或嘈杂的声响，那都是你的。

现在你们在心中自问：“我们如何辨别逸乐中的善与不善呢?”

到你的田野与花园里去，你就知道在花中采蜜是蜜蜂的娱乐；但是，将蜜汁送给蜜蜂也是花的娱乐。

因为对于蜜蜂，花是他生命的泉源，对于花，蜜蜂是他恋爱的使者。

对于蜂和花，两下里，娱乐的接受是一种需要与欢乐。

阿法利斯的民众呵，在娱乐中你们应当像花朵与蜜蜂。

与爱同行

——［印度］泰戈尔

爱情能使人落泪，
也能叫人抹去眼里的泪水，从而容颜焕发。

川流不息的行人走在我的前面，晨光为他们祝福，真诚地说："祝你们一路顺风。"鸟儿为他们唱起吉祥的歌。道路两旁，花朵竞相怒放。启程时人人都说：前进吧，没有什么可怕的。

我赶不上他们，只好将他们的身影留入我的作品。他们忘却哀乐，抛下每一瞬间生活的负荷。我把他们的欢笑悲啼注入文稿，并在那里生根发芽。

他们忘记了他们所唱的歌谣，留下了他们的爱情。是的，除了爱情，他们一无所有。他们爱脚下的路，爱脚踩过的地面，企望留下足印。他们离别洒下的泪水沃泽了立足之处。他们和同路的陌生人结为挚友。爱情是他们前进的动力，消除他们跋涉的疲累。大自然的美景和母亲的慈爱，伴随着他们，召唤他们走出心境的黯淡，鼓励他们勇敢向前。

爱情若被锁缚，世人的旅程会即刻中止。爱情若被葬入坟墓，旅人就是倒在坟上的墓碑。就像船的特点是被驾驭着航行，爱情不允许被幽禁，只允许被推着向前。爱情的纽带的力量，足以粉碎一切羁绊。在崇高爱情的影响下，渺小爱情的绳索断裂；世界得以运动，否则会被本身的重量压瘫。

当旅人行进时，我倚窗望见他们开怀大笑，听见他们伤心哭泣。爱情能使人落泪，也能叫人抹去眼里的泪水，从而容颜焕发。欢笑、泪水、阳光、雨露，使我四周"美"的茂林百花吐艳。

简单的完美

生命苦短，
但这既不能阻止我们享受生活的乐趣，
也不会使我们因其充满艰辛而庆幸其短暂。

——沃维纳格

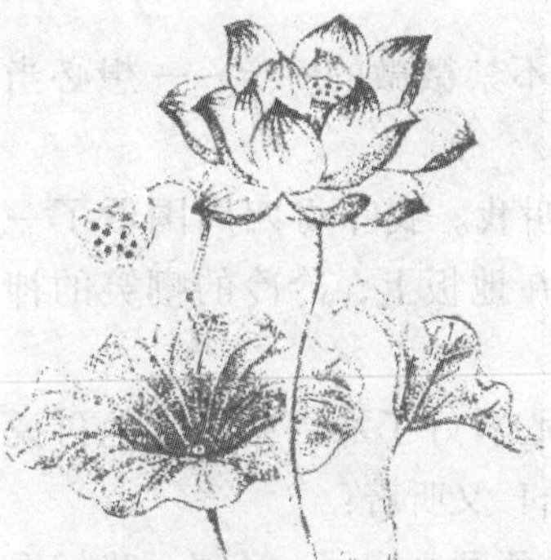

生　存

——［中国］瞿秋白

谁要是不会这样生活，那人就倒霉。
你看，现在你不是心绪不好，呆呆的痴想、忧愁、烦闷么？

仅只一“生存”对于他（腊斯夸里尼夸夫）总觉不足，他时时要想再多得一些。

——《罪与罚》陀思妥耶夫斯基

电灯光射满室，轻轻的静静的回舞他的光线，似乎向我欣然表示乐意。基督救主庙的钟声，在玻璃窗时时震动回响，仿佛有时暗语，我神经受他的暗示。我一人坐着，呆呆的痴想。眼前乱投书籍报章的散影，及小镜的回光。我觉得，心神散乱，很久不能注意一物。只偶然有报上巨大的字母，乌黑的油印能勉强入我眼帘。

我想要做点事情，自己振作振作，随手翻开一本钞本，上有俄文字注着英法中文，还有我一年半以前所钞写的。随意望着钞本看去。当然，我看这钞本并不是因为我又想研究这些俄文字，不过想有点事情做，省得呆坐痴想，心绪恶劣。然而……然而你瞧，我又出神。我竟不能正正经经用功，怎么回事？……

我看见钞本上有：——mentir、lie、讹言等字，不禁微微的一笑——想必当时也没有知道“为什么而笑”。

——什么，你笑么？——忽然听得有人在背后叫我。我吓得四周围看了一看：在屋子里面一个人亦没有。只有一只老白猫坐在地板上，冷冷的嘲笑的神态，眼不转睛的望着我。

“难道这是他说的，”我心上不由得想着，又用心看好了那白猫，听他再说不说。“奇怪！真奇怪！怎么猫亦说起人话来呢！”唔！又听着：

——你心上喜欢，高兴，你以为，你勉强的懂得几国文字了，（哼，我们看来，当然，还不过是大同小异的“人”的声音罢了；或者是白白的一块软东西上，涂着横七竖八的黑纹。）怎么样？是不是？哼，几国文字！……你可知道，每一国的文字都有“诳言”一字！可是我们“非人”的字典上却没有这一个字。本来也没有字，更没有字典。哼……

说到此时，床下似乎有一点响动，我的神秘的猫突然停止了兽语，竖起双耳，四围看了一周，我当时也就重新看起书来，想不再理他。本来太奇怪了，我实在再也听不来这样的兽语，然而他，似乎很不满意我的这种态度，突然又提高着喉咙演说起来：

——哈哈！你以为你“活着”么？懂得生活的意义么？——他狂怒似的向着我，又接下道，——不要梦想了，再也没有这一回事！你并没有“活着”，你不过“生存着”罢了；你和一切生存物相同，各有各的主观中之环境，而实际上并不懂得他。你现在有很好的巢穴，里面有人工造的明月，还有似乎是一块软板，上画着花花绿绿的黑油（我也不知道是什么）；坐着呢，很不自然的抬起两只前腿，不坐在地上，而坐在似乎是“半边笼子”里；天赋的清白身体藏在别人的皮毛里；最奇怪的，就是燃着了不知是什么一种草，尽在那里烧自己的喉咙。这就是你的环境。我知道，我很知道，你以为这样非常之便利，非常之好。非常之好！又怎么样？不错，“这些”便利之处，原是你“人”自己造出来的；可是，一人为着“这些”而不惜毁坏别人的“这些”；你们，“人”，互相残杀，也是为着“这些”。不但如此，即使你“人”看着这种行为，以为很有趣，也像我和鼠子一样——残杀本不是罪恶；而“诳言”呢，奸计呢，难道是神圣的？“人”原来是这样一个东西！为了什么？……生存在这种环境之中，“有种种便利之处”可以享用，而还是要想再多得一些，再多得一些，再多得一些！你无论如何不懂得：一面和聚许多人造的“便利之处”，一面就失去“天然的本能”，“与天然奋斗的本能”，而同时你的欲望倒是一天一天的在那里增高扩大呢。于是为满足这种欲望起见，又不能与天然直接奋斗，你于是想法骗人；诳言，奸计。不要脸的混账的“人”！自然呢，这样方法的生活，不是人人都能做得到的，谁要是不会这样生活，那人就倒霉。你看，现在你不是心绪不好，呆呆的痴想，忧愁，烦闷么？这才是你所要的“再多得一些”呢，哈哈哈。我，猫呢，却无时没有现成的衣服，现在的灯烛：日与月。我用不着什么“再多得一些”……

——可耻，可耻，“人”，你的“人”！混账，混账！没有才能的，不知恩的，最下贱的自欺者——“人”！——猫说到此，声音更响，竟哈哈大笑起来。

我再也忍耐不住了，站起来要去打他，然而一闪眼，他已经不见了。一看呀，他已经逃得很远很远。“我是个‘人’，当然不能追得上他那又小又轻便的无汽机的汽车，无电机的电车。算了罢，算倒霉！”叹一口气，醒来，满身是汗，——原来是一梦。

看花

——［中国］朱自清

春光太短了，又晴的日子多；
今年算是有阴的日子了，但狂风还是逃不了的。

生长在大江北岸一个城市里，那儿的园林本是著名的，但近来却很少；似乎自幼就不曾听见过“我们今天看花去”一类话，可见花事是不盛的。有些爱花的人，大都只是将花栽在盆里，一盆盆搁在架上；架子横放在院子里。院子照例是小小的，只够放下一个架子；架上至多搁二十多盆花罢了。有时院子里依墙筑起一座“花台”，台上种一株开花的树；也有在院子里地上种的。但这只是普通的点缀，不算是爱花。

家里人似乎都不甚爱花；父亲只在领我们上街时，偶然和我们到“花房”里去过一两回。但我们住过一所房子，有一座小花园，是房东家的。那里有树，有花架（大约是紫藤花架之类），但我当时还小，不知道那些花木的名字；只记得爬在墙上的是蔷薇而已。园中还有一座太湖石堆成的洞门；现在想来，似乎也还好的。在那时由一个顽皮的少年仆人领了我去，却只知道跑来跑去捉蝴蝶；有时掐下几朵花，也只是随意走着，“卖栀子花来。”栀子花不是什么高品，但我喜欢那白而晕黄的颜色和那肥肥的个儿，正和那些卖花的姑娘有着相似的韵味。栀子花的香，浓而不烈，清而不淡，也是我乐意的。我这样便爱起花来了。也许有人会问：“你爱的不是花吧？”这个我自己其实也已不大弄得清楚，只好存而不论了。在高小的一个春天，有人提议到城外F寺里吃桃子去，而且预备白吃；不让吃就闹一场，甚至打一架也不在乎。那时虽远在五四运动以前，但我们那里的中学生却常有打进戏园看白戏的事。中学生能白看戏，小学生为什么不能白吃桃子呢？我们都这样想，便由那提议人纠合了十几个同学，浩浩荡荡地向城外而去。到了F寺，气势不凡地呵叱着道人们（我们称寺里的工人为道人），立刻领我们向桃园里去。道人们踌躇着说：“现在桃树刚才开花呢。”但是谁信道人们的话？我们终于到了桃园里。大家都丧了气，原来花是真开着呢！这时提议人P君便去折花。道人们是一直步步跟着的，立刻上前劝阻，而且用起手来。但P君是我们中最不好惹的；“说时迟，那时快”，一眨眼，花在他的手里，道人已跪在一旁了。那一园子的桃花，想来总该有些可看；我们却谁也没有想着去看。只嚷着，“没有桃子，得沏茶喝！”道人们满肚子委屈地引我们到“方丈”里，大家各喝一大杯茶。这才平了气，谈谈笑笑地进城去。大概我那时还只懂得爱一朵朵的栀子花，对于开在树上的桃花，是并不了然的；所以眼前的机会，便从眼前错过了。

以后渐渐念了些看花的诗，觉得看花颇有些意思。但到北平读了几年书，却只到过崇效寺一次；而去得又嫌早些，那有名的一株绿牡丹还未开呢。北平看花的事很盛，看花的地方也很多；但那时热闹的似乎也只有一班诗人名士，其余还是不相干的。那正是新文学运动的起头，我们这些少年，对于旧诗和那一班诗人名士，实在有些不敬；而看花的地方又都远不可言，我是一个懒人，便干脆地断了那条心了。后来到杭州做事，遇见了Y君，他是新诗人兼旧诗人，看花的兴致很好。我和他常到孤山去看梅花。孤山的梅花是古今有名的，但太少；又没有临水的，人也太多。有一回坐在放鹤亭上喝茶，来了一个方面有须、穿着花缎马褂的人，用湖南口音和人打招呼道，“梅花盛开嗒！”“盛”字说得特别重，使我吃了一惊；但我吃惊的也只是说在他嘴里“盛”这个声音罢了，花的盛不盛，在我倒并没有什么的。有一回，Y来说，灵峰寺有三百株梅花；寺在山里，去的人也少。我和Y，还有N君，从西湖边雇船到岳坟，从岳坟入山。曲曲折折走了好一会，又上了许多石级，才到山上寺里。寺甚小，梅花便在大殿西边园中。园也不大，东墙下有三间净室，最宜喝茶看花；北边有座小山，山上有亭，大约叫“望海亭”吧，望海是未必，但钱塘江与西湖是看得见的。梅树确是不少，密密地低低地整列着。那时已是黄昏，寺里只我们三个游人，梅花并没有开，但那珍珠似的繁星似的骨都儿，已经够可爱了；我们都觉得比孤山上盛开时有味，大殿上正做晚课，送来梵呗的声音，和着梅林中的暗香，真叫我们舍不得回去。在园里徘徊了一会，又在屋里坐了一会，天是黑定了，又没有月色，我们向庙里要了一个旧灯笼，照着下山。路上几乎迷了道，又两次三番地遭狗咬；我们的Y诗人确有些窘了，但终于到了岳坟。船夫远远迎上来道：“你们来了，我想你们不会冤我呢！”在船上，我们还不离口地说着灵峰的梅花，直到湖边电灯光照到我们的眼。

Y回北平去了，我也到了白马湖。那边是乡下，只有沿湖与杨柳相间着种了一行小桃树，春天花发时，在风里娇媚地笑着。还有山里的杜鹃花也不少。这些日日在我们眼前，从没有人像煞有介事地提议：“我们看花去。”但有一位S君，却特别爱养花；他家里几乎是终年不离花的。我们上他家去，总看他在那里不是拿着剪刀修理枝叶，便是提着壶浇水。我们常乐意看着。他院子里一株紫薇花很好，我们在花旁喝酒，不知多少次。白马湖住过一年，我却传染了他那爱花的嗜好。但重到北平时，住在花事很盛的清华园里，接连过了三个春，却从未想到去看一回。只在第二年秋天，曾经和孙三先生在园里看过几次菊花。“清华园之菊”是著名的，孙三先生还特地写了一篇文，画了好些画。但那种一盆一干一花的养法，花是好了，总觉没有天然的风趣。直到去年春天，有了些余闲，在花开前，先向人问了些花的名字。一个好朋友是从知道姓名起的，我想看花也正是如此。恰好 Y 君也常来园中，我们一天三四趟地到那些花下去徘徊。今年 Y 君忙些，我便一个人去。我爱繁花老干的杏，临风婀娜的小红桃，贴梗累累如珠的紫荆；但最恋恋的是西府海棠。海棠的花繁得好，也淡得好；艳极了，却没有一丝荡意。疏疏的高干子，英气隐隐逼人。可惜没有趁着月色看过；王鹏运有两句词道：“只愁淡月朦胧影，难验微波上下潮。”我想月下的海棠花，大约便是这种光景吧。为了海棠，前两天在城里特地冒了大风到中山公园去，看花的人倒也不少；但不知怎的，却忘了畿辅先哲祠。Y 告我那里的一株，遮住了大半个院子；别处的都向上长，这一株却是横里伸张的。花的繁没有法说；海棠本无香，昔人常以为恨，这里花太繁了，却酝酿出一种淡淡的香气，使人久闻不倦。Y 告我，正是刮了一日还不息的狂风的晚上；他是前一天去的。他说他去时地上已有落花了，这一日一夜的风，准完了。他说北平看花，是要赶着看的：春光太短了，又晴的日子多；今年算是有阴的日子了，但狂风还是逃不了的。我说北平看花，比别处有意思，也正在此。这时候，我似乎不甚菲薄那一班诗人名士了。

梦与现实

——［中国］郭沫若

人生的悲剧何必向莎士比亚的杰作里去寻找，
何必向川湘等处的战地去寻找，
何必向大震后的日本东京去寻找呢？

昨晚月光一样的太阳照在兆丰公园的园地上。一切的树木都在赞美自己的幽闲。白的蝴蝶、黄的蝴蝶，在麝香豌豆的花丛中翻飞，把麝香豌豆的蝶形花当做了自己的姊妹。你看它们飞去和花唇亲吻，好像在催促着说：

“姐姐妹妹们，飞吧，飞吧，莫尽站在枝头，我们一同飞吧。阳光是这么和暖的，空气是这么芬芳的。”

但是花们只是在枝上摇头。

在这个背景之中，我坐在一株桑树脚下读泰戈尔的英文诗。

读到了他一首诗，说他清晨走入花园，一位盲目的女郎赠了他一只花圈。

我觉悟到他这是一个象征，这盲目的女郎便是自然的美。

我一悟到了这样的时候，我眼前的蝴蝶都变成了翩翩的女郎，争把麝香豌豆的花茎作成花圈，向我身上投掷。

我埋没在花圈的坟垒里了。

我这只是一场残缺不全的梦境，但是，是多么适意的梦境呢！

今晨一早起来，我打算到静安寺前的广场去散步。

我在民厚南里的东总弄，面着福煦路的门口，却看见了一位女丐。她身上只穿着一件破烂的单衣，衣背上几个破孔露出一团团带紫色的肉体。她低着头踞在墙下把一件小儿的棉衣和一件大人的单衣，卷成一条长带。

一个四岁光景的女儿踞在她的旁边，戏弄着乌黑的帆布背囊。女丐把衣裳卷好了一次，好像不如意的光景，打开来重新再卷。

衣裳卷好了，把它围在腰间了。她伸手去摸布囊的时候，小女儿从囊中取出一条布带来，如像漆黑了的一条革带。

她把布囊套在颈上的时候，小女儿把布带投在路心去了。

她叫她把布带给她，小女儿总不肯，故意跑到一边去向她憨笑。

她到这时候才抬起头来，啊，她才是一位——瞎子。

她空望着她女儿，黄肿的脸上也隐隐露出了一脉的笑痕。

有两三个孩子也走来站在我的旁边，小女儿却拿她的竹竿来驱逐。

四岁的小女儿，是她瞎眼妈妈的惟一的保护者了。

她嬉玩了一会，把布带给了她瞎眼的妈妈，她妈妈用来把她背在背上。瞎眼女丐手扶着墙起来，一手拿着竹竿，得得得地点着，向福煦路上走去了。

我一面跟随着她们，一面想：

唉！人到了这步田地也还是要生活下去！那围在腰间的两件破衣，不是她们母女两人留在晚间用来御寒的棉被吗？

人到了这步田地也还是要生活下去！人生的悲剧何必向莎士比亚的杰作里去寻找，何必向川湘等处的战地去寻找，何必向大震后的日本东京去寻找呢？

得得得的竹竿点路声……是走向墓地去的进行曲吗？

马道旁的树木，叶已脱完，落叶在朔风中飘散。

啊啊，人到了这步田地也还是要生活下去！……

我跟随她们走到了静安寺前面，我不忍再跟随她们了。在我身上只寻出了两个铜元，这便成了我献给她们的最菲薄的敬礼。

过去　现在　将来

——［中国］王统照

我永远相信“去，来，今”三者是人世间一串有力的链环。

感受，在事物当前引起心情的抖动，不算生活的奢靡，也不算精神上的浪费。君不见，小姑娘在高坡上撷得一枝山花便欣然地忘了疲苦，汗流浃背的劳人有时还得哼几句不成腔调的皮簧——他们绝不会因一枝山花，几句剧词，便容易忘怀了世间的痛苦，得到这一瞬间的享受也麻醉不了他们的灵魂，除非环境能给他们安排下只有快乐、没有悲苦激刺的人生。“夫有劝，有沮，有喜，有怒，然后有间而可入。”悲欢忧喜的交织，正是人间竞争奋进的机键，盈于此则缺于彼；有的承受便有的进展。人生谁也逃不出自然的圈套，当然，其间有高下、好坏的分别相。

说过去的一切不值得追忆和怀想，像是勇者？当前！当前！再来一个当前！“逝者如斯”，在当前的催逼急迫之下你还有余暇，还有丢不掉的闲情向过去凝思？这是懦弱心理的表现。为未来，我们都为未来努力，冲上前去（或者换四个更动人的字是“迎头赶上”）！回头看，对已往的足迹还在联想上留一点点迟回的念头，那，你便是勇气不够，是落伍者。……对于这样“气盛言宜’的责备与鼓励，分辩不得，解脱不了，除却低首无语外能有甚么答复？不过“逝者如斯”，因有已逝的“过去”，才分外对正在逝的“现在”加意珍惜；加意整顿全神对它生发出甚深的感动；同时也加意倾向于不免终为逝者的“未来”。这正是一条韧力的链环，无此环彼环何能套定，只有一个环根本上成不了有力的链子。打断“过去”，说现在只是现在，那末，这两个字便有疑义，对未来的信念亦易动摇。我们不能轻视了名词；有此名词它必有所附丽，无其事，无其意义，完全泯没了痕迹，以为一切都像美猴王从石头缝里迸出来的，那么迅速，神奇，不可思议；以为我们凭空能创造出世间的奇迹。现在，现在，以为惟此二字是推动文化的法宝，这未免看得太容易了。

据说生活力基于从理化学原则的原子运动，而为运动主因的则在原子中“牵引”“反拨”两种力量的起伏。一方显露出成为现势力，一方隐藏着成为潜势力，而势力的总量始终不变。两者共同存在，共同作力之运动，方能形成生活现象。时间，在一切生活现象中谁能否认它那伟大的力量。“一弹指顷去来今”，先有所承，后有所启，不必讲甚么演化的史迹，人类的精神作用，如果抹去了时间，那有作用的领域便有限得很；人类的思与感如果没有相当的刺激与反应，思与感是否还能存在？有欲望，兴趣的探索，推动，方能有努力的获得。他的“嗜好的灵魂”绝不是无因而至，要把这些欲望，兴趣，引动起来，向“现在”深深投入，把握得住，对“未来”映现出一条光亮道路。我们无论怎样武断，哪能把隐藏的潜势力看做无足轻重，亚里士多德主张“宇宙的历程是一种实现的历程，Process of Realization”。历程须有所经，讲实现岂能蔑视了已成“过去”的却仍在隐藏着的潜力。不过，这并非只主张保守一切与完全作骸骨迷恋的，——只知过去不问现在者所可藉口。

在明丽的光景中，“过去”曾给我的是一片生机，是欣欣向荣，奋发活动的兴趣。那刚从碧海里出浴的阳光；那四周都像忻忻微笑的面容；那在氛围中遏抑不住，掩藏不了的青春生活力的迸跃，过去么？年光不能倒流，无尽的时间中几个年头又是若何的迅速、短促！但轻烟柳影、啼鸟、绿林、海潮的壮歌、苍天的明洁，自然界与生物的黏着、密接、酝酿，融和，过去么？触于目，动于心，激奋在“嗜好的灵魂”中……一样把生力的跃动包住我的全身，挑起我的应感。

虽然，世局的变迁，人间的纠纷，几个年头要拢总来作一个总和，难道连一点“感慨山河艰难戎马”的真感都没有，只会发幻念里呆子的“妄想”？是的，朋友！只要我们不缺少生力的活跃，不处处时时只作徒然地“溅泪惊心”的空梦，在悲苦失望间把生力渐渐销沉，渐渐淡化了去，——只凭焦的，悲愁，未必便能增加多少向前冲去的力量罢？——对“过去”的印证还存有信心；“现在”的感受更提高了气力，“将来”，我们应分毫不迟疑，毫不犹豫地相信抓在我们的手中！何以故？因为还有我们生命力的存在；何以故？因为不曾丧失了我们的潜力；何以故？我们不消极地只是悲苦凄叹把日子空空度去！

在行道时，一样的残春风物却一样把过去的生命力在我的思念与感受中重交与我，他们正像是 Raised new mountainsand spread delicious valleys for me (G. Eli—— ot 的话）虽然说是“新的”，因为“过去”的印证却分外增强了我的认识与奋发。朋友，我希望不要用生活的奢靡与精神上的浪费两句话来责备我。

我永远相信“去，来，今”三者是人世间一串有力的链环。

“怎么能……”

——［中国］叶圣陶

人间如真有所谓英雄，真有所谓伟大的人物，
那必定是随时考查人间的生活，随时坚强地喊“人间怎么能……”
而且随时在谋划在努力的。

“这样的东西，怎么能吃的？”

“这样的材料，这样的裁剪，这样的料理，怎么能穿的？”

“这样的地方，既……又……怎么住得来？”

听这类话，立刻会想起这人是懂得卫生的法子的，非惟懂得，而且能够“躬行”。卫生当然是好事，谁都该表示赞同。何况他不满意的只是东西，材料、裁剪、料理、地方等等，并没有牵动谁的一根毫毛，似乎人总不应对他起反感。

反省是一面莹澈的镜子，它可以照见心情上的玷污，即使这些玷污只有苍蝇脚那么细。说这类话的人且莫问别人会不会起反感，先自反省一下吧。

当这类话脱口而出的时候，未必怀着平和的心情吧。心情不平和，可以想见发出的是怎么一种声调。而且，目光、口腔、鼻子、从鼻孔画到口角的条纹，也必改了平时的模样。这心情，这声调，这模样便配合成十足傲慢的气概。

傲慢必有所对。这难道对于东西等等而傲慢么？如果是的，东西等等原无所知，倒也没有什么，虽然傲慢总教人不大愉快。

但是，这实在不是对东西等等而傲慢。所谓“怎么能……”者，不是不论什么人“怎么能……”，乃是“我怎么能……”也。须要注意，这里省略了一个“我”字。“我怎么能……”的反面，不用说了，自然是“他们能……他们配……他们活该……”那么，到底是对谁？不是对“我”以外的人而傲慢么？

对人傲慢的，看自己必特别贵重。就是这极短的几句话里，已经表现出说话的是个丝毫不肯迁就的古怪的宝贝。他不想他所说“怎么能……”的，别人正在那里吃，正在那里穿，正在那里住。人总是个人，为什么人家能而他偏“怎么能……”？难道就因为他已经懂得卫生的法子么？他更不想他所说“怎么能……”的，还有人求之而不得，正在想“怎么能得到这个”呢。

对人傲慢的又一定遗弃别人。别人怎样他都不在意，但他自己非满足意欲不可的。“自私”为什么算是不好，要彻底讲，恐怕很难。姑且马虎一点说，那么，人间是人的集合，“自私”会把这集合分散，所以在人情上觉得它不好。不幸得很，不顾别人而自己非满足意欲不可的就是极端的自私者。

这样一想，这里罅漏实在不少，虽然说话时并不预备有这些罅漏。可是，懂得卫生法子这一点点是好的，因为知道了生活的方法如何是更好。

不过生活是普遍于人间的。知道了生活方法如何是更好，在不很带自私气味的人就会想“得把这更好的普遍于人间才是”。于是来了种种的谋划，种种的努力。至于他自己，更不用担以外的心，更好的果真普遍了，会单把他一个除外么？

所以，知道更好的生活方法，吐出“怎么能……”一类的恶劣语，表示意欲非满足不可，满足了便沾沾自喜，露出暴发户似的亮光光的脸，这样的人虽然生活得很好，决不是可以感服的。在满面菜色的群众里吃养料充富的食品，在衣衫褴褛的群众里穿适合身体的衣服，羞耻也就属于这个人了；群众是泰然毫无愧怍的，虽然他们不免贫穷或愚蠢。

人间如真有所谓英雄，真有所谓伟大的人物，那必定是随时考查人间的生活，随时坚强地喊“人间怎么能……”而且随时在谋划在努力的。

杨柳

——［中国］丰子恺

它长得很快，而且很高；
但是越长得高，越垂得低。
千万条陌头细柳，条条不忘记根本，常常俯首顾着下面，
时时借了春风之力而向泥土中的根本拜舞，或者和它亲吻。

因为我的画中多杨柳树，就有人说我欢喜杨柳树。因为有人说我欢喜杨柳树，我似觉自己真与杨柳树有缘。但我也曾问心，为甚么欢喜杨柳树？到底与杨柳树有甚么缘？其答案了不可得。原来这完全是偶然的：昔年我住在白马湖上，看见人们在湖边种柳，我向他们讨了一小株，种在寓屋的墙角里。因此给这屋取名为“小杨柳屋”，因此常取见惯的杨柳为画材，因此就有人说我欢喜杨柳，因此我自己似觉与杨柳有缘。假如当时有人在湖边种荆棘，也许我会给屋取名为“小荆棘屋”，而专画荆棘，成为与荆棘有缘，亦未可知。天下事往往如此。

但假如我存心要和杨柳结缘，就不说上面的话，而可以附会种种理由上去。或者说我爱它的鹅黄嫩绿，或者说我爱它的如醉如舞，或者说我爱它像小蛮的腰，或者说我爱它是陶渊明宅边所种的。或者还可援引“客舍青青”的诗，“树犹如此”的话，以及“王恭之貌”，“张绪之神”等种种古典来，作为自己爱柳的理由。即使要找三百个冠冕堂皇、高雅深刻的理由，也是很容易的。天下事又往往如此。

也许我曾经对人说过“我爱杨柳”的话。但这话是随便的，是空洞的。仿佛我偶然买一双黑袜穿在脚上，有人问我“为甚么穿黑袜”时，就对他说“我欢喜穿黑袜”一样。实际，我向来对于花木无所爱好；即有之，亦无所执著。这是因为我生长穷乡，只见桑麻、禾黍、烟片、棉花、小麦、大豆，不曾亲近过万花如绣的园林。只在几本旧书里看见过“紫薇”、“红杏”、“芍药”、“牡丹”等美丽的名称，但难得亲近这等名称所有者。并非完全没有见过，只因见时它们往往使我失望，不相信这便是曾对紫薇郎的紫薇花，曾使尚书出名的红杏，曾傍美人醉卧的芍药，或者象征富贵的牡丹。我觉得它们也只是植物中的几种，不过少

见而名贵些，实在也没有甚么特别可爱的地方。似乎不配在诗词中那样地受人称赞，更不配在花木中占据那样高尚的地位。因此我似觉诗词中所赞的名花是另外一种，不是我现在所看见这种植物，也曾偶游富丽的花园，但终于不曾见过十足地配称“万花如绣”的景象。

假如我现在要赞美一种植物，我仍是要赞美杨柳。但这与前缘无关，只是我这几天的所感，一时兴到，随便谈谈，不会像信仰宗教或崇拜主义地毕生皈归它。为的是昨日天气佳，埋头写作到傍晚，不免走到西湖边的长椅子里去坐了一番。看见湖岸的杨柳树上，好像挂着几万串嫩绿的珠子，在温暖的春风中飘来飘去，飘出许多变度微微的S线来，觉得这一种植物实在美丽可爱，非赞它一下不可。

听人说，这植物是最贱的。剪一根枝条来插在地上，它也会活起来，后来变成一株大杨柳树。它不需要高贵的肥料或工深的壅培，只要有阳光、泥土和水，便会生活，而且生得非常强健而美丽。牡丹花要吃猪肚肠，葡萄藤要吃肉汤，许多花木要吃豆饼，杨柳树不要吃人的东西，因此人们说它是“贱”的。大概“贵”是要吃的意思。越要吃得多，越要吃得好，就是越“贵”。吃得很多很好而没有用处，只供观赏的，似乎更贵。例如牡丹比葡萄贵，是为了牡丹吃了猪肚肠一无用处，而葡萄吃了肉汤有结果的缘故，杨柳不要吃人的东西，且有木材供人用，因此被人看作“贱”的。

我赞杨柳美丽。但其美与牡丹不同，与别的一切花木都不同。杨柳的主要的美点，是其下垂。花木大都是向上发展的，红杏能长到“出墙”，古木能长到“参天”。向上原是好的，但我往往看见枝叶花果蒸蒸日上，似乎忘记了下面的根，觉得可恶！你们是靠他养活的，怎么只管高踞在上面，绝不理睬他呢？你们的生命建设在他上面，怎么只管贪图自己的光荣，而绝不回顾处在泥土中的根本呢，花木大都如此。甚至下面的根已经被斫，而上面的花叶还是欣欣向荣，在那里作最后一刻的威福，真是可恶而又可怜！杨柳没有这般可恶可怜的样子：它不是不会向上生长。它长得很快，而且很高；但是越长得高，越垂得低。千万条陌头细柳，条条不忘记根本，常常俯首顾着下面，时时借了春风之力而向泥土中的根本拜舞，或者和它亲吻。好像一群活泼的孩子环绕着他们的慈母而游戏，而时时依傍到慈母的身旁去，或者扑进慈母的怀里去，使人见了觉得非常可爱。杨柳树也有高过墙头的，但我不嫌它高，为了它高而能下，为了它高而不忘本。

自古以来，诗文常以杨柳为春的一种主要题材。写春景曰“万树垂杨”，写春色曰“陌头杨柳”，或竟称春天为“柳条春”。我以为这并非仅为杨柳当春抽条的缘故，实因其树有一种特殊的姿态，与和平美丽的春光十分调和的缘故。这种特殊的姿态便是“下垂”。不然，当春发芽的树木不知凡几，何以专让柳条作春的主人呢？只为别的树木都凭仗春的力而拚命向上，一味求高，忘记自己的根本。其贪婪之相不合于春的精神。最能象征春的神意的，只有垂杨。

这是我昨天看了西湖边上的杨柳而一时兴起的感想。但我所赞美的不仅是西湖边上的杨柳。在这几天的春光之下，乡村到处的杨柳都有这般可赞美的姿态。西湖似乎太高贵了，反而不适于栽植这种“贱”的垂杨呢。

随便找一个自己的座位

——［中国］刘湛秋

在人的一生中，位置是十分重要的，
位置是一个人终生奋斗的目标，
甚至是人类繁荣发展的基本动力。

天底下，你活着，总会有你一个位置。

你在办公室，你在山中的茅舍里，你在火车上，你在公园的湖畔，你在豪华的别墅，你在街心的一角，你在舞台的中心，你在拥挤的观众中……

总会有你的一个位置，无论这个位置是大是小，无论这个位置是重要还是平凡，但是，你总有一个位置。

你失去社会的位置，你失去职业的位置，你失去爱情的位置，但你最终还会剩下——

一个大自然赋予你的位置。

只有当你最终离开人世，属于你的位置才最终消失。

当然，这么去理解是非常消极的。

在人的一生中，位置是十分重要的，位置是一个人终生奋斗的目标，甚至是人类繁荣发展的基本动力。

在原始社会中，人类刚从原始的动物状态进化出来，位置的问题也就毫不留情地摆在生存的空间之上。如果你是酋长或部落统领，你的位置立刻显赫了。你瞬间与众不同，你在物质上和精神上立即享有特殊的待遇。奴隶会羡慕苏丹的后宫，老百姓会胆怯红色的宫墙，教徒会膜拜梵蒂冈的圣殿。某种位置代表着权力、利益的及精神上的满足。

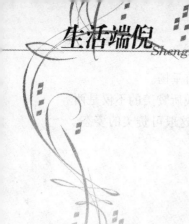

在位置上的争夺中，演出了多少或残酷或惊险或诡谲或奇丽或悲壮或忧伤或英武或卑琐的故事。所有的历史为此而形成，所有的艺术为此而丰满；人类故而光怪陆离，不可理解而又能演绎得头头是道。

而另一种争夺则如水下的暗涌，表面亦如晴朗的天空，亦如一汪平静的湖，那是精神领域中的追逐。一部书的诞生，一项科技的孕育，一种表演技巧的攀登，都在不断地变换着人与人的位置。

还有种很有趣味的现象，那就是人与人之间情感的位置。也许，它属于天然的成分更多一些，但也不尽然，往往也充满了戏剧性的痛苦和残忍性。

总之，争夺充满了人生的各个侧面。如果是单纯的争，气氛多半会是平和的；而如果是复杂的夺，就必然充满硝烟味了。“两虎不同笼”，“卧榻之旁，岂容他人酣睡”，就赤裸裸地表现出人的特性和对位置的贪婪追逐。秦始皇游会稽、渡浙江时，项羽在一旁观看，立即说：“彼可取而代也。”就是这种心态的绝好写照。一个位置，有你无我。在今天的现实中，这种状况也依然延续，大至总统、议员，小至一个科长的位置，也莫不有幕内幕外的故事，东西方皆如是。

而在传统的中国，对位置则看得更重，更偏狭，甚至座位、座次，都斤两计较。《水浒》中的卢俊义未入梁山泊前，第二把交椅只能空着。中国人吃饭，座席也是分出主次，马虎不得的。这种观念，渗透到生活的每一个角落，在意识中，溶化于每一个细微的毛孔。

位置的问题，使我们本来就不轻松的生活中，平添了许多累度。

漫步在大自然的怀抱中，徜徉于潺潺的流水声中，我常常为大自然的和谐而感动。各种奇丽的鲜花径自开着，它们占有自己的位置，却无意于身旁的别的鲜花；各种伟岸的树木生长着，它们都保持着一定的距离，它们的根须互相渗透着。当然，在动植界也还是有个天然的生态平衡，但那是为大自然所选择的。

我们能否更多地向自然靠近呢，随着我们人类从童年走向青壮年（在地球形成四十六亿年中人类社会毕竟才几千年啊）这样庄严的时刻，我们的高意识的生物总该更懂得如何处理我们自身的弱点。至少，我们可以化干戈为玉帛啊！

作为一个人，我们存在了，我们就有存在的权利，也就有占有一个位置的权利。

但是，我总在思索，我们怎么才能更轻松更和谐一些地去生活。

其实，我们只需要找到一个支点，找到内心平衡的支点。这就是说，重视自己，发展自己，但又不去争夺什么位置。只要你自己感到舒畅，什么位置都是可爱的。你上班八小时有个自己的位置，八小时以外你更有一个更宽阔更随意的位置，这不是号召退归山林，与世无争，而是真正地认识到自己，选择自己的方向。当我们的自身价值发挥出来时，我们总会有一个位置。“桃李不言，下自成蹊”，尽管我们并非渴求这些。我们会活得很充实，很轻松。我决定这样地去生活。

漫长的人生岁月使我越来越懂得，对我来说重要的是减轻身上的负载，包括心灵上的负载。

悄悄地让出多余的位置。

为心灵轻松而宁愿远离。

这是我两年前写的一首诗中的两行。这种心态帮助我逐步走向真正的人生，虽然为时晚了一些。

悄悄地进入人生的露天剧场，环顾偌大的中心舞台，然后随意地穿过圆形的看台，在剩下的空位中，我只随便为自己找一个座位……如果没有空座，那我就在后排或过道中站着……

简　单

——［中国台湾］三　毛

当每一个人来到地球上时只是一个赤裸的婴儿，
除了躯体和灵魂，上苍没有让人类带来什么身外之物。
等到有一天，人去了，去的仍是来的样子，空空如也。

说我时间，我们早已不去回想，当每一个人来到地球上时只是一个赤裸的婴儿，除了躯体和灵魂，上苍没有让人类带来什么身外之物。

等到有一天，人去了，去的仍是来的样子，空空如也。这只是样子而已。事实上，死去的人，在世上总也留下了一些东西，有形的，无形的，充斥着这本来已是拥挤的空间。

曾几何时，我们不再是婴儿，那份记忆遥远得如同前生。回头看一看，我们普普通通的活了半生，周围已引出了多少牵绊，仰手所及，又有多少带不去的东西成了生活的一部分，缺了它们，日子便不完整。

许多人说，身体形式都不重要，境由心造，一念之间可以一花一世界，一沙一天堂。

这是不错的，可是在我们那么复杂拥挤的环境里，你的心灵看见过花吧？只一朵，你看见过吗？我问你的，只是一朵简单的非洲菊，你看见过吗？我甚而不问你玫瑰。

不了，我们不再谈沙和花朵，简单的东西是最不易看见的，那么我们只看看复杂的吧！

唉，连这个，我也不想提笔写了。在这样的时代里人们崇拜神童，没有童年的儿意，才过得了那窄门。

人类往往少年老成，青年迷茫，中年喜欢将别人的成就与自己相比较，因而觉得受挫，好不容易活到老年仍是一个没有成长的笨孩子。我们一直粗糙地活着，而人的一生，便也这样过去了。

我们一生复杂，一生追求，总觉得幸福遥不可企及。不知那朵花啊，那粒小小的沙子，便在你的窗台上。你那么无事忙，当然看不见了。

对于复杂的生活，人们怨天怨地，却不肯简化。心为形役也是自然，哪一种形又使人的心被投得更自由呢？

我们不肯放弃，我们忙了自己，还去忙别人。过分的关心，便是多管闲事，当别人拒绝我们的时候，我们受了伤害却不知这份没趣，实在是自找的。

对于这样的生活，我们往往找到一个美丽的代名词，叫做“深刻”。

简单的人，社会也有一个形容词，说他们是笨的。一切单纯的东西，都成了不好的。

恰好我又远离了家国，到大西洋的海岛上来过一个笨人的日子，就如过去许多年的日子一样。

在这儿，没有大鱼大肉，没有争名夺利，没有过分的情，没有载不动的愁，没有口舌是非，更没有解不开的结。

也许有其他的笨人，比我笨得复杂的，会说：你是幸运的，不是每个人都有一片大西洋的岛屿，唉，你要来吗？你忘了自己窗台上的那朵花了。怎么老是看不见呢？

你不带花来，这儿仍是什么也没有的。你又何必来？你的花不在这里，你的窗，在你心里，不在大西洋啊！

一个生命，不止是有了太阳、空气、水便能安然的生存，那只是最基本的。求生的欲望其实单纯，可是我们是人类，是一种贪得无厌的生物，在解决了饥饿之后，我们要求进步，有了进步之后，要求更进步，有了物质的享受之后，又要求精神的提升，我们追求幸福、快乐、和谐、富有、健康、甚而永生。

最初的人类如同地球上对游野地的其他动物，在大自然的环境里辛苦挣扎，只求存活。而后因为自然现象的发展，使他们组成了部落，成立了家庭。多少万年之后，国与国之间划清了界限，民与民之间，忘了彼此都只不过是人类的。

邻居和自己之间，筑起了高墙，我们居住在他人看不见的屋顶和墙内，才感到安全自在。

人又耐不住寂寞，不可能离群索居，于是我们需要社会，需要其他的人和物来建立自己的生命。我们不肯节制，不懂收敛，泛滥情感，复杂生活起居。到头来“成功”只是“拥有”的代名词。我们变得沉重，因为担负得太多，不敢放下。

当婴儿离开母体时，象征着一个躯体的成熟。可是婴儿不知道，他因着脱离了温暖潮湿的子宫觉得惧怕，接着大哭。人与人的分离，是自然现象，可是我们不愿。

我们由人而来，便喜欢再回到人群里去。明知生是个体，死是个体，但是我们不肯探索自己本身的价值，我们过分看重他人在自己生命里的参与。于是，孤独不再美好，失去了他人，我们惶惑不安。

其实，这也是自然。

于是，人类顺其自然的受捆绑，衣食住行永无宁日的复杂，人际关系日复一日的纠缠，头脑越变越大，四肢越来越退化，健康丧失，心灵蒙尘。快乐，只是国王的新衣，只有聪明的人才看得见。

童话里，不是每个人都看见了那件新衣，只除了一个说真话的小孩子。

我们不再怀念稻米单纯的丰美，也不认识黄菜的清香。我们不知四肢是用来活动的，也不明白穿衣服只是使我们免于受冻。

灵魂，在这一切的拘束下，不再明净。感官，退化到只有五种。如果有一个人，能够感应到其他的人已经麻木的自然现象，其他的人不但不信，而且好笑。

每一个人都说，在这个时代里，我们不再自然。每一个人又说，我们要求的只是那一点心灵的舒服，对于生命，要求的并不高。

这是，我们同时想摘星。我们不肯舍不下那么重的负担，便是住在一颗星球上，为何看不见它的光芒呢?

这里，对于一个简单的笨人，是合适的。对不简单的笨人，就不好了。

我只是返璞归真，感到的，也只是早晨醒来时没有那么深的计算和迷茫。

我吃油腻的东西，从不过饱，这使我的身体消瘦。我不做不可及的梦，这使我的睡眠安恬。我不穿高跟鞋折磨我的脚，这使我的步子更加悠闲安稳。我不跟潮流走，这使我的衣服永远长新，我不耻于活动四肢，这使我健康敏捷。

我避开无事时过分热络的友谊，这使我少些负担和承诺；我不多说无谓的闲言，这使我觉得清畅；我尽可能不会缅怀往事，因为来时的路不可能回头。我当心地去爱别人，因为比较不会泛滥。我爱哭的时候便哭，想笑的时候便笑，只要这一切出于自然。

我不求深刻，只求简单。

宇宙的习惯

——［美国］拿破仑·希尔

播下行为的种子，你就会收割习惯；
播下习惯的种子，你就会收割性格；
播下性格的种子，你就会收割一定的命运。

每个人都因为自己所培养的习惯，而成为与他人有所不同的个体。但是有的时候你必须审查自己所有的习惯，改变自己的习惯。为了达到这个目的，你必须了解并且运用一种被称为“宇宙习惯力量”的东西。

宇宙习惯力量是一种使所有生物和所有事物都臣服在环境影响之下的法则。这个法则可能会对你有利或可能对你不利，结果如何全看你的选择而定。

宇宙习惯力量和整个宇宙具有一定的关系。宇宙是经由一定的模式或习惯，而达到平衡的法则。宇宙习惯力量则是一种迫使所有生物和物体受其环境影响的法则（包括人类的生理习惯和思维习惯）。

宇宙习惯力量是当你运用宇宙法则和原则时，连同积极心态一起应用的力量，当你运用你的思想力量（无论意识还是潜意识）时，同时也在运用宇宙力量，而这就是你思考、致富或实现任何你所希望，而且不违背上帝律法，或同胞权利之欲望的方法。

我们所有人都受到习惯的约束，当思想和经验重复的次数愈多，习惯对我们的约束也就愈深。你有控制自己思想的绝对权利。人类经由反复一定的观念，或行为而创造了思考模式，这些思考模式最后被宇宙习惯力量法则吸收，并且使他们保持或长或短的持续性，直到你有意识地再重组这些模式为止。

习惯有好有坏，有许多习惯是你已知的，也有一些习惯是你所不知的。你内心中的每一个人、事物不是存在于意识里，就是存在于潜意识。你可适当地运用你的思想任意发展，淡化或变更这些人、事或物，你确实具有这种力量的。

人类确实受到习惯的约束。去掉一个习惯之后，又会再出现一个新习惯，务必要培养出有助于你达到明确目标的积极习惯。

播下行为的种子，你就会收割习惯；
播下习惯的种子，你就会收割性格；
播下性格的种子，你就会收割一定的命运。

活得简朴与明智

——［美国］亨利·梭罗

信念和经验都使我坚信，只要我们愿意活得简朴和明智，
在这个地球上保持一个人的自我，
不是一件苦事，而是一件乐事。

信念和经验都使我坚信，只要我们愿意活得简朴和明智，在这个地球上保持一个人的自我，不是一件苦事，而是一件乐事。你看，那些较为简朴的民族以之为职业的，那些较为浮华的民族仍然以之为娱乐。一个人未必要靠额上的汗水来挣得生计，除非他比我还容易出汗。

我认识这样一位小伙子，他有幸继承到几十亩田产。他对我说他并不希望得到那份田产，而是只想像我一样生活。我并不愿意让任何人采取我的活法。因为，当他学会了我现在的生活时，我也许已经为自己找到了另一种意愿。不仅如此，我还希望，世界上最好各种各样的人都有，花色越多越好。只是我愿世界上每一个人都非常审慎地找到并走上属于他自己的路，而不是模仿别人的。那位小伙子不管他需不需要那份田产，或者他把它用来种植，或者他干脆拿来送人，但千万不要让他固执地学我。只有经过深思熟虑，我们才可达智慧之境。你看那水手或逃奴，他们晓得把眼睛一直看着北斗。仅这一点智慧，就足以引导我们终生。也许我们无法估计出船只靠岸的日期，但我们却可以保持好正确的航线。

漫谈理发师

——［美国］马克·吐温

你第一次走进一家理发店里所受的体验，那么从今往后，
你在理发店里将永远体验这种滋味，
除非你受到上帝的眷恋。

一切事物都在随着时间的流逝而改变，惟一例外的是那些理发师。理发师的表现方式，以及理发师四周的情景，这些不会有任何变化。你第一次走进一家理发店里所受的体验，那么从今往后，你在理发店里将永远体验这种滋味，除非你受到上帝的眷恋。今天早晨，我像往常那样剃了胡子。就在我从大马路走进店门口的时候，另一个人从琼斯街走向那儿。我虽然加快步伐，可是已经无济于事，他已经跨进了店门，接着我也进去了，眼见他坐上了那张惟一的空椅子，那由最好的一位理发师所管的椅子。瞧，你老是碰上这样的事。我坐下了，但愿能够继承另一张椅子，因为管它的是剩下的两位理发师当中手艺较高的一位，因为他已经开始给他的客人梳头发，而他的伙伴还没完全把客人的头发搓揉好了搽上油。我关切地注视着这一令人患得患失的局势。

当我看到二号逐渐追上一号时，我的关心变成了担心。接下来，我的担心变成了焦急，因为一号暂时停下去给一个新来的客人付洗澡券的找头，在竞赛中落了后。当一号又赶上去和他的伙伴一同拉掉了毛巾，刷干净客人脸上的粉，几乎是不分前后，一个刚要说“下一位”时，我紧张得连气都透不过来。更让我生气的是，就在那紧要关头，一号竟停下来去梳了梳客人的眉毛。很显然，他以一秒之差输了这场竞赛，于是我站起身，离开了理发店，以免落到二号手中。因为我根本缺乏那种令人羡羡的毅力，不能镇静自若地对一个等着我的理发师说：我要候他同事所管的那个位子。

我在店外徘徊了十几分钟，然后又走了进去，希望这一次能碰上更好的运道。不用说，你老是碰到的事又发生了，现在所有的椅子都已经坐满，四个人正坐在那儿等候，他们都不吭声，没好气，心烦意乱，显出厌倦。在理发店里挨着顺序等候的人总是那样儿。

我在一个由铁扶手分隔成几个座儿的旧沙发上坐下，索性拿出时间去浏览镜框里那些关于染发洗发的五花八门的广告。后来，我读了几个私人用的生发水瓶子上的油腻腻的姓名；我读了鸽子笼里几只私人用的拌皂沫杯子上的姓名，还留心看它们上面的号码；我仔细看那些肮脏破烂的廉价画片：画的是打仗的情景，早年的总统，斜倾着身体、做出妖娆样子的苏丹妃子，还有戴上了祖父的眼镜、叫人看了厌烦、但是永远也少不了的年轻姑娘。我在暗中咒骂那只欢跃的金丝雀和那只扰人的鹦鹉，几乎每个理发店都有它们的位置。最后，我从乱糟糟地堆在房中央那张肮脏的桌子上的隔年画报中找出了几份比较完整的，然后去精读上面那些已经被人淡忘、又被人任意歪曲了的记事。

也不知过了多长时间，只听见有人说了声“下一位”，于是我就把自己交付给了……当然是交付给了那个二号。瞧，这样的事总是被我碰到。我和颜悦色地说：“我有急事请迅速点。”如果说这话能感动他，那感动的程度也不会大，就好像他压根儿没听见一样。他把我的脑袋向上面一推，把一块围布就下边一兜。他把手指插进我的硬领，把一条毛巾扣好在那里。他用利爪探了探我的头发，说它们需要修短。我说我不要修短。他又探了探，说它们很长了，再者这式样现在已经过时了——最好是剪掉一些，后面的尤其需要剪。我说一星期前刚剪过。他热心地向它们看了一阵，像是在回忆什么，然后露出轻蔑的神气，问那是谁剪的。我应声回答，说：“就是你剪的!”我这一句话可把他堵住了。接着他就开始拌肥皂沫，一面端详镜子里自己的身影，不时放下手头的活，向前凑近点儿，仔细鉴赏自己的下巴，或者留心看一粒粉刺。此后，他在我这半边脸上涂满了肥皂沫，而正当他要涂另半边的时候，一场狗斗吸引了他的注意。他赶到窗口，待在那儿看狗斗，并和其他理发师打了赌。最后，狗斗结束了，他输了两先令，我为此感到十分痛快。再回来，他又开始涂肥皂沫。

接下来，他开始在一条旧磨刀带上磨他的刀子，但到他满意为止，花费了很长时间。原来，前一天晚上他参加一次低级的化装舞会，当时他穿的是红色麻纱和假貂皮的衣服，扮的是一个什么国王，现在大伙就围绕着这件事掀起了一场争论。伙伴们戏弄他，说他的风采迷倒了许多少女，他听得心花怒放，于是就装出被他们的戏弄招恼了的神情，想方设法使争论继续下去。这件事越发引得他在镜子里顾影自怜。他放下了手里的剃刀，一丝不苟地梳他的头发，把前面的弯成一个钩儿倒贴在脑门子上，把后面的均匀地梳成“分头”，然后让两边的鬓发很齐整好看地在耳朵上方向前翘着。这时候，我脸上的肥皂沫已经收干了，好像深深地沁入我的心脾。

现在他开始给我剃胡子了：他用手指扯我的脸皮，以便它们绷紧；扳我的脸；同时移动我的脑袋，一会儿把它向这边捺，一会儿把它往那面翻，其位置完全看是否便利于他刮脸。当他刮着两边脸的老皮肤时，我还不觉得是在受苦。可是，当他把我下额又扯又拧时，我落下了泪。这时候，他又拧起了我的鼻子，想来是要剃光我上唇的两角。根据他此时提供的间接证据表明，他在理发店里的一部分任务是擦干净那些煤油灯。以前我常常会无聊地猜测：干这活儿的究竟是理发师，还是店老板呢？

就在这时候，为了给自己找点事情消遣，我就试着猜测他这一次最可能在什么地方给我开刀，但是还没等我做出决定，他在我下巴尖儿上片掉了一层皮。他赶紧磨快他的剃刀，事实上，他早该把“剃刀”磨快些了。我说自己不喜欢剃得太光，劝他这就放下剃刀，惟恐他进犯我的下颌侧面，那是我的娇嫩部位，剃刀在那地方不消接触第二下就会闯祸，但是他说只要把那一小块有欠光滑的地方略剃一下。他的话音还在我的耳边缭绕，他已悄悄地让剃刀沿着那禁区拉了个口子。而我正担心的那些粉刺疱在剃刀之下会怎样时，就像是在响应号召似的，一下子都火辣辣地痛起来。显然，它们的创痛很严重。这时候，他用毛巾蘸了香水，“叭”地一下把它恶狠狠地拍在我整个脸上。他那样“叭”地把它拍上去，就好像一个人有生以来一向是那样洗脸来着。

接着，他要拭干我的脸，又把毛巾干的部分“叭”地一下拍在我脸上，就像一个人有生以来一向是那样拭干脸来着。当然，这一切我都理解，理发师根本不会像文明人那样给你擦脸。他的下一步是让毛巾蘸的香水沁入割破的地方，再用淀粉填塞创口，再用香水浸湿了它……要不是我一面反抗一面央告，那他肯定会轮流地浸湿了再洒粉，永远继续干下去。这时候他给我满脸都扑了粉，扶我坐起来，然后，带着若有所思的神情，开始用手扒我的头发。稍停，他说我的头发很脏，非常需要洗。这一回我又把他堵住了，说前一天洗澡的时候已经把头发洗得十分干净。他接着向我推荐什么“史密斯头发的光荣”，并向我兜售一瓶，我谢绝了。他夸赞香水的新产品“琼斯化妆的乐趣”，要卖给我几瓶，我又谢绝了。他向我推销他本人发明的一种止痛牙水，我仍然回绝。于是，他试图把刀子卖给我。

最后，我没有买他的刀子，于是他开始工作，他给我全身洒上香水，腿上和所有的地方都洒了，也不顾我反对，就给我的头发抹了油，把许多头发都给连根揉搓了下来，把剩下的又是梳又是刷，在后边分开了，把一撮永远倒挂着的头发贴在脑门子上，然后，一面梳我那几根稀稀落落的眉毛，给它们抹上些润发油，一面闲扯胡聊。最后，报午时的汽笛声响起了，我知道赶火车已经迟了五分钟。这时他猛地拉掉毛巾，在我脸上刷了刷，又把我的眉毛梳了梳，然后拖长声音，喜笑颜开地说了句：“下一位呀！”

两小时后，这位理发师摔了一跤，中风死了。为了出我那口气，我要去看怎样把他埋葬了，哪怕等上一天。

我们的局限性

——［美国］爱默生

任何一种对于某种因素过分的倚重都是不恰当的，
要创造一种真正合理的平衡。

前些年的一个冬天，关于时代的理论在我的这个城市纷纷扬扬地讨论着。无独有偶，就在那个时候恰恰有那么几位名人正驻扎在波士顿或纽约，向那里的公民们滔滔不绝地演说着，进行着关于时代精神的说教。更为巧合的是，就是在这同一个季节中，有关这个主题的文字充满了伦敦大大小小的出版物，可谓铺天盖地，从小册子到花样繁多的报刊杂志，都充斥着这样的文字。

然而，在这热闹的氛围中，我却感到了一丝寂寞。对我个人而言，这个有关时代的大问题却转化成了一个有关生活准则的实际问题：我将如何生活？从某种意义上来说，我们是无法解释时代的。我们的几何学无法丈量现代流行思想的任意伸屈的轨道，不可能目睹它们的回归，并调和它们之间你死我活的对峙。我们只能顺从我们自己的感情流向。如果我们一定要接受一种不可抵御的意旨作为我们的人生支柱，那么，我们最好自己开动思考的机器，自己选择自己的道路。

在我们为了实现自己的愿望而迈出了第一步之后，我们就会面对我们无法克服的局限性。我们总是满腔热情、豪情万里，热切地期望和希冀改造人类，但是，经过了无数次的试验之后，我们发现，要实现这些愿望我们必须从学校开始！但是，那些处于懵懂之年的少年们并不总是那么俯首贴耳，我们无法将他们培育成人才。我们在心里嘀咕："他们肯定不是由良好的材料组成的！"于是，我们又把目光投向更早的时期，即从生育期开始，这就等于暗示我们，这个世界有它自己的命运。或者说，这个世界是在自己规划自己，那么，另一点也必然是真实的。

可是，我们的几何学却无法抵达这些极点，不可能动摇它们，使它们妥协。那么，我们应该怎么办呢？我们必须当机立断。我认为，我们应该坦率一些，通过服从这两种思想之中的任何一种，通过抚弹或者——假若你愿意的话——重击每一种琴弦，通过它们的回响，我们就会逐渐地熟悉它们，从而最终了解它的威力。现在，让我们回过头来，再用同样的方法去服从、把握另一种思想。这样，我们就逐个地认识、把握住了它们。这时候，我们就有理由相信或者希望，能够让它们和谐一致地运转、行动。

我们深深地知道，尽管我们还没有洞察其中的三昧，但现实告诉我们，自由与必然确实相辅相成，个人与世界也是难离难分，而我个人的情感趋向，也正与时代的精神相吻合。时代这个谜语的谜底无穷无尽，每个人都可以给出自己的谜底。如果有谁想研究自己所身处的时代，那么他必须采用这套方法，也就是说，轮番上阵，去涉猎、探索属于我们人生系统的一个又一个的重要话题。而且，通过坚定地说明所有那些对于某一个人而言是愉悦适意的经历，而与此同时，公平对待在那些其他人看来是绝然相反的事实，那么真正的局限性就会水落石出。

你不必完美

——［美国］哈罗德·库辛

一个完美的人，在某种意义上说，是一个可怜的人，
他永远不可能体会到有所追求、有所希冀的感觉，
也永远不可能体会到爱他的人带给他的某些他一直求而不得的东西的喜悦。

因为世界上没有十全十美的事，所以我们只能尽最大努力把事情做好。每天，我们都面对着许多不同的问题，以至于无人能始终都不出错。

每当我在某件事做错了而必须向自己的孩子们道歉时，我都会害怕他们不再爱戴我。但后来我才知道，我的担心是多余的。他们因为我愿意承认自己的错误而更爱我，比较起来他们更喜爱诚实、正直的父亲。

然而，有时人们并不能正确对待自己的过失。我们的父母总是期望我们完美无瑕；我们的朋友也常念叨着我们的缺点，并希望我们能够改正。而他们难以谅解的是因为我们的过失总在他们最脆弱的时候触痛了他们的心。

我们为此感到惭愧。但在承担过错之前，我们必须先问问自己，我真的应该成为他们想像中的模样吗?

有一天，我从一个童话中得到了这样一个启示。故事大概是这样的，一个被劈去了一小片的圆想要找回一个完整的自己，从而踏上了找寻那块碎片的路途。由于它是不完整的，滚动得非常慢，从而领略了沿途美丽的鲜花。它和虫子们聊天，有时，它在阳光的怀抱中，尽情呼吸。它找到许多不同的碎片，但它们都不是自己的那一块，于是它坚持地寻找着……直到有一天，它实现了自己的心愿。然而，作为一个完美无缺的圆，它滚动得太快了，错过了花开时节，忽略了虫子、小鸟、阳光。它很快意识到了这一点，便毅然舍弃了历尽千辛万苦才找回的碎片。

圆的故事告诉我们：正是不完美，才令我们更可爱。一个完美的人，在某种意义上说，是一个可怜的人，他永远不可能体会到有所追求、有所希冀的感觉，也永远不可能体会到爱他的人带给他的某些他一直求而不得的东西的喜悦。

只有那些有勇气放弃自己无法实现的梦想的人是完整的；只有那些能坚强地

面对失去亲人的悲痛的人是完整的——因为他们经历了最坏的遭遇，却没有被这种痛心而压倒。

生命不是上帝用来捕捉你的错误的陷阱。犯了一个错误，并不是代表你就成为了不合格的人。生命如一场球赛，最好的球队也有丢分的时候，最差的球队也有辉煌的一天。我们的目标是尽可能让自己的球队得分多、丢分少。

当别人正为完美困惑的时候，我们首先去接受人的不完美，让我们为生命的继续运转而心存感激，我们便能成就完整。

请相信，我们能够得到别的生命所不曾获得的圆满。因为我们能勇敢地去爱、去原谅，并为别人的幸福而慷慨地表示自己的欣慰，且理智地珍惜环绕着我们的爱。

简单的完美

——［美国］丽莎·普兰特

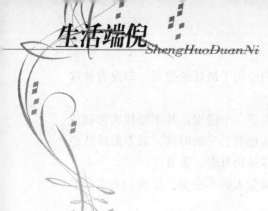

如果你可以用一种全新的视野观看生活、对待生活，
那你就会惊奇地发现许多简单的东西才是最美的，
而许多美的东西正是那些最简单的事物。

“简简单单才是真”，这种方式的生活正流行于当今社会。其实，大多数的生活，以及许多所谓的舒适生活，都是没有必要的，有的甚至是人类进步的障碍和历史的悲哀。由此，人们选择了另一种生活方式，过简单而且真实的日子。

在一次社区的停电中，斯迪芬女士意外地发现了许多有趣的事。

停电的夜晚，斯迪芬和家人享受到了久违的家庭温馨以及邻里关怀，全家人相偎而坐观赏着静寂的城市，还有神奇的萤火虫。他们深深感受到“无电”世界静寂的惊喜。

其实，在离他们不远的地方，已经有些人选择了“无电”的生活。

那么为什么要选择无电生活呢？最大的可取之处在于：他们可以在无电视的环境里成长。没有暴力，没有商业行为，没有电子游戏。孩子们读书、爬树、在河里游泳……总之，这些小孩子会像健康的小动物一样成长。其实，这是培养身心健康的孩子的理想乐园。

无电生活的另外一个优点就是经济、省钱。电费、有线电视费以及各种网络服务费用将远离人们，甚至我们可以不必受到电视广告的诱惑而为自己节约一笔开支。

春天的一个夜晚，瑞得·派克在他的无电小屋中和家人围坐在炉火前望着窗外的星空，静静地聆听，静静地观察。桌上放着跳动着火焰的蜡烛，火炉上冒着热气的铁锅正蒸煮着食物。在小屋里度过的每一天都让瑞得一家感到家庭的温馨和生活的恬静，夜晚更是充满了神奇和憧憬。

当然，简单生活并不只针对于财物的节约，它是一种精神的自在；简单生活并不是无所事事，它是一种心灵的单纯。一个清洁工和一个公司总裁同样可以选择过简单生活，一个隐居者和一个百万富翁如果都认同简单的做法，他们同样可以更充分地吸取生活的营养，然后快乐终生。“简单”的关键来自于你自己的选择和内心感受。就像素食主义者只是简单主义者的一种选择，但并非简单生活的实质。

简单其实是一种全新的生活哲学。如果你可以用一种全新的视野观看生活、对待生活，那你就会惊奇地发现许多简单的东西才是最美的，而许多美的东西正是那些最简单的事物。

美腿与丑腿

——［美国］富兰克林

乐观的人所注意的只是顺利的际遇、谈话之中有趣的部分、精制的佳肴、美味的好酒、晴朗的天气等等，同时尽情享乐；悲观的人所想的和所谈的却只是坏的一面。

你一定认为两个在健康、财富以及生活上的各种享受大致相同的人，他们应该都是幸福的。如果你真这么想，那么，你错了。事实上，他们中有一个却没能得到幸福。最大原因在于他们对人、对物和对事的观点不同，那些观点对于他们心灵上的影响因此也不同，苦乐的分界主要也就在于此。

一个无论处于什么地位的人，都会有遇到幸运与不幸的时候；无论在什么交际场合，所接触到的人物和谈吐，总有讨人欢喜的和不讨人欢喜的；无论在什么地方的餐桌上，酒肉的味道总是有可口的也有不可口的，菜肴也是煮得有好有坏；无论在什么地带，天气总是有晴有雨；无论什么政府，它的法律总是有公正或缺憾，而法律的施行也有好有坏。天才所写的诗文，里面有美点，但也总可以找到若干瑕疵。差不多每一张脸上，总可找到优点和缺陷，差不多每一个人都有他的长处，也有他的短处。

在这些情形之下，上面所说的两种人的注意目标恰好不同：乐观的人所注意的只是顺利的际遇、谈话之中有趣的部分、精制的佳肴、美味的好酒、晴朗的天气等等，同时尽情享乐；悲观的人所想的和所谈的却只是坏的一面，因此他们永远感到怏怏不乐，他们的言论在社交场所既大煞风景，个别的还会得罪许多人，以致他们到处和人格格不入。如果这种性情是天生的，这些怏怏不乐的人倒是真的可怜。但那种吹毛求疵令人厌恶的脾气，也许根本从模仿而来，于不知不觉中养成了习惯。假若悲观的人能够知道他们的恶习对于他们一生幸福有如此不良的影响，那么即使恶习已经到了根深蒂固的程度，也还是可以矫正的。我希望这一点忠告可以对悲观的人有所帮助，促使他们去除掉恶习。这种恶习实际上只是一种态度，一种心理行为，但是它却能造成终生的严重后果，带来悲哀与不幸。大家谁也不愿同他们来往，因为他把大家都得罪了，人们仅会以极平常的礼貌和敬意跟他们敷衍，有时甚至连极平常的礼貌和敬意都谈不上。他们常常因此很气愤，引起种种争执。他们如想地位改变或财富增加，别人谁也不会希望他们成功，没有人肯为成全他们的抱负而出力或进言。如果他们遭受到公众的责难或羞辱，也没有人肯为他们的过失辩护或予以原谅；许多人还要夸大其词地同声攻击，把他们骂得体无完肤。如果这些人不愿矫正恶习，不肯迁就，不肯喜欢一切别人认为可爱的东西，而总是怨天尤人，为一切不可爱的东西自寻烦恼，那么大家还是避免和他们交往的好；因为这种人总是和人难以相处，一旦你发觉自己被牵缠在他们的争吵中时，你将感到很大的麻烦。

我有一位老朋友，他是一个哲学家，由于饱经世故，时时谨慎、留神，避免和这种人亲近。像许多哲学家一样，他备有一具显示气温的寒暑表，和一具预示晴雨的气压计；但什么人有这种坏脾气，世界上还没有人发明什么仪器，可以使他一看便知。也许是他很幸运，他拥有两条奇怪的腿——一条美腿，一条丑腿。陌生人初次和他见面，如果对他的丑腿比对他的美腿更为注意，他就有所疑忌。如果来者注意力仅存在于那条丑腿上，这就足以使我的朋友决定不再和他作进一步的交往。这样一副大腿仪器并非人人都有，那么我们要怎样才能去发现那些具有吹毛求疵恶习的人呢？那就需要我们自己必须随时留心，从而才能避免和他们交往。因此，我劝告那些性情苛酷、怨愤不平、郁郁寡欢的人，请他们不要去注意人家的丑腿，这样才能得到别人的敬爱与尊重。

简单的生活

——［美国］爱琳·詹姆丝

不停地抹杀过去的事件，只会让你的生活更加复杂。
重新诠释这些回忆，可以积极地帮助你面对未来，
而且，让你保持一个简单的生活。

你是否曾发现：自己想抹掉过去一些难堪的事情或是情境，而这些不愉快的记忆，是你一直无法释怀的。这些记忆有可能是任何事，从你工作上和同事的口角，到婚姻的解除这种大事，都有可能成为你的伤痛记忆。这些事或许是发生在几年前，或许是发生在昨天而已。你会一直想着这些事，悔不当初，而这些不愉快的回忆，也总是不停地骚扰你，除了饱受折磨外，这些回忆对你一点帮助也没有。

当我放慢生活步伐时，我可以做到的一件事就是：停止抹杀过去。我渐渐地了解：当你真正领悟一些事后，你会觉得你没有错；你也没有做错决定。我慢慢能够进一步诠释我生活中的所有事件，不管这些事是好的，或是坏的；到了最后，总是会有一个有力的情境出现，不管是否为暂时性的因素，这个情境将会引导我走向我该走的方向。

不停地抹杀过去的事件，只会让你的生活更加复杂。重新诠释这些回忆，可以积极地帮助你面对未来，而且，让你保持一个简单的生活。

乞　丐

——［俄国］屠格涅夫

乞丐所乞求的不只是财物和同情，
还有尊严。

我走在大街上……

一个乞丐——一个衰弱的老人挡住了我。

红肿的、含着泪水的眼睛，发青的嘴唇，粗糙、褴褛的衣服，龌龊的伤口……呵，贫困把这个不幸的人，弄成了什么样子啊！

他向我伸出一只红肿、肮脏的手……

他呻吟着，哀求施舍。

我伸手搜索自己所有的口袋……没有钱包，没有表，也没有一块手帕……我随身什么东西也没有带。

但乞丐在等待着……他伸出来的手，无力地摆动和战栗。

我惘然无措，惶惑不安，紧紧地握了握这只肮脏的、战栗的手："请原谅，兄弟；我什么也没有，兄弟。"

乞丐那对红肿的眼睛凝视着我；我发青的嘴唇笑了笑——而且，他也紧紧地握了握我冰冷的手指。

"——哪儿的话，兄弟，——"他嘟哝说，"——这已经是很值得感谢的了。这也是恩惠呵，兄弟。"

我明白，我也从我的兄弟那儿得到了恩惠。

对自己忠实

——［英国］莎士比亚

尤其要紧的，你必须对你自己忠实，
正像有了白昼才有黑夜一样。
对自己忠实，才不会对别人欺诈。

不要想说什么就说什么，凡事必须三思而行；对人要和气，可是不要过分亲昵。

相知有素的朋友，应该用钢圈箍在你的灵魂上，可是不要对每一个泛泛的新知滥施你的交情。

留心避免和人家争吵，可是万一争端已起，就应该让对方知道你不是可以轻侮的。

倾听每一个人的意见，可是只对极少数人发表你的意见；接受每一个人的批评，可是保留你自己的判断。

尽你的财力购置贵重的衣服，可是不要炫新立异，必须富丽而不浮艳，因为服装往往可以表现人格。

不要向人告贷，也不要借钱给人；因为债放了出去，往往不但丢了本钱，而且还失去了朋友；向人告贷的结果，容易养成因循懒惰的习惯。

尤其要紧的，你必须对你自己忠实，正像有了白昼才有黑夜一样。对自己忠实，才不会对别人欺诈。

观　舞

——［英国］高尔斯华绥

每个节拍，每个转动，仿佛都是出之于对生命的喜悦，
而就在此时此地即兴编成的——舞蹈对她们来说，
简直就如同平日里行走，不论是演出还是排练。

一天下午，我的朋友邀我一起到一家剧院欣赏舞蹈。幕启后，台上除周围高垂的灰色幕布外，空荡不见一物。不多时，从幕布厚重的皱褶处，孩子们一个个或一双双翩翩而出，最后台上总共出现了十多个人，全都是小女孩。其中，最大的看来也超不过十三四岁，最小的一两个则仅有七八岁。她们穿得非常单薄，腿脚胳臂完全袒露。她们的头发也散而未束；面孔端庄之中却又堆着笑容，看上去是那么和蔼而可亲，我只觉得如同进入了苹果仙园，仿佛身已不复存在，惟有精魂浮游于那缥缈的晴空。

这些孩子当中，有的白皙而丰满，有的棕褐而窈窕，但却个个欢欣愉快，天真烂漫，没有丝毫矫揉造作之感，尽管她们显然全都受过极高超和认真的训练。每个节拍，每个转动，仿佛都是出之于对生命的喜悦，而就在此时此地即兴编成的——舞蹈对她们来说，简直就如同平日里行走，不论是演出还是排练。这里见不到蹑足欠步、装模作样的姿态，见不到徒耗体力、漫无目标的动作；眼前惟有节奏、音乐、光明、舒畅，还有最特别的——快乐。笑与爱曾经帮助形成她们的舞姿；笑与爱此刻又正从她们的一张张笑脸中，从她们肢体的雪白而灵动的旋转中息息透出，光彩照人。

她们个个都跳得十分出色，但其中却有两人尤其引我注目。一个是她们中间个子最高，肤褐腰细的那个女孩。她的每种表情每个动作都可见出一种庄重而火辣的热情。

舞蹈节目中，有一出由她扮演一个美童的追求者，这个美童的每个动作，每句言语，都是异常妩媚的；而这场追逐——宛如点水蜻蜓之戏舞于睡莲之旁，或如暮春夜晚向明月吐诉衷曲——表达了一缕摄人心魂的细细幽情。这个肤色棕褐的女猎手，情如火燎，实在是世间一切渴求的最奇妙不过的象征，深深地感动着

人们的心。当我们从她身上看到她在追求她那情人时所流露的一腔迷惘激情，那种使人难以猜透的曲折神态，我们仿佛隐然窥见了那追逐奔流于整个世界的伟大神秘力量——如悲剧之从不衰歇，虽永劫而长藤芳馨。

另一个令我禁不住赞叹的是身材上倒数第二、发作浅棕、头戴白花半月冠的俊美女神，短裙之上，维英瓣瓣，衣衫动处，飘飘欲仙。她的舞姿让我忘记了她还是个孩子。她那娇小的秀颀与腰肢之间处处都燃烧着律动的圣洁火焰。在她的一小段“独舞”中，她简直成了精灵的化身。快睹之下，恍若一团喜气骤从天降，并且顿时凝聚在那里；而满台喜悦之声则快速传递了过来。这时从台下响起了一片激烈的叫好之声，继而掌声四起。

我悄悄偷看了身旁的友人，只见他正用指尖轻轻地从眼边拭泪。至于我自己，心跳加速，鼻子酸酸，一时之间突感世间的美好；仿佛经此飞仙用圣火一点，一切都已变得别有一番意味来。

或许惟有上帝知道她从哪里得来的这股力量，能够把喜悦带给我们这些枯竭的心田；惟有上帝知道她的这种力量可以持续多久！但是这个清纯的小爱神的身上却蕴蓄着那种为浓艳色调、幽美乐曲、天风丽日以及某些伟大艺术珍品等等所同具的力量，也正是这些力量，却足以把一切正受心灵之苦的人们从中解脱出来，使之有充够的勇气面对新生活。

怒　气

——［英国］培　根

我们绝对不能像蜜蜂那样，
“把整个生命全用在对敌人的一蜇中”。

怒气存在于随时随地，每个人身上都会不时具有，所以如果想要彻底杜绝发怒，这是不可能的，我们只需注意：生气归生气，千万不可动怒以至产生一次罪行。更不必因怒气而终日闷闷不乐。对怒气必须从程度和时间两方面加以节制，现在，让我们来讨论三个问题：

一、如何克制自己不发怒；

二、如何避免因发怒而造成不可收拾的恶果；

三、如何才能使人发怒和息怒。

对于第一点，我的建议是在我们发怒之前，先冷静地想想可能招来的后果。塞涅卡说：怒气犹如重物，将破碎于它所坠落之处。《圣经》则教导我们：忍耐能使灵魂宁静。不管你是谁，如果你缺乏忍耐就将丧失灵魂。我们绝对不能像蜜蜂那样，“把整个生命全用在对敌人的一蜇中”。

容易发怒是一种卑贱的素质，只有生活中的弱者才会受它摆布，如儿童、女人、老人、病人。由此，我提醒你，当你被激怒时，你应当轻蔑使你发怒的人或事。而不可在愤怒的同时掺杂任何的恐惧。如果你这样做了，那么这将使你在精神上保持自制力和对对手的优势。只要你有足够信心，你就一定可以做到。对于第二点，我认为，属于以下三种情况的人最易发怒：第一，是过于敏感的人。这种人的神经太脆弱，一点小事就足以刺激他们；其次是认为自己受到轻蔑的人。别人轻蔑自己会激起怒气，其效果胜于其他伤害；最后是那种认为自己名誉受到损害的人，也最易被激怒。为了防止这种情况，最好能如高德瓦所说，“人的荣誉之网应当用粗绳索来编制”。

等待时机是人在受到伤害后的最好制怒之术，克制忍耐，把复仇的希望保留到将来。

人在发怒时千万要谨慎两点：第一，不可乱骂一气，这不同于一般的对世情发牢骚，而会因此而种下怨毒之根；第二，不可因发怒而轻泄隐秘，这会使自己无法再受到别人的信任。总之，不管你的心情是多么的澎湃汹涌，但切记，万万不可将心中的澎湃表露于行动上来，以至造成不堪设想的后果。

使人发怒的方法非常简单，它与息怒之术相同，重在把握好时机。人在急躁或心情不好时最易激怒。这时倘若你要激他发怒简直易如反掌。而若要平息一个人的怒火，首先，选择一个恰当的机会和场地谈一件可能使他发怒的事；其次，要设法解除他因受轻蔑而感到被侮辱的感情，可以将这种伤害解释为并非蓄意，而是由于误会、激动或其他什么偶然的原因。

虚假智慧

——［英国］罗　素

人是轻信的动物，他必须相信一点什么。
假如信仰没有好的根据，坏的也能满足他。

在美国，有人郑重地向我保证，不幸的人大部分是在三月出生的，容易长鸡眼的人大部分是在五月出生的。我不知道这些迷信的历史渊源，它们可能来自巴比伦或埃及的宗教传说。信仰始于高等社会，大约经过三四千年的时间，它渐渐侵入到受教育的人群中。

在美国，你会发现你的有色女奴引用柏拉图说的胡话，而不是那些被学者引用的话，比如在生前不寻求智慧的人来生就会变成女人。而伟大的哲学家们的诠释者总是忽视他们的傻话，而且态度一点也不粗鲁，很有礼貌。

亚里士多德是个充满了荒谬的人，尽管他的声名很好。他说女人受孕应在冬天，当风是在北方的时候；他说太早结婚的人只会生女孩；他告诉我们女人的血比男人的血更黑；说猪是惟一会生麻疹的动物；说治疗患失眠的象应该在它的肩上抹盐、橄榄油和温水；说女人的牙齿比男人的少几颗。尽管他在那里胡言乱语，但大多数的哲学家依然视他为智慧榜样。

更普遍的迷信是关于吉日凶日的预测。在古代，它们控制着将军们的行动。我们自己也仍然对星期五和十三号持有强烈的偏见。水手们不欢喜在礼拜五航行，许多旅馆没有十三楼。以前，曾有许多聪明人相信过关于星期五和十三号的迷信，今天，聪明人则视之为无害的疯狂。可是，也许两千年以后，今天的聪明人的信仰也将同样地显得愚笨。人是轻信的动物，他必须相信一点什么。假如信仰没有好的根据，坏的也能满足他。

许多错误都是因为相信“自然”或“自然的”。这种信仰曾经在医药方面有很大的作用，现在仍然如此。人的身体，假如我们随它去，它有自己医治自己的力量。小伤口通常自己会好，伤风会过去，甚至严重的病有时不医也会好。但是尽管如此，我们依然有必要对自然进行必要的帮助。假如伤口不消毒，它会化脓；伤风若不立刻治疗，会让人患上肺炎；只有远方的旅客或探险家在没有办法的时候才不理会严重的疾病。

许多显得自然的东西原是不自然的，如同穿衣和沐浴。在人类发明衣服之前，他们一定曾发现寒带是不适合居住的。在不清洁的地方，人会生各种疾病，如斑疹伤寒，西方人已经不再生那种病了。预防针曾经被视为不自然，但是这种反对是矛盾的，因为没有人能假定一根断了的骨头会自自然然地好起来。被视为不自然的事情还有很多，例如吃煮熟了的东西，生火取暖。

行善的人

——［英国］王尔德

远远地看到一座圆城的城墙，
他开始朝那座城走去。

深更半夜，他孤身一人。

远远地看到一座圆城的城墙，他开始朝那座城走去。

近了，他已经听到城里欢乐的足音、高兴的笑声和许多架钢琴大声弹奏的喧闹声。他小心地敲了敲门，守门的老汉放他进去。

他的面前呈现出一座用大理石建成的、前面有大理石圆柱的房子。柱上挂着花环，室内室外都燃着松明。他直接向房内走去。

两座大厅，一座是用玉髓矿石所筑，另一座是用碧玉矿石所筑。穿过去，后面是一座长长的厅堂，那里正在举行着盛宴。他见到一个人躺在一张海紫色的睡椅上，头发上戴着红色的玫瑰花冠，双唇被酒染得通红。

一直走向椅子背后，他伸手轻轻碰了碰那人的肩，对他说："你怎么会如此的生活？"

那年轻人转过身来，认出了他，回答道："多谢你治好了我的麻疯病，才使我有了现在的生活。"

出了那所房子，他重新走上街头。

很快，他看到一个人，一个美丽的女人，全身上下都散发着珠光宝气的女人。在她后面，跟着一个披一件双色斗篷的青年男子，他对着女人如猎者捕获猎物。女人的面容犹如蒙娜丽莎般的光彩艳丽，青年男子的眼里则闪耀着色欲之火。

他快步跟上前去，碰了碰那青年的手，对他说："你怎么可以以这种目光看那女人呢？"

那青年转过身来，认出了他，说道："多谢你治好了我的双目，才使我有机会目睹了她的容颜，但，除了看她，我还该看别的什么呢？"

他又跑上前去，拍了拍女人那色彩鲜明的衣服，对她说："除了罪孽的道路以外，难道就没有旁的路可走了吗？”

那女人回过身来，认出了他，笑了笑说：“你原谅我的罪孽，这条路是条愉快的路呀。”

最后，他转身退出了这座圆城。

归　零

——［英国］罗　什

功名地位又如何？
儿女情仇又怎样？
一切的执著无非是抽象数字暂时的显现。

某日，我在整理抽屉之时，发现里面有一个小小的计算器。

我是一个不怎么爱认数字的人，日常生活中的数字似乎只是几月几日星期几，也许还有出租车价目表上的“一里一增”，连买菜都不再由我算账，自有柜台的收银机帮我算好，为图方便，我一般情况会付整钞，由它找。何况我也极少买东西。至于每月的水电费，银行的账户可以帮我代劳。

问题是，在我的抽屉里，如何会跑出这么一个小计算器来呢？我不太记得，细看，原来是第43届记者节的赠品。

我突然觉得对它有点歉疚，我居然将它的存在忘得一干二净。我琢磨着想要使用。

计算器是很有趣的玩意儿。你可以随心所欲把数字给它去加减乘除，它就乖乖地把得数显现给你看。数字在你的手下，一会儿变成长长一串，一会儿又变成短短的一截。而当你不忍心再折磨它的时候，就可以立刻大发慈悲，将它“归零”休息。

这样一个小小的东西，好像是一个奔劳的生命，它就是那么坚守着自己的岗位为每一笔细小的账目计算得失。它要求自己绝对正确，丝毫不差；即便是你故意捉弄它，它也会把你那不负责任的拨弄当真，竭忠尽智地显示出你其实一点也不认真要求知道的每一次的增减损益。而最后，如果你玩累了，它就跟你一起“归零”休息，好像是你让它走完了长长的征途，终于为它放了一个假。而在这游戏的过程中，你会觉得自己就如同上帝一般，那样的居高临下，旁观着各样的人生。看他们有时呼风唤雨，非常成功；有时蹇舛困顿，寸步难行。而无论它这一趟任务是成是败，是否拥有了万贯家财，或是孑然一身，困窘一世，最后都将随着你的指挥烟消云散。银行中的亿万家产，世界上的赫赫有名；成功者，子孙福，一切的一切，终将如同这曾经展现过亿万数字的计算器，当你倦于拨弄，可以使它“归零”。

看到它的“归零”，我觉得鼻子有些酸酸。数十年挣扎奔忙，最后“归零”时的感觉，大概也如同那在瞬间消失了一切数字的计算器，是清静又安逸的吧。而在明知终会“归零”，也仍不敢放手息局的奔忙中，如能看到计算器上“归零”那一刻的烟消云散，大概对整个人生的悲悯也就化为这一刻的解脱感了。

功名地位又如何？儿女情仇又怎样？一切的执著无非是抽象数字暂时的显现。重要的是，该认真生活的时候，我投入其中；该做旁观者的时候，我静候佳音。世间的酸甜苦辣麻也已尝尽，是自己的，我牢牢把握；不是自己的，我也不去强求。名利如此，恩情也是一样。有过的，我尽力珍惜；失去时，我坦然面对。那计算器上灵敏活跃的数字，如同昙花一现，所显示的其实就正如这五彩缤纷的人生。造物者曾按下那使你开始奔劳的按钮，最后他也累了，将你的一切“归零”。

庄子的话说得真好，他说：“大块载我以形，劳我以生，佚我以老，息我以死。”“息”字的用法真是绝妙！那不正是计算器在一连串得失损益之后的“获释”？最“漂亮”的消失也不过如此。好像第一流的大乐团在最可爱的指挥者的手势下极有默契地全部休止，瞬间所有的声息都潜入海底。

这样一个比一块苏打饼干还小的小小计算器，它的胸襟装纳的却是人们一生的数字，在增多与减少、收获与付出、得到与失去、喜悦与惆怅的一连串浮沉之后，会悄然而心安理得地这样“归零”，这样“隐去”，给我的感觉是如此潇洒，这样的收放自如又率真！

最简单的最好

——［爱尔兰］维康·巴克莱

我们最怀念的东西，
也正是最简单的东西。

我嗜好饮食，最终在这方面悟得一门人生功课。其实我们最怀念的东西，也正是最简单的东西。

就拿家来说吧。如果你早上出门前没有人对你说“早点回来”，或者当你疲惫一天后回家，没有人对你有任何问候，那么，也许你的心已经开始流泪了。

最穷的家庭，只要爱存于其中，那么都好过于管理得最完善的公共机构。请别误会，我绝无意贬低公共机构的价值，只是公共机构决不可能代替家。

没有什么比家更为甜蜜。

再来谈谈我们的朋友吧。

我记得有一位希腊人，他和苏格拉底以及当时伟大的学者非常接近。我一直不能忘记他说过的话。有一天，人家问他，他的生活中什么是他最感激上苍给他的。他回答说：“就我个人而言，我能拥有这么多朋友，是我最心存感恩的事。”

最后，我们来讨论一下自己的工作吧。

世界上任何重要的事也不可和工作媲美。当我们日子忧伤、生活孤单的时候，工作是我们最大的安慰。

我很喜欢约翰·卫斯理那句有名的祷词：“求主别让一个人生而无用。”丢失了所爱之人，丢失了知心好友，都是伤心的事；但若要没有了工作，则是人生的大悲剧。

你应该为拥有这些简单的事物而感谢上苍。

感谢上苍给了你一个美满的家庭以及你最亲爱的人。

感谢上苍为你送来了每一个朋友。

而你尤其应当且必须感谢的，是它给了你工作，还给了你一副硬朗的身体以及你聪明的才智，才使你有足够的能量去完成你的工作。

面对孩子们

——［法国］卢 梭

成年人如果意识不到对孩子撒谎的危害，
那么以后该如何教育自己的孩子要诚实呢？

我们这些作父母的，常常争论这个问题。我们是应该认真地为孩子们讲明让他们感到稀奇的事呢，还是应该另外拿一些小小的事情将他们敷衍过去，今天的我终于为这个复杂的问题找到了一个解决办法。我的观点是，人们的两种办法都不是可取的。其一，假如我们不给他们好奇心的机会，那么他们就不会提出这样那样的怪问。由此，我们要做的第一件事就是使他们不产生好奇心；其二，当孩子的发问令你感到尴尬而不好解答时，千万不可随便以欺骗的方式对待孩子的问题。你宁可不许他问，也不应向他说一番谎话。当然，你得首先让他服从于你这个法则，那么，他才会放弃他的发问；其三，如果你决定回答他的问题，那就不管他问什么问题，你都不能以草草了事的态度给予对待，话中一定要给予认真仔细的回复，还要切记，万万不可捉弄你的孩子。满足孩子的好奇心，比引起他的好奇却不予理睬所造成的危害要少得多。

作为父母的你，对孩子问题的答复一定要慎重又慎重，简短而又肯定，万不可有丝毫犹豫不决的口气。同时，你的答复，一定要很真实，这一点，我必须进行强调。成年人如果意识不到对孩子撒谎的危害，那么以后该如何教育自己的孩子要诚实呢？做老师的只要有一次向学生撒谎撒漏了底，就完全足以使他的全部教育成果毁灭。

不过，那些决不能让孩子们知道的事，最好一定要隐藏得稳稳妥妥。但那些不可能永远隐瞒他们的事情，就应当趁早告诉他们。要么就别让他们产生好奇心，否则就必须满足他们的好奇心，以免他们在充满“阴影”的童年下长大。关于这一点，你在很大的程度上要看孩子的特殊情况以及他周围的人和你预计到他将要遇到的环境等等来决定你对他的方法。重要的是，在孩子们成长的过程中，有些问题不能凭自己偶然的想法作出回答。如果你没有足够的把握使他在16岁以前不知道两性的区别，那就干脆在他16岁以前便让他了解两性的区别。

我最讨厌那种装模作样、说话做事不相一致的家长，我相信，孩子们也不喜欢这样的父母。我更讨厌一些家长为了保留事情的真象，而拐弯抹角地回答孩子的问题，其实如此这般，孩子会发现自己的父母说话的异常。在某些问题上，态度要十分朴实。倘若真是遇到沾染了恶力想像的孩子，他硬要不断推敲你所说的话，那么，我建议，你最好避免讲些有关色情的话题，哪怕你话说重一些，那也无所谓。

沙葬

——［法国］雨　果

沙葬的一个坟，如潮水从地下涌上来，渐渐地加高，一分钟也不停。那可怜的人，想坐一下，想横下去，想爬起来，一举一动，都使他反而埋得深了。

勃尔登省的海岸边，时常有个人——旅行的或是捕鱼的人——乘潮落的时候，在离岸很远的沙滩上走。但他走了几分钟，忽然觉得有些不便当。脚底下的海滩好似胶水一般，鞋底上粘着的沙，也简直和糊糊一般。沙滩上十分干燥，但是人走在上面，等到脚一提起，所印的脚迹，却已被水装满了。眼睛里也看不出什么变动，只见一片冷僻的平平的海滩；所有的沙都是一般的样子，也分不出哪块沙土是坚实的，哪一块不是坚实的。一簇海虫，在旅客的脚边飞舞着。旅客向前走去——向着岸边走——想走近岸边。他一点也不挂念。有什么挂念呢？他只觉有些不妥当，好像他脚下重量一步加重一步了，忽地陷了下去，有二三寸深。他一想这不是一条可走的路，便停下来想辨方向。低下头去看他脚底，已经看不出了，埋没在沙中了。他把脚拔出，想旋转身子向原路上回去。但陷得更深，沙到踝上了。他想极力挣扎出险境，才向左边一蹿，沙反拥到小腿；向右边一跳，沙齐了膝。于是他脸上显出莫名的恐惧，知道自己已陷在松沙中。他的底下，便是人不能走、鱼也不能游的可怕的去处。他把肩上负的东西拿下来，如遇险的船只想减去些重量。下陷快得很，转眼沙在膝面上了。

他高声喊救命，扬着帽子、手帕，但是沙把他愈掩愈深了。沙这般荒凉，陆地离开这般远，滩又是非常危险的，近边又没有勇敢的人来救他。完了，他被罚葬在沙中了。他受罚这可怕的、逃不掉的、残酷的、慢吞吞的、不快不迟的埋葬。

沙葬的一个坟，如潮水从地下涌上来，渐渐地加高，一分钟也不停。那可怜的人，想坐一下，想横下去，想爬起来，一举一动，都使他反而埋得深了。他立了起来，却又深入了好多。他知道是不好了，屈了两只手，高声向着老天求救，但却没有希望了。

他看沙齐了他的肚子，快到胸前了，只剩半个身子在外面了。他就放声哭起来，伸起两只手狠命地向上挣，指爪向沙上乱抓，想拔出来。两只臂膊撑住了，想脱离这儿。沙上来了，齐了肩了，到颈上了，只剩下面孔还可以看得出。张开口大喊，沙塞满了，静默了。眼睛还睁着，沙遮盖了，乌黑了。后来额头渐渐下去了，只有几根头发在沙面上飘着。一只手露在外面，在沙面上乱挖，抖擞着，颤动着，隐灭了。唉，这是一个人不幸的结果！

论隐逸

——［法国］蒙　田

谁能够确切而且永恒地用这强烈的信仰与希望的火焰燃烧他的灵魂，他就会拥有最美好的隐逸，胜过所有一切的生命方式。

对于活动与孤寂的比较问题，我们暂且不谈；有一句用以掩饰自己野心与贪婪的话："我们生来不是为自己而是为大众。"让我们大胆斥责那些在漩涡里的人们；他们谁扪心自问过，究竟那对于职位、任务和世上许多纠纷的奢求是否正是为了假公济私。现在一般人借以上进的坏方法很清楚地告诉我们那目的不纯正。让我们回答，说令我们爱好孤寂的正是它自己，难道还有比它更想避开人群的吗？还有比它更想寻找活动的余地的吗？无论什么地方都有为非作歹的机会；不过，比雅这一句话说得对："险恶成了主流。"或者《传道书》里的这一句："一千人中难有一个良善的。"

和群众接触真是再危险不过。我们不学步于恶人，便得憎恶他们。两者都危险：因为他们的数量很多；而我们恰恰不愿与这些很多的数量苟同。

那些航海的商人留心那些与他们同舟的人是否淫逸、亵渎、冥顽，如果有这种人，便把这些伴侣看作不祥，实在很对。

所以比雅很诙谐地对那些和他同在大风中疾声呼救于神明的人说："住口，省得他们知道我和你同在这里。"

还有一个更雄辩的例子：代表葡萄牙王埃曼奴尔驻印度的总督亚尔卜克克，当船快沉的时候，把一个幼童托在肩上，惟一的目的是：他们的命运既联在一起，幼童的天佑可以作为他对于神恩的保证，使他得以转危为安。

我这样说并不是将哲人置于孤寂与规则之中，不过如果可以选择，他就会说，连他的影子也不要看。不得已时，他会忍受前者；但是如果由他作主，他就选择后者。他不会妄自以为他完全免除了恶，因为他还得和别人的恶抗争。

夏龙达把那被证实常和恶人往来的人当恶人惩罚。

再没有比人那么不宜于交际而又善于交际的：前者因为他的恶，后者因为他的天性。

我觉得安提斯典并没有圆满答复那责备他好交结小人的人，他说：“医生们得经常生活在病人当中。”因为他们如果想帮助病人复原，就要冒疾病的传染以致损害自己的健康。

我可以肯定地说，至少我认为，一切安逸的目的都如出一辙：要更安闲、更舒适地生活。可是我们并不能经常找着正当的路。我们常以为已经放下了一切纷繁扰人的事务，实则不过改换而已。治理一家的烦恼并不比治理一国轻多少：心一有牵挂，便整个儿放在上面；家务虽没有那么重要，却不能因而减少烦恼。而且，我们虽然已经摆脱了闹市，却不曾摆脱我们生命的主要烦恼。

有人对苏格拉底说，某人旅行之后，无论哪方面都不见得有改进。他答道：“有什么稀奇！他把自己一块带走了。”

若我们不先把自己和灵魂的重负卸下，行动起来将会增加它的重量：正如船停泊的时候，所载的货物便显得没有那么沉重；给病人换床位对于他害多益少。移动会把恶摇到囊底，正如一根木桩愈摇愈牢固一样。所以单是远离众生还不够；单是迁离地方也不够，我们得把我们里面的凡俗之恶习涤除净；得要摒绝一切杂念，恢复自己的自主。

现在，我们既然要过隐逸的生活，并且要息交绝游，让我们使我们的满足全靠我们自己吧；让我们割断一切，把我们维系于别人的羁绊吧；让我们克服自己，以至于能够真正独自活着而且快乐地活着吧。

司梯尔彭从他的被烧的城里逃出来，妻子、财产均不见了。狄密提犁·波里阿尔舌特看见他站在故乡的废墟中，没有惊慌、恐惧之色，问及他的损失，他答道：“没有，多谢上帝，他并没有丢掉他自己什么东西。”这正是哲学者安提斯典的意思。当他诙谐地说：“人应该带些可以浮在水面的粮食，以便沉船的时候可以借游泳来救人及自救。”

真的，一个明哲的人只要没有丢失自己，那么他就等于没有丢失一切。当娜拉城给野蛮人毁坏之后，当地的主教，丧失了一切而且成为俘虏，他这样祈祷上帝：“主呵，别使我感到有所损失，因为你知道他们并没有触着我什么。”那令他富有的财富，那令他善良的产业还丝毫无损。这就是所谓善于选择那些可以免除灾劫的宝物，把他们藏在无人可知，而且除了自己，无人能泄漏的地方了。

如果可以，我们应该有妻子、财产，尤其是健康，但是不要粘得那么厉害，以致我们的幸福全倚靠它们。我们得要保留一所“后栈”，完全属于我们的，完全自由的。在那里，我们建立我们的真自由，更主要的是退隐与孤寂。在那儿，我们日常的晤谈是和我们自己，而且那么秘密，简直不存在为外人所知或泄露出去的事儿；在那里面，我谈的对象——妻子、产业和仆从都一无所有。这样，当我们偶然失去它们的时候，不能再倚靠它们，对于我们来说也就并非突如其来了。我们有一颗可以环绕自己、可以给自己作伴、并且有着攻守和予取的器械的灵魂；我们不必担心在这隐逸里我们全沦于那无聊的闲散。

在日常生活中，我们所做的大多并不是为了自己。你眼前那个爬着颓垣、狂怒而且失了自主、冒着如雨的枪弹的；还有那个满身疤痕、饿得面色灰白了、誓死也不愿给他们开门的。你以为他们是为自己么？为了一个，也许，他们从未见面，而且对于他们的命运漠不关心，同时还沉溺于荒淫与逸乐里的。还有一个，肮脏、眼泪鼻涕淋漓，你看见他半夜从书房出来，你以为他在书里找那怎样使他更良善、更快乐、更贤智的方法吗？不是的，那里将是他的葬身之地，不然就会教后代怎样读蒲鲁特的一句诗或一个拉丁字的正确写法。谁不甘心情愿地把健康、安宁和生命去换取光荣和声誉，这种种最无用、最空虚和最虚伪的货币呢？我们自己的死还不够使我们害怕，我们还要犯愁我们妻子、奴仆的死。我们自己的事还不够烦扰我们，还要为我们邻居和朋友的事呕心沥血。

我们的生命已经为别人耗费了大半，让我们去拥有那剩下的一点点吧，让我们把我们的思想和意向带回给我们和我们的安逸吧，要妥当布置我们的隐逸并不是一件小事，因为即使不掺杂别的事，我们也已经够忙的了。既然上帝给我们工夫去布置我们的迁徙，让我们好好地准备吧：收拾行李；及时与社会告辞；打破种种把我们纠缠和让我们分身分心的羁绊。我们必须解除这些强有力的束缚，从今天起，我们可以爱这个或那个，可是只是为了自己。也就是说，其余的身外之物也都可以笼络我们，但是并不紧紧粘附在我们身上，以致我们拿开它们的时候，还得剥去我们的一层皮，连带撕去身上的一块肉。能够正确、准确无误地将自己给自己是世界上的头等大事。

这正是我们和社会断绝关系的时候，既然我们再不能对它有什么贡献。虽然不能借出，至少也得设法不要借入。我们的力量渐渐减退了。让我们把它们撤回，完全集中在我们身上吧。谁能够把友谊和社交都排斥而只注重自己的话，让他做去吧，在这使他对别人变为无用、累赘和骚扰的衰落景况里，让他至少不要对自己是累赘、骚扰和无用吧。让他把自己宽待、抚爱，尤其是约束。人敬畏自己的理智和良心到这样程度，以至不能在它们面前走差一步而不觉得羞耻。因为能够自重的人的确很少见。

苏格拉底说，年轻的人应该受教育，成年人则勉力善行；老人们卸去一切军民职务，起居随心所欲，不必受什么固定的生活秩序所约束。某些天性也许是遵守这些隐逸的戒条最合适的安身之所在。比方那些理解力薄弱、情感和意志敏锐，而且不愿意服役或承担任务的人——我就是其中的一个，他们由于天然的倾向与自我的反省都容易听信这忠告，比起那些活泼忙碌的心灵，事事包揽，处处参与，凡事都兴奋，随时都自荐和自告奋勇的人，我们应该利用这些身外的偶尔机缘，适可而止，而不必把它们当做自己的命脉；它们原不是这样，无论从理性或天性这方面看。

我们为什么逆理性和天性的法则，把我们的快乐当做权力者的施舍呢？还有的预防命运之不测，剥夺我们既得之便利，奴役自己，睡硬地面，挖掉自己的双眼，将财富抛向汪洋，自寻痛苦，或想由此生的苦难获得来生的欢乐，或想把自己放在最下层以免再有下坠之苦，这些都是非凡的美意的行为，让那些更坚定更倔强的天性连他们隐居的一隅也由之显赫而树为模范吧。

我并不因为哲学家亚尔舍路施按照他的家境使用金银的器皿就把他看得没有那么贤德，我甚至把他看得更高，因为他慷慨而且得当地使用它们，远胜于完全摒弃它们。

我清楚且明白，我们需要将自然怎样的扩大；当我看见门外的叫化子往往比我更快活更健全，我便设身处地，试依照他的尺度去装扮我的灵魂。我还这样比较过其他种种榜样，我可以想像死亡、贫穷、轻蔑和疾病已经近在眉睫，毫不费力地说服自己不要害怕那连一个比我卑贱的人也那么安闲地接受的东西。我决不相信一个低下的理解力比那高强的更能干，或理性不能和习惯达到同样的效果。而且既知道这些外来的福泽是多么无常，我总禁不住在最洋洋得意的时候，对上帝作这无上的祷告，求他使我为我和我自己的善行而快乐。我看见许多青年虽然非常壮健，却仍准备了一大堆药丸在他们的衣箱里，以便伤风时服用，因为既然有药在手，便不会那么害怕生病。我们也应该这样做，而且，假如自己觉得容易患某种更严重的病症，那就必须准备一些可以麻醉患处和自己的药品。我们为了安逸所应该选择的事业，必定是既不辛苦又不厌烦的，否则隐居的目的就完全落空了。这全在乎各人的特殊兴趣：我自己就丝毫不宜搞农作。那些爱好农事的自应该和缓从事。

可是我们试听披里尼给他的朋友哥尼奴士·鲁夫关提隐逸的劝告："我劝你，在你目前享受的丰满的隐逸生活当中，把料理产业的琐屑事务完全交给仆人，自己专心致志去研究文艺，以便从那里取得属于你的东西。"他的意思是指名誉。他和西塞罗一个鼻孔出气，当西塞罗说，他要卸去一切公务归隐，以便从著作之途臻于永生。

既然说要遗世隐逸，似乎应该瞩目于世外才合理；这些人其实只走了一半路。他们小心安排他们的一切大小事务，以备他们将来一旦离去。但是由于一种可笑的矛盾，他们工作的果，却希望在他们已经遗弃的世界里来采摘。那些由宗教的虔诚求隐逸，确信圣灵的期许将在来生应验的人的想像合理得多了。他们把上帝放在眼前，当做一个慈爱与权能都无限的对象，在那里，灵魂可以任意满足他的欲望。痛苦与悲愁之来临是一种利益，借此可以获得永久的健康与欢乐；死亡是一件切盼的事，是超度到这美满的境界的过程。他们的戒条的苛刻马上就被这逆来顺受的习惯所铲平；性欲也由于遭到拒绝而渐趋冷淡、蛰伏，因为只有常思常用才能保持它的活跃力。单是这未来的福乐永生的展望便值得我们抛弃现世一切安逸与甘美了。谁能够确切而且永恒地用这强烈的信仰与希望的火焰燃烧他的灵魂，他就会拥有最美好的隐逸，胜过所有一切的生命方式。

所以披里尼这忠告的目的与方法都不能使我满意，这不过是永远由疟疾转为发烧罢了。啃噬书籍的生涯也和别的一样辛苦，一样是我们健康的大敌，而健康却是我们应该最先顾及的。我们应当留神不要由某一事的快乐把我们弄得昏昏欲睡，拖累那些经济家、贪夫、色鬼和野心家的就是这种快乐。许多哲人已经一再教诲我们提防我们自己嗜欲的险恶，和辨认那真正纯粹的快乐与那些混着许多痛苦的斑斓的快乐。因为我们大部分的快乐，他们说，依偎和拥抱我们只是为要置我们于死地，和那些埃及人称之为菲力达的强盗无异。如果我们头疼在醉酒之前，我们也许会留心不再贪杯。可是愉快，为了欺骗我们，往往走在前头，把跟着它来的不幸给掩住了。

书籍是最忠实的伙伴，但如果它不能给我们快乐和幸福，给我们的是消极和污秽，那就离开它吧，远离他吧！许多人以为它们的苦难以抵偿这个损失，我也这样想。正如那久病的人身体日渐衰弱，完全听任医生摆布，要遵守许多规定的起居规律。同样，造世的人，既然厌倦了一般的世俗生活，就得依照理性的法则去策划，由深思熟虑去安排他的隐逸。他要辞退各种工作，无论它戴着什么面具，逃避一切可以妨碍身心安宁的情感和选择那最合他脾气的路径。

我们应该学习、运动，做一些事情，以换得一丝愉悦。可是要留神，不要再越雷池，否则愉悦将渐渐变成痛苦。我们应该保留相当的事业与工作，可是又要适时活动，以免我们流入极端的懒惰与闲散的恶果。

有些学问是乏味而多刺的，大部分系为公共服役而设，我们应该让给那些献身于公务的人去做。至于我，我所爱的事要不是容易、富于兴趣和足以引起我幻想的，便是些可以慰藉我和指导我去调理我的生死的。

比较明哲的人可以为自己创造一种纯粹精神的宁静，因为他们有强劲的灵魂。至于我，有着一颗平凡的灵魂，就得求助于肉体上的舒适；年龄既剥夺了那些比较合我脾胃的快乐，我便训练和磨锐我的胃口，去消受那剩下来较适合这晚景的事物。我们得用爪牙，并用以抓住那些岁月从我们手里夺去的生命的快乐。

至于把光荣作为我们的目标，如披里尼和西塞罗给我们的建议，却离我的计划甚远。与隐逸最相反的脾气，就是野心。光荣和无为是两件不能同睡一床的东西。据我的观察，这两个人只有臂和腿离开群众，他们的灵魂和意向却紧紧地粘在里面。

他们往后退只为跳得更远，为的是要用更猛的力投入人丛里去。你们愿意知道他们怎样差之毫厘吗？试把两个派别极不相同的哲学家的劝告和他们对称，两个人的劝告都是写给他们的好友的，一个给衣多明纳，另一个给路西里乌，为了劝他们放弃要职与高位，去过隐逸的生活。他们对朋友说："你一直到现在都是浮游着，现在来港口死吧。你已经把前半生献给光明了，把剩下的一半献给阴影吧。如果你不放弃他们的果，想放弃你的事业是不可能的，因此，撇开一切光荣与名誉的操心吧。

“恐怕你过去的功业将你炫耀得太厉害，会一直追随你到墓穴里。抛弃那些从别人那里取得的快乐吧，至于你的学问与才能，别为它们忧虑，只要你值得比它们多，它们是不会失掉其效力的。记住那个当人家问他为什么费许多心血在一种只有几个人可以了解的艺术上，答道：‘几个于我已经够了；一个，不，比一个还要少也够了。’

“他说得真对。你和一个同伴，甚或自己和自己，便够互相表演的角色了。让群众放你等于放一个人，让一个人对于你就是整个群众。想从暇余和隐逸取得荣名实在是极其可哀的野心。我们应该向动物学习，在自己的穴口把爪印抹掉。你要做的是向自己解释，而非向社会解释。

“归隐在你的自身里，可是先要准备好在那里迎接你自己。如果你不能自治便信赖自己，那是疯狂的举动。独处和群居都有失足的机会。‘除非你已经变成了一个使你不敢在自己面前轻举妄动的人，除非你对自己羞惭和尊重——让高尚的思想充满你的心灵。’你得常常在心里记住卡都、福史安和亚里士提，在他们面前连疯子也要藏起他们的过错的。

“你要把他们当做你一些思欲的管理人；假如你的思欲逸出了常轨，你对这些人的尊敬就会引它们归正。他们会扶助你走那自足之路，使你无论什么都只向自己借取，使你的心灵归宿在那些有涯际的思想上，在那上面心灵可以自娱。于是，在认识了真正的幸福——愈认识也愈能享受——之后，使你因而心满意足，不再企盼延长你的生命和名誉。”

这是真正而且自然的哲学的忠告，而不是炫耀和空言的哲学。

论奢侈

——［法国］伏尔泰

所有的事情都有分寸和限度。
善德既不能超过，也不能达不到。

二千年来，人们在诗文中雄辩地攻击奢侈，但一直热爱奢侈。

最早的罗马人蹂躏并毁灭沃尔西人和萨谟奈人贫穷的村庄，抢劫他们的收获以增加他们自己贫穷村庄的财富。有关这些强盗的事，每个人都可以说出很多。他们是无私的、有道德的人！他们还没偷金银珠宝，因为在他们洗劫的地方还没有这些东西。他们的树林和沼泽地里没有鹧鸪和石鸡，他们的节制受到赞扬！

当他们渐渐地抢走了从亚德里亚海最远端到幼发拉底河这片地区的一切，并有足够的理智享受抢劫的果实达七八百年之后；当他们培养了各种艺术，品尝了各种快乐，甚至使得被征服的民族也品尝这些快乐时，据说这时他们就不再明智和正直了。

所有这些攻击无非是想证明这样一个道理：一个贼不能吃他偷来的饭，穿他偷来的衣，或者戴上他抢来的戒指。据说，如果贼想做一个诚实的人，就应该把所有这些都扔进河里。这样还不如说不应该偷窃。当强盗们抢劫时可以给他们判罪，但是当他们在享受他们抢来的物品时却不能叫他们疯子。老实说，当大批英国水兵在攻克了本地治里和哈瓦那因而发财时，以及后来在伦敦享受他们在亚洲、非洲尽头历尽千辛万苦换来的欢乐时，他们这样做错了吗？

其实，夸夸其谈的人只是想让通过战争、农业、贸易和工业积累起来的财富埋藏起来。他们举了雷斯地蒙的例子。他们为什么不援引圣马力诺共和国的例子呢？斯巴达对希腊有什么用？斯巴达有过狄摩西尼、索福克勒斯、阿佩莱斯或菲迪亚斯吗？雅典的奢侈产生了各种各样的人。斯巴达有过一些军事家，但即使是军事家也比其他城邦少。就这样吧！让一个像雷斯地蒙这样的小共和国保留它的贫困。无论是一无所有，还是享受了生活中一切美妙的事物，反正谁也逃不脱死亡。加拿大的野蛮人也能像年收入为五万基尼（旧英国金币）的英国公民一样活到老年。但是，谁也不会把易洛魁人的国家和英国相提并论。

就让拉古萨共和国和楚格县制定禁止奢侈、浪费的法律吧。他们是对的，穷人不能入不敷出，这是必要的，但我在某处看到这样的话：

“首先要明白奢侈会使一个大国富裕，虽然它会毁掉一个小国家。”

如果你认为奢侈是过分的，那么人人都知道，无论是过分节欲、过分贪食、过分节俭还是过分慷慨，任何过分的行为都是有害的。我不知道我的村庄怎么会发生这样的事：那里的土地是荒瘠的，赋税很重，禁止出口我们种的小麦的命令是令人难以容忍的。然而，几乎每一个农夫都有布做的好衣服，并感觉吃得很不错。如果农民在种地时涂脂抹粉、烫卷头发、穿着白亚麻布做的好衣服，这肯定是最大的也是最不恰当的奢侈。但是巴黎或伦敦的市民穿着像农民一样的衣服去看戏，那就是最粗野的、最荒谬的吝啬了。

“所有的事情都有分寸和限度。善德既不能超过，也不能达不到。”

剪刀肯定不是最古老的东西。当它被发明出来时，剪指甲并把垂到鼻子上的头发剪去一部分时，人们横加指责，什么话没有说过呢？他们无疑要被叫作花花公子和浪荡子，花高价买一个无益的工具去破坏造物者的劳动。去剪短上帝使它在我们指端生长的角质是多么大的罪过！这是对上帝的污辱。当衬衫和袜子被发明时，情况变得更糟。从没穿过袜子和衬衫的年老的地方议员，是如何狂怒地叫嚣，并反对向这种致命奢侈品屈服的年轻的地方行政长官，这种场面很少有人能想像得到。

良　宵

——［日本］德富芦花

每当月亮穿过树梢，满院的月光和树影互相抱合着，
跳跃着，黑白相映，纵横交错。
我在此中散步，竟怀疑自己变成了水藻间的游鱼。

今夜可是良宵？今宵是阴历七月十五日。月朗，风凉。

搁下夜间写作的笔，打开栅栏门，在院内走了十五六步，旁边有一棵枝叶浓密的栗树，黑漆漆的。树荫下有一口水井。夜气如水，在黑暗里浮动，虫声唧唧，时时有银白的水滴洒在地上，是谁汲水而去呢？

再向前行，伫立于田间。月亮离开对面的大竹林，清光溶溶，浸透天地。身子仿佛立于水中。星光微薄。冰川的森林，看上去淡如青烟。静待良久，我身边的桑叶、玉米叶，浴着月色，闪着碧青的光亮。棕榈在月下沙沙作响，草中虫吟，踏过去，月影先从脚尖散开。竹丛旁边，频频传来鸟鸣，想必月光明洁，照得它们无法安眠吧。

开阔的地方，月光如流水。树下，月光青碧，如雨滴下漏。转身走来，经过树荫时，树影里灯火摇曳。夜凉有人语。

关上栅栏门，蹲在廊下，十时过后，人迹顿绝。月上人头，满庭月影，美如梦境。

月光照着满院的树木，树影布满整个庭院。院子里光影离合，黑白斑驳。

八角全盘的影子映在廊上，像巨大的枫树。月光泻在光滑的叶面上，宛若明晃晃的碧玉扇。斑驳的黑影在上面忽闪忽闪地跳动，那是李树的影子。

每当月亮穿过树梢，满院的月光和树影互相抱合着，跳跃着，黑白相映，纵横交错。我在此中散步，竟怀疑自己变成了水藻间的游鱼。

难忘的八个字

——［加拿大］玛丽·安·伯德

这位很胖、很美、温馨可爱的老师轻轻说道："我愿你是我的女儿！"
这一刻，我流下了辛酸的眼泪。
这是一个受委屈的孩子终于见到自己的亲人的那种百感交集的眼泪。

我是在人们讥讽的眼神中长大的。因为我生了一副兔唇。我的这种特征随着年龄的增长更加突出，我心里很清楚，对别人来说我的模样令人厌恶：一个小女孩，有着一副畸形难看的嘴唇，弯曲的鼻子，倾斜的牙齿，说起话来还结巴。

同学们问我："你的嘴巴怎么会变得这样?"我撒谎说小时候摔了一跤，给地上的碎玻璃割破了嘴巴。我觉得这样说，比告诉他们我生出来就是兔唇要好受点。我越来越敢肯定：除了家里人以外，没人会爱我，甚至没人会喜欢我。

二年级时，我进了伦纳德夫人的班级。伦纳德夫人很胖，很美，温馨可爱，她有着金光闪闪的头发和一双黑黑的、笑眯眯的眼睛。每个孩子都喜欢她，敬慕她。但是，没有一个人比我更爱她。因为这里有个很不一般的缘故——

我们低年级同学每年都有"耳语测验"。孩子们依次走到教室的门边，用右手捂着右边耳朵，然后老师在她的讲台上轻轻说一句话，再由那个孩子把话复述出来。可是我的左耳先天失聪，几乎听不见任何声音，我不愿意把这事说出来，因为我怕同学们会更加嘲笑我。

不过我有办法对付这种"耳语测验"。早在幼儿园做游戏时，我就发现没人看你是否真正捂住了耳朵，他们只注意你重复的话对不对。所以每次我都假装用手盖紧耳朵。这次，和往常一样，我又是最后一个。每个孩子都兴高采烈，因为他们的"耳语测验"做得挺好。我心想：老师会说什么呢?以前，老师们一般总是说"天是蓝色的"，或者是"你有没有一双新鞋"等等。

终于轮到我了，我把左耳对着伦纳德老师，同时用右手紧紧捂住了右耳。然后，稍稍把右手抬起一点，这样就足以听清老师的话了。我非常害怕自己的作弊被老师发现，心中忐忑不安。

我等待着……然后，伦纳德老师说了八个字，这八个字仿佛是一束温暖的阳光直射进我的心田，这八个字抚慰了我受伤的、幼小的心灵，这八个字改变了我对人生的看法。

这位很胖、很美、温馨可爱的老师轻轻说道：

“我愿你是我的女儿!”

这一刻，我流下了辛酸的眼泪。这是一个受委屈的孩子终于见到自己的亲人的那种百感交集的眼泪。

农 家

——［德国］黑 塞

这里，我愿坐在哪里就坐在哪里，围墙上，
岩石上或者树桩上，草地上或者土地上，全都可以；
不论我坐在哪里，周围都是一幅画和一首诗，
在我身旁的世界汇成优美而幸福的清音。

当我千辛万苦来到了阿尔卑斯山脉的脚下时，我仿佛觉得自己已从流亡中回到了故乡，仿佛已经站到了山那一边的故乡的土地。故乡的太阳更温暖、山脉更可爱，那里的栗子、葡萄、杏仁、无花果令我垂涎，我那穷苦的乡亲们，总是对我友好而又彬彬有礼。他们所建造的一切，看上去总是那么美好，那么恰当而可爱，仿佛都是自然生成的。那些不新也不旧的房屋、围墙、葡萄山的石级、道路、种植地和梯田，仿佛不是靠劳动所建造的，不是用脑筋所想出来的，也不是巧夺天工的，而是像岩石、树木、苔藤一样自然形成的。看，那用同样的褐色片麻岩石而砌成的葡萄山围墙、房屋、房顶，它们相辅相成，像亲兄弟一般彼此深爱着对方。没有一样看来是陌生的、怀有敌意的和粗暴无情的，一切都显得亲切、欢畅和睦邻友好。

这里，我愿坐在哪里就坐在哪里，围墙上，岩石上或者树桩上，草地上或者土地上，全都可以；不论我坐在哪里，周围都是一幅画和一首诗，在我身旁的世界汇成优美而幸福的清音。

这是我的家乡——一个贫穷农民的田庄。我的父老乡亲们没有牛，只有猪、羊和鸡，他们种植葡萄、玉米、果树和蔬菜。石头砌成了这里的世界：房屋、地板、楼梯，还有两根石柱子，它们的身后有一条用石块拼成的通往场院的石级。不论在哪里，植物和山头之间，你都可以饱览到浮现出的蓝色的湖光。

然而，在田庄的山的另一方，那里的人正处在受折磨和可憎的事情之间，他们的忧虑实在太多了！在那里，要找到生存的理由，是那么困难，又是那么至关重要。不然的话，人该怎么生活呢？面对真正的不幸，人们煞费苦心，郁郁寡欢，——在这里，不存在难办的问题，生存无需辩护，思索变成了游戏。人们感

觉到：世界是美丽的，生命是短暂的。但不是万念俱灰；我想再增一对眼睛，一叶肺。我把双腿伸进草丛里，并希望它们变得更长一些。

我想要成为一个巨人，这样，我会把头枕在积雪旁一处高山牧场上的羊群中间，而我的脚趾则伸进山下深深的湖中去戏水。我希望可以这样躺着，永远不站起来，在我的手指间长出灌木丛，在我的头发里开出杜鹃花，我的双膝变成前山，我的躯体上将建起葡萄山、房屋和小教堂。我就这样躺上千万年，对着天空眨眨眼睛，对着湖水眨眨眼睛。我一打喷嚏，便是一阵雷雨。我呵上一口气，积雪溶化，瀑布舞蹈。我死了，整个世界随我而去。随后我在宇宙中飘洋过海，去取来一个新的太阳。

可事实上，我能成为巨人吗？不能！我甚至不能找到一处栖身之所。世界在做什么？创造出了新的神、新的法律、新的自由？反正都一样！但是，这儿山上还开着一朵樱草花，叶子上银珠点点，那儿山下的白杨树间，甜蜜的微风在歌唱，在我的眼睛和天空之间，有一只深金色的蜜蜂在嗡嗡乱飞——这可不是一回事。它哼着幸福的歌，它哼着永恒的歌。它的歌是我的世界史。

有限的知识

——［意大利］伽利略

大自然在生成其事物时的丰富性，
那些方式在感觉与经验尚未向我们启示之前，
是我们无法设想的，经验有时仍不足以弥补我们的无能。

他总觉得自己的生活缺点什么，于是他就去了一家酒吧，他心中期盼着能看到某人在用弓轻轻触动小提琴的弦，但，他立即失望透顶，因为在他眼前是这样一副场景：一个人正用指尖敲着一只杯子的杯壁，使它发出清脆的响声。然而，他为自己后来发现的事物感到惊喜，那就是他用实验证明了黄蜂、蚊子与苍蝇发出的声音来自于它们翅膀的快速振动，他在这件事上的发现，与其说他的好奇心越发强烈了，不如说他在如何产生声音的学问方面变得糊涂了，因为他的全部阅历都不足以使他理解或相信：蟋蟀尽管不会飞，却能用振翅而非气息发出那样和谐且响亮的声音。

此后，当他以为除了上述发声方式之外，几乎已不可能另有它法时，他又知道了各式各样的风琴、喇叭、笛子和弦乐器，种类繁多，直到那种含在嘴里、以口腔为共鸣体、以气息为声音媒介物的奇特方式而吹奏的铁簧片。他开始为自己知道得这么多而骄傲起来，可等他捉到一只蝉后，却又陷入了前所未有的无知和愕然之中：他用力堵住蝉口或使劲压住蝉翅，蝉仍然会发出它那尖鸣的反抗，他疑惑找不到蝉的发音来源。他将蝉翻转过来，看见它的胸部下方有几片硬而薄的软骨，他感到心中一亮，认为自己已找到了声源。但是很遗憾的是，无论是他将那片软骨折断，还是用针刺透了蝉壳，也没有让蝉及其声音窒息。最后，他依然未能断定，那鸣声是否发自软骨。从此，他觉得自己要学的东西太多了，有人问他声音是如何产生的，他坦率地说知道某些方法，但他笃信还会有上百种人所不知的、难以想像的方法。

我还可以试举另外许多例子，来阐释大自然在生成其事物时的丰富性，那些方式在感觉与经验尚未向我们启示之前，是我们无法设想的，经验有时仍不足以弥补我们的无能。因此，倘若我不能准确地断定彗星的成因，那么我是应当受到宽恕的，况且我从未声言能够做到这一点，因为我懂得它会以某种不同于任何我们臆想的方式形成。对于被握在我们手心的蝉，我们都难以弄明白它的鸣声来自何处，因而对于处在遥远天际的彗星，不了解其成因何在，更应予以谅解了。

临街的窗子

——［奥地利］卡夫卡

有扇窗子的人，
就可以对付世界上任何事。

如果你是一个孤独的人，有一天，突然想把自己依附在什么地方时；由于时刻的变化，气候的变化，事业的变化，以及别的变化，使你一时无法承受，你好想找到一个可以依附的东西，那么，它将是一个临街的窗子。有扇窗子的人，就可以对付世界上任何事。而且，如果你无所企望，只是以一个疲倦者的身份走近窗栏，眼睛从你的公众转向天空，然后又重新转回来，稍稍昂起了头，并不想向外眺望，即使在这种时候，窗下的马儿也会把你吸引到下面一系列的马车和喧闹中去，从而你终于进入了人类的和谐里。

论居室

——［黎巴嫩］纪伯伦

无论你的房屋是如何地壮丽与辉煌，
也不应当使它隐住你的秘密，遮住你的愿望。

一个泥水匠走上前来说：请给我们谈居室。

他回答说：

当你在城里盖一所房子之前，先在野外用你的想像盖一座凉亭。

因为你在黄昏时有家可归，而你那更迷茫更孤寂的漂泊的精魂，也该有个归宿。

你的房屋是你的较大的躯壳。

他在阳光中发育，在夜的寂静中睡眠，而且不能无梦。你的屋后不做梦么？不梦想离开城市，登山入林么？

我愿能把你们的房子聚握在手里，撒种似地把他们洒落在丛林中与绿野上。

愿山谷成为你们的街市，绿径成为你们的里巷，使你们在葡萄园中相寻相访的时候，衣袂上带着大地的芬芳。

但这个一时还做不到。

在你们祖宗的忧惧里，他们把你们聚集得太近了。

这忧惧还要稍为延长，你们的城墙，也仍要把你们的家庭和你们的田地分开。

告诉我吧，阿法利斯的民众呵，你们的房子里有什么？你们锁门是为守护什么呢？

你们有“和平”，不就是那呈露好魄力的宁静和鼓励么？

你们有“回忆”，不就是那联跨你心峰的灿烂的弓桥么？

你们有“美”，不就是那把你的心从木石建筑上引到圣山的么？

告诉我，你们的房屋里有这些东西么？

或者你只有“舒适”和“舒适的欲念”，那诡秘的东西，以客人的身分混了进来渐作家人，终作主人翁的么？

噫，他变成一个驯兽的人，用钩镰和鞭笞，使你较伟大的愿望变成傀儡。

他的手虽柔软如丝，他的心却是铁打的。

他催眠你，只须站在你的床侧，讥笑你肉体的尊严。

他戏弄你健全的感官，把他们塞放在蓟绒里，如同脆薄的杯盘。

真的，舒适之欲，杀害了你灵性的热情，又哂笑地在你的殡仪队中徐步。

但是你们这些“太空”的儿女，你们在静中不息，你们不应当被网罗，被驯养。

你们的房子不应当做个锚，应当做个桅。它不应当做一片遮掩伤痕的闪亮的薄皮，应当做那保护眼睛的睫毛。

你不应当为穿走门户而敛翅，也不应当为恐触屋顶而低头，也不应当为怕墙壁崩裂而停止呼吸。

你不应当住在那死人替活人筑造的坟墓里。

无论你的房屋是如何地壮丽与辉煌，也不应当使它隐住你的秘密，遮住你的愿望。

因为你里面的“无穷性”，是住在天宫里，那天宫是以晓烟为门户，以夜的静寂与歌曲为窗牖的。

心境的需要

要是一个人必须顺从生活的迫切需求，
而能在清澈明净、
坚决明确的灵魂内找到庇护，
那就能忍受一切，
面对任何考验。

——罗曼·罗兰

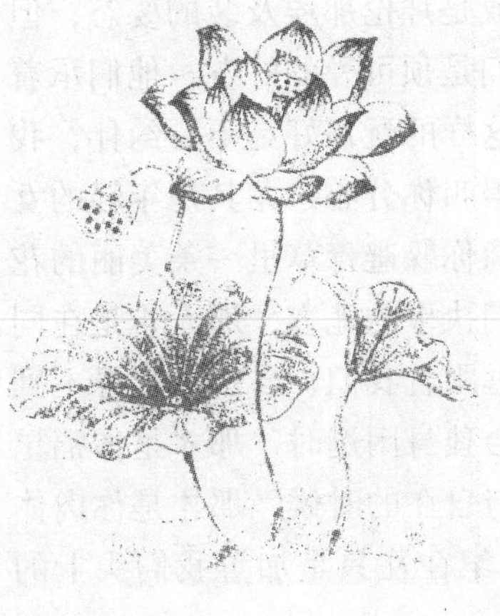

翡冷翠山居闲话

——[中国]徐志摩

只要你认识了这一部书，
你在这世界上寂寞时便不寂寞，穷困时不穷困，苦恼时有安慰，
挫折时有鼓励，软弱时有督责，迷失时有南针。

在这里出门散步去，上山或是下山，在一个晴好的五月的夜晚，正像是去赴一个美的宴会，比如去一果子园，那边每株树上都是满挂着诗情最秀逸的果实，假如你单是站着看还不满意时，只要你一伸手就可以采取，可以恣尝鲜味，足够你性灵的迷醉。阳光正好暖和，决不过暖；风息是温驯的，而且往往因为他是从繁花的山林里吹度过来，他带来一股幽远的淡香，连着一息滋润的水气，摩挲着你的颜面。轻绕着你的肩腰，就这单纯的呼吸已是无穷的愉快；空气总是明净的，近谷内不生烟，远山上不起霭，那美秀风景的全部正像画片似的展露在你的眼前，供你闲暇的鉴赏。

作客山中的妙处，尤在你永不须踌躇你的肤色与体态；你不妨摇曳着一头的蓬草，不妨纵容你满腮的苔藓；你爱穿什么就穿什么；扮一个牧童，扮一个渔翁，装一个农夫，装一个走江湖的吉普赛，装一个猎户；你再不必提心整理你的领结，你尽可以不用领结，给你的颈根与胸膛一半日的自由，你可以拿一条镶边艳色的长巾包在你的头上，学一个太平军的头目，或是拜伦那埃及装的姿态；但最要紧的是穿上你最旧的鞋，别管他模样不佳，他们是顶可爱的好友，他们承着你的体重却不叫你记起你还有一双脚在你的底下。这样的玩顶好是不要约伴，我竟想严格地取缔，只许你独身；因为有了伴多少总得叫你分心，尤其是年轻的女伴，那是最危险最专制不过的旅伴，你应得躲避她像你躲避青草里一条美丽的花蛇！平常我们从自己家里走到朋友的家里，或是我们执事的地方，那无非是在同一个大牢里从一间狱室移到另一间狱室去，拘束永远跟着我们，自由永远寻不到我们；但在这春夏间美秀的山中或乡间你要是有机会独身闲逛时，那才是你福星高照的时候，那才是你实际领受，亲口尝味，自由与自在的时候，那才是你肉体与灵魂行动一致的时候；朋友们，我们多长一岁年纪往往只是加重我们头上的

枷，加紧我们脚胫上的链，我们见小孩子在草里在沙堆里在浅水里打滚作乐，或是看见小猫追他自己的尾巴，何尝没有羡慕的时候，但我们的枷，我们的链永远是制定我们行动的上司！所以只有你单身奔赴大自然的怀抱时，像一个裸体的小孩扑入他母亲的怀抱时，你才知道灵魂的愉快是怎样的，单是活着的快乐是怎样的，单就呼吸单就走道单就张眼看耸耳听的幸福是怎样的。因此你得严格的为己，极端的自私，只许你，体魄与性灵，与自然同在一个脉搏里跳动，同在一个音波里起伏，同在一个神奇的宇宙里自得。我们浑朴的天真是像含羞草似的娇柔，一经同伴的抵触，他就卷了起来，但在澄静的日光下，和风中，他的姿态是自然的，他的生活是无阻碍的。

你一个人漫游的时候，你就会在青草里坐地仰卧，甚至有时打滚，因为草的和暖的颜色自然唤起你童稚的活泼；在静僻的道上你就会不自主的狂舞，看着你自己的身影幻出种种诡异的变相，因为道旁树木的阴影在他们迂徐的婆娑里暗示你舞蹈的快乐；你也会得信口的歌唱，偶尔记起断片的音调，与你自己随口的小曲，因为树林中的莺燕告诉你春光是应得赞美的；更不必说你的胸襟自然会跟着漫长的山径开拓，你的心地会看着澄蓝的天空静定，你的思想和着山壑间的水声，山罅里的泉响，有时一澄到底的清澈，有时激起成章的波动，流，流，流入凉爽的橄榄林中，流入妩媚的阿诺河去……并且你不但不须应伴，每逢这样的游行，你也不必带书。书是理想的伴侣，但你应得带书，是在火车上，在你住处的客室里，不是在你独身漫步的时候。什么伟大的深沉的鼓舞的清明的优美的思想的根源不是可以在风籁中，云彩里，山势与地形的起伏里，花草的颜色与香息里寻得？自然是最伟大的一部书，歌德说，在他每一页的字句里我们读得最深奥的消息。并且这书上的文字是人人懂得的；阿尔卑斯与五老峰，雪西里与普陀山，莱茵河与扬子江，梨梦湖与西子湖，建兰与琼花，杭州西溪的芦雪与威尼斯夕照的红潮，百灵与夜莺，更不提一般黄的黄麦，一般紫的紫藤，一般青的青草同在大地上生长，同在和风中波动——他们应用的符号是永远一致的，他们的意义是永远明显的，只要你自己性灵上不长疮瘢，眼不盲，耳不塞，这无形迹的最高等教育便永远是你的名分，这不取费的最珍贵的补剂便永远供你的受用；只要你认识了这一部书，你在这世界上寂寞时便不寂寞，穷困时不穷困，苦恼时有安慰，挫折时有鼓励，软弱时有督责，迷失时有南针。

谈抽烟

——［中国］朱自清

烟有好有坏，味有浓有淡，
能够辨味的是内行，不择烟而抽的是大方之家。

有人说："抽烟有什么好处？还不如吃点口香糖，甜甜的，倒不错。"不用说，你知道这准是外行。口香糖也许不错，可是喜欢的怕是女人孩子居多；男人很少赏识这种玩意儿的；除非在美国，那儿怕有些个例外。一块口香糖得咀嚼老半天，还是嚼不完，凭你怎么斯文，那朵颐的样子，总遮掩不住，总有点儿不雅相。这其实不像抽烟，倒像衔橄榄。你见过衔着橄榄的人？腮帮子上凸出一块，嘴里不时地滋儿滋儿的。抽烟可用不着这么费劲；烟卷儿尤其省事，随便一叼上，悠然的就吸起来，谁也不来注意你。抽烟说不上是什么味道；勉强说，也许有点儿苦吧。但抽烟的不稀罕那"苦"而稀罕那"有点儿"。他的嘴太闷了，或者太闲了，就要这么点儿来凑个热闹，让他觉得嘴还是他的。嚼一块口香糖可就太多，甜甜的，够多腻味；而且有了糖也许便忘记了"我"。

抽烟其实是个玩意儿。就说抽卷烟吧，你打开匣子或罐子，抽出烟来，在桌上顿几下，衔上，擦洋火，点上。这其间每一个动作都带股劲儿，像做戏一般。自己也许不觉得，但到没有烟抽的时候，便觉得了。那时候你必然闲得无聊；特别是两只手，简直没放处。再说那吐出的烟，袅袅地缭绕着。也够你一回两回地捉摸；它可以领你走到顶远的地方去——即便在百忙当中，也可以让你轻松一忽儿。所以老于抽烟的人，一叼上烟，真能悠然遐想。他霎时间是个自由自在的身子，无论他是靠在沙发上的绅士，还是蹲在阶上的瓦匠。有时候他还能够叼着烟和人说闲话；自然有些含含糊糊的，但是可喜的是那满不在乎的神气。这些大概也算是游戏三昧吧。

好些人抽烟，为的有个伴儿。譬如说一个人单身住在北平，和朋友在一块儿，倒是有说有笑的，回家来，空屋子像水一样。这时候他可以摸出一支烟抽起来，借点儿暖气。黄昏来了，屋子里的东西只剩些轮廓，暂时懒得开灯，也可以点上一支烟，看烟头上的火一闪一闪的，像亲密的低语，只有自己听得出。要是生气，也不妨迁怒一下，使劲儿吸他十来口。客来了，若你倦了说不得话，或者找不出可说的，干坐着岂不着急？这时候最好拈起一支烟将嘴堵上等你对面的人。若是他也这么办，便尽时间在烟子里爬过去。各人抓着一个新伴儿，大可以盘桓一会的。

从前抽水烟旱烟，不过一种不伤大雅的嗜好，现在抽烟却成了派头。抽烟卷儿指头黄了，由它去。用烟嘴不独麻烦，也小气，又跟烟隔得那么老远的。今儿大褂上一个窟窿，明儿坎肩上一个，由他去。一支烟里的尼古丁可以毒死一个小麻雀，也由它去。总之，别别扭扭的，其实也还是"满不在乎"罢了。烟有好有坏，味有浓有淡，能够辨味的是内行，不择烟而抽的是大方之家。

生

——［中国］许地山

我的生活好像我手里这管笛子。
他在竹林里长着的时候，许多好鸟歌唱给他听；
许多猛兽长啸给他听；甚至天中的风雨雷电都不时教给他发音的方法。

我的生活好像一棵龙舌兰，一叶一叶慢慢地长起来。某一片叶在一个时期曾被那美丽的昆虫做过巢穴；某一片叶曾被小鸟们歇在上头歌唱过。现在那些叶子都落掉了！只有瘢楞的痕迹留在干上，人也忘了某叶某叶曾经显过的样子；那些叶子曾经历过的事迹惟有龙舌兰自己可以记忆得来，可是他不能说给别人知道。

我的生活好像我手里这管笛子。他在竹林里长着的时候，许多好鸟歌唱给他听；许多猛兽长啸给他听；甚至天中的风雨雷电都不时教给他发音的方法。

他长大了，一切教师所教的都纳入他的记忆里。然而他身中仍是空空洞洞，没有什么。

做乐器者把他截下来，开几个气孔，搁在唇边一吹，他从前学的都吐露出来了。

几句实话

——［中国］庐　隐

非天才要吃饭，天才也要吃饭，
为了吃饭去奋斗，绝大的天才都不免要被埋葬；
何况本来只有两三分天才的作家，最后恐怕要变成白痴了……

一个终朝在风尘中奔波倦了的人，居然能得到与名山为伍、清波作伴的机会，难道说不是获天之福吗？不错，我是该满意了！——回想起从前在北平充一个小教员，每天起早困晚，吃白粉条害咳嗽还不算，晚上改削那山积般的文卷真够人烦。而今呵，多么幸运！住在山青水秀的西子湖边，推窗可以直窥湖心；风云变化，烟波起伏，都能尽览无余。至于夕阳晚照，渔樵归休，游侣行歌互答，又是怎样美妙的环境呢！

但是冤枉，这两个月以来，我过的，却不是这种生活。最大的原因，湖色山光，填不满我的饥肠辘辘。为了吃饭，我与一支笔杆儿结了不解缘，一时一刻离不开它。如是，自然没有心情、时间去领略自然之美了。——所以我这才明白，吟风弄月，充风流名士，那只有资产阶级配享受，贫寒如我，那只好算了吧，算了吧！

那么，我现在过的又是什么生活呢？——每天早晨起来，好歹吃上两碗白米粥，花生米嚼得喷鼻香，惯会和穷人捣乱的肚子算是有了交代。于是往太师椅上一坐，打开抽屉，东京带回来的漂亮稿纸，还有一大堆，这很够我造谣言发牢骚用的了。于是由那暂充笔筒用的绿瓷花瓶里，请出那三寸小毛锥，开宗明义第一件事，是瞪着眼，东张西望，搜寻一个好题目。——这真有点不易，至少要懂点心理学，才好捉摸到编辑先生的脾味；不然题目不对眼，恼了编辑先生，一声"狗屁"，也许把它扔在字纸篓里换火柴去。好容易找到又新鲜又时髦的题目了，那么写吧。一行，两行，三行……一直写满了一张稿纸。差不多六百字，这要是运气好，就能换到块把大洋。如是来上十几页，这个月的开销不愁了。想到这里，脸上充满了欣慰之色。但是且慢高兴！昨天刮了一顿西北风，天气骤然冷下来，回头看看床上，只有一床棉被，不够暖。无论如何，要添作一床才过得去。

再说厨房里的老叶，今早来报告：柴快没了；煤只剩了几块；米也该叫了。这一道催命符真凶，立刻把我的文思赶跑了。脑子里塞满了债主自私的刻薄的面像，和一切未来的不幸。……不能写了，放下笔吧！不成，那更是饥荒！勉强的东拉西凑吧。夜深了，头昏眼花，膀子疼，腰杆酸，“唉呀”真不行了，明天再说吧！数数稿纸，只写了四张半，每张六百字，再除去空白，整整还不到两千五百字。棉被还是没着落，窗外的北风，仍然虎吼狼啸，更觉单衾欠暖。然而真困，还是睡下吧。把一件大衣盖在被上，幸喜睡魔光顾得快，倒下头来使梦入黑酣。我正在好睡，忽听扑冬一声，把我惊醒。翻身爬起来一看：原来是小花猫把热水瓶打倒了。这个家伙真可恨，好容易花一块多钱买了一只热水瓶，还没有用上几天，就被它毁了，真叫做“活该”！我气哼哼的把小花猫摔了出去，再躺下睡，这一来可睡不着了。忽见隔床上的他，从睡梦里跳起有半尺高，一连跳了五六下，我连忙叫醒他说：“你梦见什么了，怎么睡梦里跳起来？”他“哎哟”了一声道：“真累死我了！我梦见爬了多少座高高低低的山峰，此刻还觉得一身酸痛！”

“唉！不用说了，你白天翻了多少书？……大概是累狠了?!”他说：“是了。我今天差不多写了五千字吧！”

“明天还是少写点好。”我说。

“不过今天已经十五了，房钱电灯钱都还没有着落，少写行吗?”我听了这话不能再勉强安慰他了。大半夜，我只是为这些问题盘算，直到天色发白时，我才又睡着了。

八点半了，他把我喊醒。我一睁眼看太阳光已晒在窗子上，我知道时候不早了。连忙起来，胡乱吃了粥，就打算继续写下去，但是当我坐在太师椅上时，我觉得我的头部，比压了一块铅板还重，眼睛发花，耳朵发聋。不写吧，真怕到月底没法交代；写吧，没有灵感不用说，头疼得也真支不住。但是生活的压迫，使我到底屈服了。一手抱着将要暴裂的头，一手不停的写下去。连我自己都不知道我在纸上画的是什么？——“苦闷可以产生好文艺”，在无可如何之时，我便拿它来自慰！来解嘲！

这时他由街上回来，看见我那狼狈相，便说道：“你又头疼了吧，快不要写，去歇歇呀！——我译的小说稿已经寄去了，月底一定可以领到稿费。我想这篇稿子译得不错，大约总可以卖到十五块钱，屉子里还有五块，凑合着也就过去了。”

“唉！只要能凑合着过去，我还愁什么？但是上个月我们寄出去三四万字的稿子，到现在只收回十几块钱，谁晓得月底又是怎样呢？只好多写些，希望还多点，也许可以碰到一两处给钱的就好了！”

他平常是喜说喜笑，这一来也只有皱了一双眉头道：“你本来身体就不好，所以才辞去教员不干，到这里休养。谁想到卖文章度日，竟有这些说不出的压扎的苦楚！早知道这样，打死我也不想充什么诗人艺术家了。……怎么人家菊池宽就那么走红运，住洋房坐汽车，在飞机上打麻雀！……”

“人家是日本人啊！……其实又何止菊池宽，外国的作家比我们舒服的多着呢！所以人家才有歌德有莎士比亚有拜伦有易卜生等等的大艺术家出现。至于我们中国，艺术家就非得同时又充政治家，或教育家等，才能生活，谁要打算把整个的生命献给艺术，那只有等着挨饿吧！在这种怪现象之下，想使中国产生大艺术家，不是做梦吗？唉！吃饭是人生的大问题，——非天才要吃饭，天才也要吃饭，为了吃饭去奋斗，绝大的天才都不免要被埋葬；何况本来只有两三分天才的作家，最后恐怕要变成白痴了……”我像煞有些愤慨似的发着牢骚，同时我的头部更加不舒服起来。他叫我不要乱思胡想，立刻要我去睡觉。我呢，也真支不住了，睡去吧！正在有些昏迷的时候，邮差送信来了。我拆开一看，正是从北平一个朋友寄来的，他说：“听说你近状很窘，还是回来教书吧！文艺家那么容易作？尤其在我们贵国！……”

不错，从今天起，我要烧掉和我缔了盟约的那一支造谣言的毛锥子，规规矩矩去为人之师，混碗饱饭吃，等到那天发了横财，我再来充天才作家吧！正是“放下毛锥，立地得救”。哈哈！善哉！

清 贫

——［中国］方志敏

清贫，洁白朴素的生活，
正是我们革命者能够战胜许多困难的地方！

我从事革命斗争，已经十余年了。在这长期的奋斗中，我一向过着朴素的生活，从没有奢侈过。经手的款项，总在数百万元；但为革命而筹集的金钱，是一点一滴地用之于革命事业。这在国民党的伟人们看来，颇似奇迹，或认为夸张；而矜持不苟，舍己为公，却是每个共产党员具备的美德。所以，如果有人问我身边有没有一些积蓄，那我可以告诉你一桩趣事：

就在我被俘的那一天——一个最不幸的日子，有两个国民党军的兵士，在树林中发现了我，而且猜到我是什么人的时候，他们满肚子热望在我身上搜出一千或八百大洋，或者搜出一些金镯金戒指一类的东西，发个意外之财。哪知道从我上身摸到下身，从袄领捏到袜底，除了一只怀表和一枝自来水笔之外，一个铜板都没有搜出。他们激怒起来了，猜疑我是把钱藏在哪里，不肯拿出来。他们之中有一个左手拿着一个木柄榴弹，右手拉出榴弹中的引线，双脚拉开一步，作出要抛掷的姿势，用凶恶的眼光盯住我，威吓地吼道，“赶快将钱拿出来，不然就是一炸弹，把你炸死去！”

“哼！你不要作出那难看的样子来吧！我确实一个铜板都没有存；想从我这里发洋财，是想错了。”我微笑着淡淡地说。

“你骗谁！像你当大官的人会没有钱！”拿榴弹的兵士坚不相信。

“决不会没有钱的，一定是藏在哪里，我是老出门的，骗不得我。”另一个兵士一面说，一面弓着背重来一次将我的衣角裤裆过细地捏，总企望着有新的发现。

“你们要相信我的话，不要瞎忙吧！我不比你们国民党当官的，个个都有钱，我今天确实是一个铜板也没有，我们革命不是为着发财啦！”我再向他们解释。

等他们确知在我身上搜不出什么的时候，也就停手不搜了；又在我藏躲地方的周围，低头注目搜寻了一番，也毫无所得，他们是多么地失望呵！那个持弹欲放的兵士，也将拉着的引线，仍旧塞进榴弹的木柄里，转过来抢夺我的表和笔。后彼此说定表和笔卖出钱来平分，才算无话。他们用怀疑而又惊异的目光，对我自上而下地望了几遍，就同声命令地说：“走吧！”

是不是还要问问我家里有没有一些财产？请等一下，让我想一想，啊，记起来了，有的有的，但不算多。去年暑天我穿的几套旧的汗褂裤，与几双缝上底的线袜，已交给我的妻放在深山坞里保藏着——怕国民党军进攻时，被人抢了去，准备今年暑天拿出来再穿；那些就算是我惟一的财产了。但我说出那几件“传世宝”来，岂不要叫那些富翁们齿冷三天?!

清贫，洁白朴素的生活，正是我们革命者能够战胜许多困难的地方！

喝　茶

——［中国］周作人

我的所谓喝茶，却是在喝清茶，
在赏鉴其色与香与味，意未必在止渴，
自然更不在果腹了。

前回徐志摩先生在平民中学讲“吃茶”——并不是胡适之先生所说的“吃讲茶”——我没有工夫去听，又可惜没有见到他精心结构的讲稿，但我推想他是在讲日本的“茶道”（英文译作 Teaism），而且一定说的很好。茶道的意思，用平凡的话来说，可以称做“忙里偷闲，苦中作乐”，在不完全的现世享乐一点美与和谐，在刹那间体会永久，是日本之“象征的文化”里的一种代表艺术。关于这一件事，徐先生一定已有透彻巧妙的解说，不必再来多嘴，我现在所想说的，只是我个人的很平常的喝茶罢了。

喝茶以绿茶为正宗，红茶已经没有什么意味，何况又加糖——与牛奶？葛辛（George Gissing）的《草堂随笔》（Private Papers of Henry Ryesroft）确是很有趣味的书，但冬之卷里说及饮茶，以为英国家庭里下午的红茶与黄油面包是一日中最大的乐事，支那饮茶已历千百年，未必能领略此种乐趣与实益的百分之一，则我殊不以为然，红茶带“土斯”未必不可吃，但这只是当饭，在肚饥时食之而已；我的所谓喝茶，却是在喝清茶，在赏鉴其色与香与味，意未必在止渴，自然更不在果腹了。中国古昔曾吃过煎茶及抹茶，现在所用的都是泡茶，冈仓觉三在《茶之书》（Book of Tea，1919）里很巧妙的称之曰“自然主义的茶”，所以我们所重的即在这自然之妙味。中国人上茶馆去，左一碗右一碗的喝了半天，好像是刚从沙漠里回来的样子，颇合于我的喝茶的意思（听说闽粤有所谓吃工夫茶者自然也有道理），只可惜近来太是洋场化，失了本意，其结果成为饭馆子之流，只在乡村间还保存一点古风，惟是屋宇器具简陋万分，或者但可称为颇有喝茶之意，而未可许为已喝茶之道也。

喝茶当于瓦屋纸窗之下，清泉绿茶，用素雅的陶瓷茶具，同二三人共饮，得半日之闲，可抵十年的尘梦。喝茶之后，再去继续修各人的胜业，无论为名为利，都无不可，但偶然的片刻优游乃至亦断不可少，中国喝茶时多吃瓜子，我觉得不很适宜，喝茶时所吃的东西应当是轻淡的“茶食”。中国的茶食却变成了“满汉饽饽”，其性质与“阿阿兜”相差无几；不是喝茶时所吃的东西了。日本的点心虽是豆米的成品，但那优雅的形色，朴素的味道，很合于茶食的资格，如各色的“羊羹”（据上田恭辅氏考据，说是出于中国唐时的羊肝饼），尤有特殊的风味。江南茶馆里有一种“干丝”，用豆腐干切成细丝，加姜丝酱油，重汤炖热，上浇麻油，出以供客，其利益为“堂馆”所独有。豆腐干中本有种“茶干”，今变而为丝，亦颇与茶相宜，在南京时常食此品，据云有某寺方丈所制为最，虽也曾尝试，却已忘记，所记得者乃只是下关的江天阁而已。学生们的习惯，平常“干丝”既出，大抵不即食，等到麻油再加，开水重换之后，始行举箸，最为合式，因为一到即罄，次碗继至，不遑应酬，否则麻油三浇，旋即撤去，怒形于色，未免使客不欢而散，茶意都消了。

吾乡昌安门外有一处地方，名三脚桥（实在并无三脚，乃是三出，因为一桥而跨三叉的河上也），其地有豆腐店曰周德和者，制茶干最有名。寻常的豆腐干方约寸半，厚三分，值钱二文，周德和的价格相同，小而且薄，几及一半，黝黑坚实，如紫檀片。我家距三脚桥有步行两小时的路程，故殊不易得，但能吃到油炸者而已。每天有人挑担设炉镬，沿街叫卖，其词曰：

辣酱辣，
麻油炸，
红酱搽，
辣酱拓：
周德和格五香油炸豆腐干。

其制法如上所述，以竹丝插其末端，每枚值三文。豆腐干大小如周德和，而甚柔软，大约系常品。惟经过这样烹调，虽然不是茶食之一，却也不失为一种好豆食——豆腐的确也是极东的佳妙的食品，可以有种种的变化，惟在西洋不会被领解，正如茶一般。

日本用茶淘饭，名曰“茶渍”，以腌菜及“泽庵”（即福建的黄土萝卜，日本泽庵法师始传此法，盖从中国传去。）等为佐，很有清淡而甘香的风味。中国人未尝不这样吃，惟其原因，非由穷困即为节省，殆少有故意往清茶淡饭中寻其固有之味者，此所以为可惜也。

渐

——［中国］丰子恺

使人生圆滑进行的微妙的要素，莫如“渐”；
造物主骗人的手段，也莫如“渐”。

使人生圆滑进行的微妙的要素，莫如“渐”；造物主骗人的手段，也莫如“渐”。在不知不觉之中，天真烂漫的孩子“渐渐”变成野心勃勃的青年；慷慨豪侠的青年“渐渐”变成冷酷的成人；血气旺盛的成人“渐渐”变成顽固的老头子。因为其变更是渐进的，一年一年地、一月一月地、一日一日地、一时一时地、一分一分地、一秒一秒地渐进，犹如从斜度极缓的长远的山坡上走下来，使人不察其递降的痕迹，不见其各阶段的境界，而似乎觉得常在同样的地位，恒久不变，又无时不有生的意趣与价值，于是人生就被确实肯定，而圆滑进行了。假使人生的进行不像山坡而像风琴的键板，由 do 忽然移到 re，即如昨夜的孩子今朝忽然变成青年；或者像旋律的“接离进行”地由 do 忽然跳到 mi，即如朝为青年而夕暮忽成老人，人一定要惊讶、感慨、悲伤，或痛感人生的无常，而不乐为人了。故可知人生是由“渐”维持的。这在女人恐怕尤为必要：歌剧中，舞台上的如花的少女，就是将来火炉旁边的老婆子，这句话，骤听使人不能相信，少女也不肯承认，实则现在的老婆子都是由如花的少女“渐渐”变成的。

人之能堪受境遇的变衰，也全靠这“渐”的助力。巨富的纨乱子弟因屡次破产而“渐渐”荡尽其家产，变为贫者；贫者只得做佣工，佣工往往变为奴隶，奴隶容易变为无赖，无赖与乞丐相去甚近，乞丐不妨做偷儿……这样的例，在小说中，在实际上，均多得很。因为其变衰是延长为十年二十年而一步一步地“渐渐”地达到的，在本人不感到什么强烈的刺激。故虽到了饥寒病苦刑笞交迫的地步，仍是熙熙然贪恋着目前的生的欢喜。假如一位千金之子忽然变了乞丐或偷儿，这人一定愤不欲生了。

这真是大自然的神秘的原则，造物主的微妙的工夫！阴阳潜移，春秋代序，以及物类的衰荣生杀，无不暗合于这法则。由萌芽的春“渐渐”变成绿荫的夏；由凋零的秋“渐渐”变成枯寂的冬。我们虽已经历数十寒暑，但在围炉拥衾的冬夜仍是难于想象饮冰挥扇的夏日的心情；反之亦然。然而由冬一天一天地、一时一时地、一分一分地、一秒一秒地移向夏，由夏一天一天地、一时一时地、一分一分地、一秒一秒地移向冬，其间实在没有显著的痕迹可寻。昼夜也是如此：傍晚坐在窗下看书，书页上“渐渐”地黑起来，倘不断地看下去（目力能因了光的渐弱而渐渐加强），几乎永远可以认识书页上的字迹，即不觉昼之已变为夜。黎明凭窗，不瞬目地注视东天，也不辨自夜向昼的推移的痕迹。儿女渐渐长大起来，在朝夕相见的父母全不觉得，难得见面的远亲就相见不相识了。往年除夕，我们曾在红蜡烛底下守候水仙花的开放，真是痴态！倘水仙花果真当面开放给我们看，便是大自然的原则的破坏，宇宙的根本的摇动，世界人类的末日临到了！

“渐”的作用，就是用每步相差极微极缓的方法来隐蔽时间的过去与事物的变迁的痕迹，使人误认其为恒久不变。这真是造物主骗人的一大诡计！这有一件比喻的故事：某农夫每天早晨抱了犊而跳过一沟，到田里去工作，夕暮又抱了它跳过沟回家。每日如此，未尝间断。过了一年，犊已渐大，渐重，差不多变成大牛，但农夫全不觉得，仍是抱了它跳沟。有一天他因事停止工作，次日再就不能抱了这牛而跳沟了。造物的骗人，使人流连于其每日每时的生的欢喜而不觉其变迁与辛苦，就是用这个方法的。人们每日在抱了日重一日的牛而跳沟，不准停止。自己误以为是不变的，其实每日在增加其苦劳！

我觉得时辰钟是人生的最好的象征了。时辰钟的针，平常一看总觉得是“不动”的；其实人造物中最常动的无过于时辰钟的针了。日常生活中的人生也如此，刻刻觉得我是我，似乎这“我”永远不变，实则与时辰钟的针一样的无常！一息尚存，总觉得我仍是我，我没有变，还是流连着我的生，可怜受尽“渐”的欺骗！

“渐”的本质是“时间”。时间我觉得比空间更为不可思议，犹之时间艺术的音乐比空间艺术的绘画更为神秘。因为空间姑且不追究它如何广大或无限，我们总可以把握其一端，认定其一点。时间则全然无从把握，不可挽留，只有过去与未来在渺茫之中不绝地相追逐而已。性质上既已渺茫不可思议，份量上在人生也似乎太多。因为一般人对于时间的悟性，似乎只够支配搭船乘车的短时间；对于百年的长期间的寿命，他们不能胜任，往往迷于局部而不能顾及全体。试看乘火车的旅客中，常有明达的人，有的宁牺牲暂时的安乐而让其座位于老弱者，以求心的太平（或博暂时的美誉）；有的见众人争先下车，而退在后面，或高呼“勿要轧，总有得下去的！”“大家都要下去的！”然而在乘“社会”或“世界”的大火车的“人生”的长期的旅客中，就少有这样的明达之人。所以我觉得百年的寿命，定得太长。像现在的世界上的人，倘定他们搭船乘车的期间的寿命，也许在人类社会上可减少许多凶险残惨的争斗，而与火车中一样的谦让，和平，也未可知。

然人类中也有几个能胜任百年的或千古的寿命的人。那是“大人格”，“大人生”。他们能不为“渐”所迷，不为造物所欺，而收缩无限的时间并空间于方寸的心中。故佛家能纳须弥于芥子。中国古诗人（白居易）说：“蜗牛角上争何事？石火光中寄此身。”英国诗人（Blake）也说：“一粒沙里见世界，一朵花里见天国；手掌里盛住无限，一刹那便是永劫。”

不亦快哉

——［中国台湾］梁实秋

人因散步而精神爽，犬因排泄而一身轻，
而且可以保持自己家门以内之环境清洁，不亦快哉！

金圣叹作《三十三不亦快哉》，快人快语，读来亦觉快意。不过快意之事未必人人尽同，因为观点不同时势有异。就观察所及，试编列若干则如下：

其一、晨光熹微之际，人牵犬，（或犬牵人）徐步红砖道上，呼吸新鲜空气，纵犬奔驰，任其在电线杆上或新栽树上便溺留念，或是在红砖上排出一滩狗屎以为点缀。庄子曰：道在屎溺。大道无所不在，不简秽贱，当然人犬亦应无所差别。人因散步而精神爽，犬因排泄而一身轻，而且可以保持自己家门以内之环境清洁，不亦快哉？

其一、烈日下行道上，口燥舌干，忽见路边有卖甘蔗者，急忙买得两根，一手挥舞，一手持就口边，才咬一口即入佳境，随走随嚼，旁若无人，蔗滓随嚼随吐。人生贵适意，兼可为“你丢我捡”者制造工作机会，潇洒自如，不亦快哉？

其一、早起，穿着有条纹的睡衣裤，趿着凉鞋，抱红泥小火炉置街门外，手持破蒲扇，对着火炉徐徐扇之，俄而浓烟上腾，火星四射，直到天地氤氲，一片模糊。烟火中人，谁能不事炊爨？这是表示国泰民安，有米下锅，不亦快哉？

其一、天近黎明，牌局甫散，匆匆登车回府。车进巷口距家门尚有三五十码之处，任司机狂按喇叭，其声呜呜然，一声比一声近，一声比一声急，门房里有人竖着耳朵等候这听惯了的喇叭声已久，于是在车刚刚开到之际，两扇黑漆大铁门呀然而开，然后又訇的一声关闭。不费吹灰之力就使得街坊四邻矍然惊醒，翻个身再也不能入睡，只好瞪着大眼等待天明。轻而易举的执行了鸡司晨的职务，不亦快哉？

其一、放学回家，精神愉快，一路上和伙伴们打打闹闹，说说笑笑，尚不足以畅叙幽情，忽见左右住宅门前都装有电铃，铃虽设而常不响，岂不形同虚设，于是举臂舒腕，伸出食指，在每个纽上按戳一下。随后，就有人仓皇应门，有人倒屣而出，有人厉声叱问，有人伸颈探问而瞠目结舌。躲地暗处把这些现象尽收眼底，略施小技，无伤大雅，不亦快哉？

其一、隔着墙头看见人家院内有葡萄架，结实累累，虽然不及“草龙珠”那样圆，“马乳”那样长，“水晶”那样白，看着纵不流涎三尺，亦觉手痒。爬上墙头，用竹竿横扫之，狼藉满地，损人而不利己，索兴呼朋引类乘昏夜越墙而入，放心大胆，各尽所能，各取所需，饱餐一顿。松鼠偷葡萄，何必问主人，不亦快哉？

其一、通衢大道，十字路口，不许人行，行人必须上天桥，下地道，岂有此理！豪杰之士不理会这一套，直入虎口，左躲右闪，居然波罗蜜多达彼岸，回头一看天桥上黑压压的人群犹在蠕动，路边的警察戳指大骂，暴跳如雷，而无可奈我何。这时节颔首示意，报以微笑，扬长而去，不亦快哉？

其一、宋周紫芝《竹坡诗话》：“……有一人，极廉介，一日有家问，即令灭官烛，取私烛阅书，阅毕，命秉官烛如初。”作官的人迂腐若是，岂不可嗤！衙门机关皆有公用之信纸信封，任人领用，便中抓起一叠塞人公事包里，带回家去，可供写私信、发请柬、寄谢帖之用，顺手牵羊，取不伤廉，不亦快哉？

其一、逛书肆，看书展，琳琅满目，真是到了郎嬛福地。趁人潮拥挤看守者穷于肆应之际，纳书入怀，携归细赏，虽蒙贼名，不失为雅，不亦快哉？

其一、电话铃响，错误常居十之二三，且常于高枕而眠之时发生，而其人声势汹汹，了无歉意，可恼可恼。在临睡之前或任何不欲遭受干扰的时间，把电话机翻过来，打开底部，略做手脚，使铃变得暗哑。如是则电话可以随时打出去，而外面无法随时打进来，主动操之于我，不亦快哉？

其一、生儿育女，成凤成龙，由大学卒业，而漂洋过海，而学业有成，而落户定居，而缔结良缘。从此螽斯衍庆，大事已毕，允宜在报端大刊广告，红色套印，敬告诸亲友，兼令天下人闻知，光耀门楣，不亦快哉？

主　角

——［中国台湾］三　毛

在我的生活里，
我就是主角。

在我的生活里，我就是主角。

对于他人的生活，我们充其量只是一份暗示、一种鼓励、启发，还有真诚的关爱。这些态度，可能因而丰富了他人的生活，但这没有可能发展为——代办他人的生命。

我们当不起完全为另一个生命而活——即使他人给予这份权利。

坚持自己该做的事情，是一种勇气。绝对不做那些良知不允许的事，是另一种勇气。

不要害怕拒绝他人，如果自己的理由出于正当。

当一个人开口提出要求的时候，他的心里根本预备好了两种答案。所以，给他任何一个其中的答案，都是意料中的。

原谅他人的错误，不一定全是美德。漠视自己的错误，倒是一种最不负责的释放。

过分为己，是为自私自利。

完全舍我，也是虐待了一个生灵——自己。

不要放弃你的梦想

——［中国台湾］罗　兰

追寻一个梦想是一种绝大的幸福和快乐。
你也曾体会过这种幸福和快乐吗？

假如一个人终生也没有找到他活着的意义，那不是很悲哀吗？

我们此生不一定要成大名，立大功。可是，我们一定要明白自己的梦想；并把它具体起来，使它成为可能，然后去追求它，去实现它。追寻一个梦想是一种绝大的幸福和快乐。你也曾体会过这种幸福和快乐吗？

有人放弃了自己的梦想，从前进的行列中败退下来，是因为他失去了自己的意志。

我们时常会看到，有些人好像不在自己意志指挥之下过活，而是在别人给他划定的范围之内兜圈子。他们所奉为圭臬，所赖以决定自己动向的，是“别人认为怎样怎样”；“我如不这样做，别人会怎样说”，或“假如我这样做，别人会怎样批评”。不幸的是，别人的批评又是那么不一致；张三认为应该向东，李四认为应该向西，赵五认为应该向南，王六认为应该向北。你如选择其一，其他三人总会指责你。

于是，时常顾虑到“别人怎样说”的人，他就只好一年到头在不知究竟怎样才好的为难紧张之中团团转，总也走不出一条路来。

这种人，即使侥幸由于他天生的善于应付，而能做到“不受批评”的地步，他最大的成就也不过是个乡愿之类的人物。别人所给他的最大的敬意，也不过是说他一句圆滑周到而已。而在他自己本身来说，因为他终生被驱策在“别人”的意见之下，一定感到头晕眼花，疲于奔命，把精力全部消耗在应付环境、讨好别人上，以致没有余力去追求自己的梦想。

当然，我并不是说，一个人应该独断独行，不顾是非黑白。而是说，我们在听取别人的意见之后，一定要经过自己的认定和理解。我们应该自己有定见，用足够的理智去认清事实；在决定方向之后，就不再受别人意见的左右。

古人说“岂能尽如人意，但求无愧我心”，也就是这个意思。我们没有办法

使所有的人都同意我们，没有办法听从每一个人的意见。所以，我们尽可不必顾虑到“别人怎样说”或“怎样想”，而只要顾虑到自己的理智怎样说，自己的良心怎样想。也就是说，“我只对自己负责”。

一个人的所做所为，只要自己问心无愧，即使瓜田李下之嫌也可以不避。也只有如此，才可以避免瞻前顾后，左右为难的苦恼，才可以使自己的梦想实现。

胡适博士曾鼓励青年人做“梦”。因为“梦”代表一种想像力，一点抱负，一些愿望，以及一些对现实的不满。正如一位西哲所说：“如果你有胆量堂皇高贵的做梦，这梦会成为预言。”

不一样的自由

——［中国台湾］龙应台

可是，我想，
他们有与我不一样的自由，
也有与你不一样的自由。

她那个打扮实在古怪，而且难看。头发狠狠的束在左耳边，翘起来那么短短的一把，脸蛋儿又肥，看起来就像个横摆着的白萝卜。腿很短，偏又穿松松肥肥的裤子，上衣再长长地罩下来，盖过膝盖，矮矮的人好像撑在面粉袋里作活动广告。她昂着头、甩着头发，春风得意地自我面前走过。

她实在难看，但我微笑地看她走过了，欣赏她有勇气穿跟别人不太一样的衣服。

这个学生站起来，大声说他不同意我的看法。他举了一个例子，一个逻辑完全错误的例子。比手划脚地把话说完，坐下。全班静静的，斜眼看着他，觉得他很猖狂，爱自我炫耀，极不稳重。

他的论点非常偏颇，但我微笑地听他说话，欣赏他有勇气说别人不敢说的话。

朋友发了两百张喜帖，下星期就要结婚了，可是又发觉这实在不是个理想的结合——两百个客人怎么办？他硬生生地取消了婚宴。

他的决定实在下得太晚了一点，但我微笑地撕掉那张喜帖，欣赏他有勇气做一般人不敢做的事，上了车，还有下车的勇气。

简陋的讲台上，披着红条子的候选人讲得声嘶力竭。穿制服的警察、着便衣的监选员，紧张地站在群众堆里。候选人口沫横飞的，把平常报纸绝对不会刊登的言论大声大嚷地说出来。

他举的例子谬误百出，他的用语粗糙而低级，可是我站在榕树荫里，耐心地听他说完，欣赏他有勇气主张与大众不同的意见。

那个萝卜头也许很幼稚，只是为了与别人不同而不同。我的学生也许很肤浅，站起来说话只是为了出风头。取消婚宴的朋友或许有朝三暮四的个性，极不可靠。使警察紧张的候选人或许知识和格调都很低，对民主的真义只有很淡薄的了解。

可是，我想，他们有与我不一样的自由，也有与你不一样的自由。

今天我学会控制情绪

——［美国］奥格·曼狄诺

我该怎样做才能让每天充满幸福和欢乐？
我要学会这个千古秘诀：
弱者任思绪控制行为，强者让行为控制思绪。

潮起潮落，冬去春来，夏末秋至，日出日落，月圆月缺，雁来雁往，花飞花谢，草长瓜熟，自然界万物都在循环往复地变化着，我也不会例外，情绪总会时好时坏。

今天我学会控制情绪。

它仅仅是大自然的玩笑，很少有人窥破天机。明天我醒来时，不再有旧日的心情。昨日的快乐变成今天的哀愁，今天的悲伤又转为明日的喜悦。我心中像一只轮子不停地转着，由乐而悲，由悲而喜，由喜而忧。这就好比花儿的变化，今天枯败的花儿蕴藏着明天新生的种子，今天的悲伤也预示着明天的快乐。

今天我学会控制情绪。

但我该怎样做才能每天卓有成效呢？除非我心平气和，否则迎来的将是情绪控制住我。花草树木，随着气候的变化而生长，但是我要为自己创造天气。我要学会用自己的心灵弥补气候的不足。如果我为顾客带来风雨、忧郁、黑暗和悲观，那么他们也会报之于风雨、忧郁、黑暗和悲观，这样，他们什么也不会买。相反的，如果我们为顾客献上欢乐、喜悦、光明和笑声，他们也会报之以欢乐、喜悦、光明和笑声，那么，我就能获得销售上的丰收，赚取成仓的金币。今天我学会控制情绪。

但我该怎样做才能让每天充满幸福和欢乐？我要学会这个千古秘诀：弱者任思绪控制行为，强者让行为控制思绪。每天醒来，当我被悲伤、自怜、失败的情绪包围时，我就这样与之对抗：

沮丧时，我引吭高歌。

悲伤时，我开怀大笑。

病痛时，我加倍工作。

恐惧时，我勇往直前。

自卑时，我换上新装。

不安时，我提高嗓声。

穷困潦倒时，我想像未来的富有。

力不从心时，我回想过去的成功。

自轻自贱时，我想想自己的目标。

总之，今天我要学会控制自己的情绪。

从今天起，我明白了，只有低能者才会向情绪低头；我并非低能者，我必须不断对抗那些企图摧垮我的力量。失望与悲伤一眼就会被识破，而其他许多敌人是不易觉察的。它们往往面带微笑，却随时可能将我们摧垮。对它们，我们永远不能放松警惕。

自高自大时，我要追寻失败的记忆。

纵情得意时，我要记得挨饿的日子。

洋洋得意时，我要想想竞争的对手。

沾沾自喜时，我要不忘那忍辱的时刻。

自以为是时，看看自己能否让风止步。

腰缠万贯时，想想那些食不果腹的人。

骄傲自满时，要想到自己怯懦的时候。

不可一世时，我抬起头，仰望群星。

今天我学会控制情绪。

有了这项新本领，我也更能体察别人的情绪变化。我宽容怒气冲冲的人，因为他尚未懂得控制自己的情绪，就可以忍受他的指责与辱骂，因为我知道明天他会改变，重新变得随和。

我不再只凭第一感觉来判断一个人，也不再凭一时的怨恨与人绝交。今天不肯花一分钱买金马车的人，明天也许会用全部家当换树苗。我已经知道了这个秘密，我可以获得最大的财富。

今天我学会控制情绪。

我从此领悟人类情绪的变化的奥秘。我不再受自己千变万化的个性所摆布，我知道，只有积极主动地控制情绪，才能掌握自己的命运。

我要控制自己的命运，我的命运就是成为世界上最伟大的推销员！

我要成为自己的主人。

我会由此而变得伟大。

修养的财富

——［美国］奥里森·马登

一种性格的美就像艺术上的美一样，
就在于它的流线型没有棱角，
线条始终保持连续、柔和的弧形。

良好的举止足以弥补一切自然的缺陷。通常，一个人最吸引我们的，不是容貌的美丽，而是举止仪态的让人心悦诚服。古时候，希腊人认为美貌是上帝的一种特殊恩宠，但同时，如果一个美貌的人表现出某种不好的内在品质，就不再值得我们膜拜。在古希腊人的理想中，外在的美貌其实是某种内在美好品质的反映，这些气质包括快乐、和善、自足、宽厚和友爱等等。政治家米拉波是法国一个出名的丑男，据说他长了一张麻子脸，但却没有人不被他的风度所折服。

一种性格的美就像艺术上的美一样，就在于它的流线型没有棱角，线条始终保持连续、柔和的弧形。有很多人的心灵之所以不能更上一层楼，向世人展示更优美的品质，正是由于个性中存在的棱棱角角。无论有什么样出色的品质，一旦表现出粗暴、唐突，不合时宜，其价值自然而然就会受损。而实际上，只要我们多加修饰，注意举止文明，往往可以事半功倍。

据说，古希腊著名画家阿佩利斯为了画好日后风靡希腊的《美神图》，事先曾专程到各地游历，以便仔细观察各类年轻貌美的女子，将她们的长处都汇集到他画的美神身上。整个过程历时数年之久。同样的道理，一个举止文明的人，应当注意观察、研究他所接触的各种文化圈子的人，择其善者而从之，这才能使自己拥有真正的教养。

一个聪明人曾经打过一个比方说，我们扔一块骨头给一只狗，狗会扑过去用嘴衔住，不过它的尾巴并不会摆动；但如果我们把狗喊过来，抚摩它的脑袋，亲手把骨头递给它，狗就会做出感激涕零的样子，尾巴来回摆个不停。连狗都懂得好歹，知道用什么方式表示感激之情；但一些无情无义、不懂得分辨是非好坏的人竟然从来不会表示感激之情。

行前寄语

——［俄国］托尔斯泰

真理在于公道，公道在于每个人都能行使生活的权利；
生活的权利便是劳动。

在我启程回归祖国之际，我要对尚留在这里的亲人说几句话。因为我永远不会回来了。我是为了享乐而回去的吗？不是的！俄罗斯正面临着严峻的时刻。憎恨的巨浪反复冲击着它，同它敌对的世界正用橡皮棍子武装自己。

这个世界并没有发疯，相反，近五年来它变得明智了。现在就连戴角制镜框眼镜的青年投机商人也已经懂得，生活只有三个范围：一，美国，在那里，人们在深可没颈的金元堆里浮游着；二，欧洲，人们在热烈地梦想着金元；三，俄罗斯，一个粗野的、疯狂的国家，那里的人们一反正当的看法，断言“真的就是好的”。

事变总是在它们的力量薄弱的地方结束的。历史的规律像山崩一样可怕。因此，世代注定了要灭亡。

戴角制镜框眼镜的青年人不再听信谎言了。他们需要的是理想主义！席勒只有在火油灯下，只有在平均运行速度下——每小时十公里——才能给虚构出来的。金元——这就是生活的全部追求。它不仅包含着巨大的购买力，而且孕育着新的理想主义的曙光和浪漫主义的奇迹。戴金边眼镜的青年人坐在咖啡馆里，在小茶几上摊开一张窄长的金元纸币，审视着它，于是眼前出现了一个光辉夺目的幻象：世界之王，杰比·摩根。礼帽帽檐压到眉头，他登上纽约交易所的阶梯，两万只眼睛盯着他那张死气沉沉的长脸。雪茄衔在他左嘴角上。证券暴跌。在富丽堂皇的邻宅里，人们写下临终遗言，然后开枪自杀。工厂纷纷解雇工人。那些为发财或养老而积下一些钱的可怜的凡夫，披头散发地跑去把证券换掉。

第二天，杰比·摩根戴着压到眉头的礼帽又登上交易所的阶梯。他那张长脸仍然是死气沉沉。雪茄衔在右嘴角上……证券猛涨。在富丽堂皇的邪宅里，人们写下临终遗言，然后开枪自杀。市场上的所有食品都被囤积，工人们睁着疯狂的眼睛，盯着食品店里空空的橱窗，刚才换掉了证券的可怜的凡夫，眼看着钞票在手里变成一堆废纸。

假如好好端详一下这张窄长的绿色纸币的话，那末，透过它你看到的还不止这些奇迹。仔细地看去，还可以看到一群群感染到饥饿和绝望的热病的人，火灾，巍峨的建筑物的四下飞溅的玻璃，枪口冒烟，成团的电车电线，竖满了刺刀的卡车，红旗，黑旗……黑色，黑色笼罩着欧洲。

而在那里（在莫斯科），在三棱的纪念碑上写着："不劳动者不得食。"那里的人们断言，真理在于公道，公道在于每个人都能行使生活的权利；生活的权利便是劳动。国家担负了实现这些原则的任务。这个志向体现在专政上面。国家政权的专政，作用于两个极端之间：战争和有如植物生活一般的静止。国家观念（集体）高于个人观念。集体是指质的概念，而非量的概念（亦即个人的集合）而言。个人是自由的，当他的意志不是用来破坏集体的时候。这便是处在革命的第五个年头，世界大战开始九年以后的俄罗斯。

在这一幅严峻的图画里仿佛含有矛盾。革命（俄罗斯革命）的目的就是把个人从政治、经济和社会等方面的束缚下彻底解放出来。而个人在俄罗斯，比在俄罗斯以外的别国更加服从于集体。情况就是这样。但是，在战斗的时候兵士所寻求的难道是自由吗？他寻求的是胜利。俄罗斯此刻正处在渴望胜利的时候。整个俄罗斯在行动，在突飞猛进，它的存在还具有历史意义的，生活还是流动的，水也没有静止。国家政权在组织着，建设着，任务是艰巨的：俄罗斯伸展在半个世界里。

在俄罗斯，个人正在通过确立和建设强大的国家而走向解放。在欧洲（1923年），个人是自由的，个人在交易所的阶梯上实现自己的自由，干着证券投机的买卖。且让优秀的孤独者们写下优秀的关于精神自由的书籍吧——而戴金边眼镜的青年人却迫使幻想者们吃着马铃薯皮，明天又迫使他们由于没有食物而呼吸新鲜空气，后天要他们搬运砖头去建造富丽堂皇的邪宅（在那里，青年人当然会开枪自杀，因为有一天他会猜不到杰比·摩根的雪茄衔在哪一边的嘴角上）。

这样，戴金边眼镜的青年人目前还在购买橡皮棍子："必须坚决地消灭革命"。俄罗斯现在所遭遇到的就是这样的东西，这类乎人的东西。斗争不是迅速的，不是容易的，这是一场旧世界的余孽同新世界的第一代之间的斗争。

我看到了揶揄的微笑。唉，别这样迫不及待地嘲笑吧。稍稍等一下吧，要不了一年的。事件进行得这样神速，就像我们在翻阅一本历史书似的。就在不久以前，人们谈论中的俄罗斯无非还是一个饥饿和恐怖的国家，而现在政府却准备输出两亿普特的余粮。原来分裂成几个部分的国家已经重新集拢起来。就在欧洲工人的力量用来维持自己不致饿死的最起码的权利的时候，俄罗斯工人的力量却正在进行复兴和巩固自己的国家的伟大事业。

在俄国革命中燃起了一抹新的曙光。用货币来代替人的颜面的骇人听闻的时代将要过去。我们总有一天会从这场噩梦里醒过来。海洋不能转瞬干涸，大地也不会在一昼夜失掉绿色的外衣。人类不可能一下子无可救药地灭亡。文化的一根枯枝掉落下来，而就在近旁，新的枝条却欣欣向荣。以“人对人——像狼一样”为标志的旧文化堕落到了使用橡皮棍子的地步，它将挣扎，抵抗，但是这个灭亡的时代将是可怕的、无人性的，正像戴着恐怖的纸面具的类乎人的东西一样没有人性。我是回家过艰苦的生活去的。但是，胜利将属于那些具有真理与正义的热情的人，——属于俄罗斯，属于那些将同它一起行进的、相信新生活的曙光的人民和阶级。到那时候，我们将在自己的和平的住宅的门前看到安静的大地、和平的田野、波浪起伏的庄稼。鸟儿将歌唱和平、安宁和幸福，歌唱在度过了凶年的大地上的幸福的劳动。

村

——［俄国］屠格涅夫

呵，俄罗斯自由之村的富足、宁静、丰饶啊！
呵，和平和幸福啊！

这是六月的最后一天。在周围一千俄里之内，便是俄罗斯——我的故乡。

均匀的蓝色染满了整个天空；天上只有一片云彩——不知是在飘浮呢，还是在消散。没有风，天气晴好……空气像新鲜牛奶那样清净！

云雀在高声鸣叫；鼓胸鸽在咕咕低语；燕子在静悄悄地翱翔；马儿有的在打响鼻，有的在嚼草；狗儿没有发出吠声，站在一旁温驯地摇着尾巴。

空气里散发着烟和青草的气味，还夹杂着一点儿松脂和皮革的气味。大麻田里开满了大麻花，散发着浓郁的令人愉快的芳香。

一条深深的斜谷。两边种着成排的杨树，树叶婆娑，下面的树干却已龟裂了。一条小溪沿着山谷流去；透过碧清的涟漪，溪底的小石仿佛在颤动。远处，在天和地的交界线上，出现了一条大河的碧流。

沿着山谷——一边是整齐的小粮仓，门儿紧闭着的小堆栈；另一边是五六间薄木板屋顶的松木小农舍。每个屋顶都竖着一根长长的掠鸟竿；每家门前都有一匹结实健壮的短鬃小马，粗糙不平的窗玻璃上，辉映出虹的色彩。木板套窗上描绘了花瓶。每座小农舍前，都端端正正地摆着一张完好的条凳；猫儿在土堆上曲蜷成团，耸着透明的耳朵；高高的门槛外边，是凉爽幽暗的阴影。

我铺开马衣，躺在山谷的边缘；四周是一堆堆香气扑鼻、刚刚割下的干草堆。机灵的农人们，把干草散放在小农舍前边：让它在向阳处晒得更干透一些，然后再从那儿放到草棚去！要是睡在那上面，再舒服不过了！

孩子们鬈发的头，从每一个干草堆里钻出来；带冠毛的牝鸡，在干草中寻觅着蚊蚋和甲虫，一只白唇小狗，在蓬乱的草堆里翻滚。

亚麻色头发的少年们穿着洁净的低束着腰带的衬衫，穿着笨重的镶边皮靴，胸部靠在卸了马的大车上，彼此交谈着有趣的话题，谑笑着。

一个圆脸的年轻女人，从窗口伸出头来探望；她笑着，不知是听了他们的话发笑呢，还是在笑干草堆里的孩子们的喧闹。

另一个年轻女人用两只有力的手，从井里拉出一个湿淋淋的大吊桶……吊桶不住地颤抖，在绳子尾端摇晃，掉出长长的闪光的水滴。

在我面前，站着一个老农妇，穿着新的方格布裙子和崭新的毛皮鞋。

一挂大空心串珠在她黝黑瘦弱的膀子上绕了三圈；一块染有红点点的黄色头巾裹着她的头发，直到黯淡无神的眼睛上边。

可是，她那对老眼睛却含着欢迎的笑意；整张布满皱纹的脸上，堆满了笑容。想必这老太婆已经年逾七旬了……然而即使是现在，也还可以看出来：她年轻时候曾是个美人！

她伸开晒黑的右手手指，直接从地窖里拿出一壶上面浮着一层奶酪的冷牛奶；壶唇四边沾着点点奶汁，好像一串串珍珠。老太婆用右手掌递给我一大块还热烘烘的面包。“吃吧，”她说，“祝您健康，远方的客人！”

一只雄鸡忽然高声啼鸣，并且烦躁地拍着翅膀，响应它的是一头拴着的牛犊不急不忙的哞哞声。

“啊呀，多好的燕麦！”传来我的马车夫的话声。

呵，俄罗斯自由之村的富足、宁静、丰饶啊！呵，和平和幸福啊！

我于是想到：对我们这儿的人来说，君士坦丁堡的圣索非亚教堂圆顶上的十字架，以及我们城里人所孜孜追求的一切，又算得什么呢？

时　钟

——［俄国］高尔基

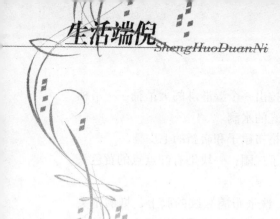

生活只是在人们同妨害他们生活的东西斗争时，
才会变得更丰富、更有趣味。
在斗争中那些烦人的、枯燥的时间会在不知不觉中飞逝而去。

一

滴—嗒，滴—嗒！

在万籁俱寂的夜里，独自一人倾听钟摆冷漠无情、连续不断的滴嗒声，是会觉得阴森可怕的。这种声音单调一律，像数学一样精确，永远重复着一句话：生活在不知疲倦地前进。黑暗和睡梦笼罩着大地，万物默默无声，——只有时钟冷冷地、大声地向人们报告分秒的逝去……钟摆在滴嗒作响，每一响都标志着生命缩短一秒钟，标志着大自然赋予我们每人生命中的一瞬已经一去不复返了。这些分分秒秒是从何处来，又向何处去？谁也回答不了这个问题……还有许多别的、更重要的问题没有答案，而我们的幸福却又取决于这些问题的解答。怎样生活才能觉得自己是生活所需要的人？怎样生活才能不失掉信念和愿望？怎样生活才能使度过的每一秒钟都能激励我们的精神和智慧？永无休止地运动着的时钟也许有一天会回答这一切？——它会说些什么呢？

二

滴—嗒，滴—嗒！

世上没有比时钟更冷漠无情的了：它总是那样节奏准确地响着，在你诞生的时候是如此，在你贪婪地摘下青春幻想花朵的时候也是如此。人从出生之日起，每过一天便向死亡靠近一步。而在你濒死语梗时，时钟也将枯燥地、无动于衷地计算着你末日的分秒。在它冷冰冰的计算中——请仔细听——响着一种因洞悉一切而感到慵困倦怠的声音。自古至今任何东西也不曾使它激动、使它感到珍贵。

它是冷漠无情的。所以，如果我们想生活，就必须为自己创造出另一种时钟，思想感情丰富的、勇于行动的时钟，来代替这种乏味、单调、以其阴郁伤人心神、含有责备意味冷冷作响的时钟。

三

滴—嗒，滴—嗒！

在时钟不知疲倦的运动中没有静止点，——什么东西我们能称作“现在的”呢？一秒刚诞生，第二秒便随之而来，把前者推进到未知的深渊……

滴—嗒！你是幸福的。滴—嗒！痛苦的灼人的毒液又流进你的心房。如果你不想方设法用新的、充满活力的东西充实你生活的每一秒钟，这痛苦就可能成为你终生伴侣，伴随你度过生命的分分秒秒。苦难是诱人的，这是一种危险的特殊享受。有了它，我们通常便不再寻找别的、更崇高的做人的权利了。然而这种苦难因为触目皆变得身价低廉，已不为人们所注目了。所以，苦难未必值得珍视，——应该用一些更独特、更可贵的东西来充实自己，——不是吗？苦难——是一种跌了价的黄金。不应该向任何人报怨生活：安慰的话语中很少包含着人们寻找的那种东西，生活只是在人们同妨害他们生活的东西斗争时，才会变得更丰富、更有趣味。在斗争中那些烦人的、枯燥的时间会在不知不觉中飞逝而去。

四

滴—嗒，滴—嗒！

人的生命短得可笑。怎样生活？一些人千方百计逃避生活，另外一些人把自己整个身心献给了它。前一种人在晚年时精神空虚，无所回忆；后一种人精神和回忆都是丰富的。两种人都要死去，如果他们不把自己的智慧、身心无私地献给生活，他们在世上都会一无所留……而当你们濒临死亡时，时钟将无情地计算你们弥留的时刻——滴嗒！就在同时，每秒钟又会有新人诞生。可你已经不在人世，除了你的躯体，你的任何东西都不会在生活中留下，而这躯体也将腐烂发臭。机械呆板的造物者把你投胎世界，而后又把你拖离人间，如此而已，——难道你的尊严能不为此恼怒吗？假如你是骄矜的，因顺从时间的秘密使命而感到屈辱，那就在生活中加深对自己的认识吧！想一想你在生活中扮演的角色：一块制成的砖，静静地躺在一座楼房内，后来变成了粉末，消逝不见了……做这样一块砖是乏味的，庸俗的，是不是？如果你有智慧和精神，如果你想体验生活中那些美好的、思想感受丰富的动荡时刻，就不要同这块砖一样吧！

五

滴—嗒，滴—嗒！

如果你仔细思考一下，在这时钟无限的运动中你本身具有多大价值，——你会认识到自己是微不足道的，并因而心情沉重。这种意识会使你觉得是受了侮辱！这种意识将唤起你的骄矜，你将对贬低你的生活产生敌意，并宣布同它斗争。以什么名义呢？当大自然剥夺了人类用四肢爬行的能力时，又给了他一根拐杖，这就是理想！从那时起他就无意识地、本能地追求美好的东西，天天向上。把这种追求变成自觉的吧，让人们懂得，只有在对美好事物的自觉追求中，才有真正的幸福。不要埋怨自己无能，什么也不要埋怨。你的诉苦给你带来的只能是精神贫乏的人们的怜悯和施舍。人们都是同样不幸的，但是最不幸的还是那些用不幸来美化自己的人。这些人比任何别人都更渴求对自己的赏识，可又偏偏最不值得别人青睐。向前、追求——这才是生活的目的。让整个生活都成为一种追求吧，届时生活中将出现一种高度美好的时刻。

六

滴—嗒，滴—嗒！

“人的道路既然遮隐，神又把他四面围困，为何有光赐给他呢？”这是老约伯（《圣经》中的人物）问上帝的话。现在已经没有这样勇敢的人了，他铭记自己是上帝的儿女、是按照上帝的模样创造出来的，敢于像老约伯那样质问上帝。现在的人们自视卑贱。他们并不怎样热爱生活，甚至不会热爱自己。然而却惧怕死亡，虽然人所共知死亡是不可避免的。不可避免的东西总是合乎规律的。须知从人在地球上出现时起，死亡的过程便已开始，是该明白这一真理的时候了。意识到此生不虚，可以消除对死亡的恐惧；忠诚走过的生活道路，会给人一个安宁的结尾。滴—嗒……人死后只有他的事业留存下来，他的时刻同他的愿望一起中断了，而另一种时刻，对他生活作出评价的严峻时刻将接踵而至。

七

滴—嗒，滴—嗒！

其实，在这矛盾错综、充斥着谎言和仇恨的世界上，一切都是非常简单的。如果人们能互相洞察内心和各有知己，那么一切就会变得更加简单。

独自一人总是渺小的，除非他是一位伟人。我们应当互相了解：因为我们思想要比我们说话明智、清晰得多。人要想在别人面前敞开心房，却痛感言辞贫乏，生活中很多伟大、重要的智慧都湮灭了，完全归咎于不能及时找到所需的表达形式。诞生了一种思想，极欲把它体现在语言之中，清晰有力的语言之中……然而竟找不到恰当的言辞。

更加关心思想吧！帮助它诞生吧！你们的这种劳动会得到酬报的。在一切事物中都包含着思想——甚至在石头缝中也会发现它，只要你有这种愿望。只要人们想获得一切，就能获得一切；只要他们想成为生活的主宰，就可以成为主宰，而不是像现在这样，做生活的奴隶。只要有生活的愿望，骄傲地意识到自己的力量，整个生活便会成为充分表现精神力量的时刻，创造令人惊叹的神圣的丰功伟绩的时刻——美妙的时刻，伟大的时刻。

八

滴—嗒，滴—嗒！

精神坚强的、勇敢的人们，——献身于真理、正义和美的人们万岁！我们不认识他们，因为他们是高傲的，不求奖赏；我们看不到他们是如何欢乐地燃烧着自己的心。他们用耀眼的光辉照亮生活，使盲人看见了天日。应该让更多的盲人能看到天日，应该让所有的人都能看到他们的生活是多么荒谬、不公正、不合理，对这种生活觉得可怕和厌恶。能主宰自己愿望的人万岁！全世界——都在他的心中，全世界的痛苦，全人类的苦难——都在他的心灵里。生活的罪恶和污浊，生活的谎言和残忍——是他的敌人；他把自己全部的时刻慷慨地献给斗争；他的生活充满着狂烈的欢乐，美妙的愤怒，高傲的不屈不挠精神……不吝惜自己——这是世界上最骄傲、最美的智慧。不吝惜自己的人万岁！只有两种生活方式：腐烂和燃烧。胆小鬼和贪婪之徒选择前者，勇敢和慷慨无私的人选择后者；每个热爱美的人都清楚，伟大寓于何处。

我们生活的时钟是空虚、乏味的时钟；不要吝惜自己，让我们用美丽的功勋来充实它吧，惟有如此我们才能感受到充满欢乐悸动、洋溢炽热豪情的美妙时刻！不吝惜自己的人万岁！

远处的青山

——［英国］高尔斯华绥

躺在青山的草地上，我领略着四年零四个月以来从没有感受的快乐，
听思想在蓝天白云之间自由地飞翔。
那安详如海面上轻轻袭来的风，那惬意似整座大地上的阳光。

在德国发动最后一次总攻的那个星期天，在那个充满痛苦的日子里，我不是还登上过这座青山吗？时间刚刚过去三个月，但却已恍若隔世。那是一个阳光和煦的美好日子，南坡上的野花香浓郁扑鼻，远处的海面一片金黄。我俯身草上，暖着面颊，借以安慰我那因恐怖而颤栗的灵魂。这场战争发生在连续四年的战祸之后，愈发显得酷烈出奇。

"但愿这一切快些结束吧！"我自言自语道，"那时我就又能到这里来，到一切我熟悉的可爱的地方来，而不致这么伤神揪心，不致随着时间的推移，就又有一批生灵惨遭涂炭。啊，但愿我又能——难道这事便永无完结了吗？"

现在总算结束了，于是我又一次登上了这座青山，头顶上沐浴着十二月的阳光，远处的海面一片金黄。这时心头不再感到痉挛，身上也不再有硝烟侵袭。和平了！仍然有些难以相信。不过再不用过度紧张地去谛听那永无休止的隆隆炮火，或去观看那倒毙的人们、张裂的伤口与死亡。和平了！真真的和平了！战争继续了这么长久，人们似乎已经忘记了1914年8月战争全面爆发之初的那种愤怒与惊愕之感。但是我却没有，而且永远不会。

在我们一些人中——实际我认为在相当多的人中，只不过他们表达不出来罢了——这场战争主要会给他们留下这种感觉："但愿我能找到这样一个国家，那里人们所关心的不再是我们一向所关心的那些，而是美，是自然，是彼此仁爱相待。但愿我能找到那座远处的青山！"人们或许过于渴望和平或宁静，但关于忒俄克里托斯的诗篇，关于圣弗兰西斯的高风，在当今的各个国家里，正如东风里草上的露珠那样，早已渺不可见。即或过去我们的想法不同，现在我们的幻想也已破灭。不过和平终归已经到来，那些新近被屠杀掉的人们的冤魂总不致于在善良的人们身上纠缠不休吧！

和平之感在我们思想上正一天天变得愈益真实和愈益与幸福相连。此刻我已能在这座青山之上为自己还能活在这样一个美好的世界而赞美造物主。和平是如此美好，以致于我能在这温暖阳光的覆盖之下安然睡去，而不会醒后又是过去的那种悲痛欲绝。我甚至能心情欢快地去做梦，不致醒后好梦打破，而且即使做了噩梦，睁开眼睛后也会一切消逝。我可以抬头仰望那碧蓝的晴空，而不会突然瞥见那里拖曳着一长串狰狞可怖的幻象，或者人对人所干出的种种伤天害理的惨景。我终于能够一动不动地凝注着晴空，那么澄澈而蔚蓝，而不会时刻受着悲愁的拘牵，或者俯视那蔚蓝的远海，而不致担心波面上再会浮起屠杀的血污。

天空中各种禽鸟的飞翔，海鸥、白嘴鸭以及那往来徘徊于坑边的棕色小东西对我都是欣慰，它们是那样自由自在，不受拘束，一只画眉正鸣偎在葡萄丛中；那里叶间还晨露晶莹；轻如羽翼的新月依然隐浮在天际；远方不时传来熟悉的声籁；而阳光正抚摸着我的脸颊。这一切都是多么愉快。这里见不到凶猛可怕的苍鹰飞扑而下，把那快乐的小鸟攫去。这里不再有歉疚不安的良心把我从这安逸快乐之中唤走。到处都是无限欢欣，完美无暇。这时举目四望，你会看见眼前的蜗牛甲壳雕镂刻画得那般精致，恍如童话里小精灵头上的细角，而且角端作蔷薇色；这里没有树篱，一片空旷，但有许多炯炯有神的树木，还有那银白的海鸥翱翔在色如磨菇的耕地或青葱翠绿的田野之间；不管你凝视的是这株小小的粉红雏菊，而且慨叹它的生不适时，还是注目那棕红灰褐的满谷林木，上面乳白色的流云低低悬垂，暗影浮动——一切都是那么美好，这是只有大自然在一个风和日丽的天气，而且那观赏大自然的人的心情也分外悠闲的时候，才能见得到的。

在这座青山之上，我对战争与和平的区别也认识得比以前更加透彻。在我们的一般生活当中，一切几乎没有发生多大改变——我们并没有领得更多的奶油或更多的汽油，战争的外衣与装备还笼罩着我们，报刊杂志上还充溢着敌意仇恨，但是在精神情绪上我们确已感到了巨大差别，那是久病之后逐渐死去和逐渐恢复的差别。

据说，此次战争爆发之初，曾有一位艺术家闭门不出，把自己关在家中和花园里面，不订报纸，不会宾客，耳不闻杀伐之声，目不睹战争之形，每日惟以作画赏花自娱——只不知他这样继续了多久。这种自欺欺人的做法，或许可以蒙蔽他自己，但现实中发生的一切他逃避得了吗？难道一个人连自己头顶上的穹苍也能躲得开吗？难道他连自己同类的普遍灾难也能无动于衷吗？

整个世界的逐渐恢复——生命这株伟大花朵的慢慢重放——在人的感觉与印象上的确是再美不过的事了。我把手掌狠狠地压在草叶上面，然后把手拿开，再看那草叶慢慢直了过来，脱去它的损伤。我们自己的情形也正是如此，而且永远如此。战争的创伤已深深侵入我们的身心，正如严霜侵入土地那样。在为了杀人流血这桩事情而在战斗、护理、宣传、文字、工事、缝纫以及计数不清的各个方面而竭尽努力的人们当中，很少有人是出于对战争的真正热忱才去做的。但是，说来奇怪，这四年来，写得最优美的一篇诗歌，亦即朱利安·克伦菲尔的《投入战斗!》竟是纵情讴歌之作！但是如果我们能把自那第一声战斗号角之后一切男女对战争所发出的深切诅咒全都聚集起来，那些哀歌之多恐怕以天之高、海之深也盛不下。

然而那美与仁爱所在的“青山”离我们还很遥远，什么时候它会更近一些呢？人们甚至在我所仰卧的这座青山打过仗。根据残留在这草地上的工事的痕迹判断，这里还曾驻扎过士兵。白昼与夜晚的美好，云雀的欢歌，香花与芳草，健美的欢畅，空气的新鲜，星辰的庄严，阳光的和煦，还有那轻歌与曼舞，淳朴的友情，这一切都是人们永久渴望的。但是我们却偏偏要去追逐那浊流一般的命运。所以战争能永远终止吗？……

躺在青山的草地上，我领略着四年零四个月以来从没有感受的快乐，听思想在蓝天白云之间自由地飞翔。那安详如海面上轻轻袭来的风，那惬意似整座大地上的阳光。

哈姆雷特的独白

——［英国］莎士比亚

生存还是毁灭，这是一个值得考虑的问题；
默然忍受命运的暴虐的毒箭，或是挺身反抗人世的无涯的苦难，
通过斗争把它们扫清，这两种行为，哪一种更高贵?

生存还是毁灭，这是一个值得考虑的问题；默然忍受命运的暴虐的毒箭，或是挺身反抗人世的无涯的苦难，通过斗争把它们扫清，这两种行为，哪一种更高贵?

死了，睡着了，什么都完了；要是在这一种睡眠之中，我们心头的创痛，以及其他无数血肉之躯所不能避免的打击，都可以从此消失，那正是我们求之不得的结局。

死了，睡着了，睡着了也许还会做梦。嗯，阻碍就在这儿：因为当我们摆脱了这一具朽腐的皮囊以后，在那死的睡眠里，究竟将要做些什么梦，那不能不使我们踌躇顾虑。人们甘心久困于患难之中，也就是为了这个缘故。

谁愿意忍受人世的鞭挞和讥嘲、压迫者的凌辱、傲慢者的冷眼、被轻蔑的爱情的惨痛、法律的迁延、官吏的横暴和费尽辛勤所换来的小人的鄙视，要是他只要用一柄小小的刀子，就可以清算他自己的一生？谁愿意负着这样的重担，在烦劳的生命的压迫下呻吟流汗，倘不是因为惧怕不可知的死后，惧怕那从来不曾有一个旅人回来过的神秘之国，是它迷惑了我们的意志，使我们宁愿忍受目前的折磨，不敢向我们所不知道的痛苦飞去？这样，重重的顾虑使我们全变成了懦夫，决心的赤热的光彩，被审慎的思维盖上了一层灰色，伟大的事业在这一种考虑之下，也会逆流而退，失去了行动的意义。

论　爱

——［英国］雪　莱

爱的需求或力量一旦死去，人就成为一个活着的墓穴，
苟延残喘的只是一副躯壳。

你垂询什么是爱吗？当我们在自身思想的幽谷中发现一片虚空，从而在天地万物中呼唤、寻求与身内之物的通感对应之时，受到我们所感、所惧、所企望的事物的那种情不自禁的、强有力的吸引，就是爱。

倘使我们推理，我们总希望能够被人理解；倘若我们遐想，我们总希望自己头脑中逍遥自在的孩童会在别人的头脑里获得新生；倘若我们感受，那么，我们祈求他人的神经能和着我们的一起共振，他人的目光和我们的交融，他人的眼睛和我们的一样炯炯有神；我们祈愿漠然麻木的冰唇不要对另一颗火热的心、颤抖的唇讥笑嘲讽。这就是爱，这就是那不仅联结了人与人而且联结了人与万物的神圣的契约和债券。

我们降临世间，我们的内心深处存在着某种东西，自我们存在那一刻起，就渴求着与它相似的东西。也许这与婴儿吮吸母亲乳房的奶汁这一规律相一致。这种与生俱来的倾向随着天性的发展而发展。在思维能力的本性中，我们隐隐约约地看到的仿佛是完整自我的一个缩影，它丧失了我们所蔑视、嫌厌的成分，而成为尽善尽美的人性的理想典范。它不仅是一帧外在肖像，更是构成我们天性的最精细微小的粒子组合。它是一面只映射出纯洁和明亮的形态的镜子；它是在其灵魂固有的乐园外勾画出一个为痛苦、悲哀和邪恶所无法逾越的圆圈的灵魂。这一精魂同渴求与之相像或对应的知觉相关联。当我们在大千世界中寻觅到了灵魂的对应物，在天地万物中发现了可以无误地评估我们自身的知音（它能准确地、敏感地捕捉我们所珍惜并怀着喜悦悄悄展露的一切），那么，我们与对应物就好比两架精美的竖琴上的琴弦，在一个快乐的声音的伴奏下发出音响，这音响与我们自身神经组织的震颤相共振。这就是爱所要达到的无形的、不可企及的目标。

正是它，驱使人的力量去捕捉其淡淡的影子；没有它，为爱所驾驭的心灵就永远不会安宁，永远不会歇息；因此，在孤独中，或处在一群毫不理解我们的人

群中（这时，我们仿佛遭到遗弃），我们会热爱花朵、小草、河流以及天空。就在蓝天下，在春天的树叶的颤动中，我们找到了秘密的心灵的回应：无语的风中有一种雄辩；流淌的溪水和河边瑟瑟的苇叶声中，有一首歌谣。它们与我们灵魂之间神秘的感应，唤醒了我们心中的精灵去跳一场酣畅淋漓的狂喜之舞，并使神秘的、温柔的泪盈满我们的眼睛，如爱国志士胜利的热情，又如心爱的人为你独自歌唱之音。因此，斯泰恩说，假如他身在沙漠，他会爱上柏树枝的。爱的需求或力量一旦死去，人就成为一个活着的墓穴，苟延残喘的只是一副躯壳。

生与死

——［英国］威廉·赫兹里特

我们生活在一个继往开来的时代，在这样的时代里，
我们既是观众，又是整个生动景象的一个组成部分。

母亲给我们送来了一份神奇的礼物——生命。它拥有至高无上的特权，在我们呱呱坠地时，我们的母亲感谢上苍，而我们自己也高高兴兴迎接着这个神奇的世界。我们似乎忘记自己终有一天会被召回，也不曾意识到自身的虚无与渺小。这并不足为奇。因为我们第一个深刻的印象来自于铺展在我们眼前的壮观景象，它的壮丽，它的永恒，赋予了我们，使我们天真烂漫。对于眼前一个个新颖的发现，我们还不甘心和它告别，或至少把这种考虑留到未知的岁月。犹如一个乡巴佬来到了城市，对热闹景象大为惊奇，满心欢喜，以至于流连忘返，不知夜暮就要降临。

我们在绿草如茵的大地上散步，观赏金色的太阳，蔚蓝的天空，浩瀚的大海，我们高高在上，一呼百诺。我们登悬崖、临绝壁，俯瞰鲜花盛开的幽谷山涧；我们打开地图，看整个世界摊开在我们面前；我们使遥远的星星近在咫尺，因为我们有天文望远镜；我们让极小的幼虫现出原形，因为我们有显微境。我们博览历史，倾听有关西顿、提尔、巴比伦和苏萨的光荣诗篇。然而，我们要说，所有昔日的辉煌均已化为乌有。我们感到，我们生活在一个继往开来的时代，在这样的时代里，我们既是观众，又是整个生动景象的一个组成部分。世界以及我们自己美好的前景向我们愉快地敞开之时，一旦死亡的念头在心头掠过，会使我们倍感寒心。我们感到压抑，我们感到窒息，感到失去了自由，我们不满足现有的知识，我们希望紧紧地拥抱和抓住我们整个的生命，我们要揭示生与死的奥秘。我们要战胜怀疑和恐惧的痛苦，我们要冲破樊笼，傲然面对死神的各种挑战。

我与绘画结缘

——［英国］丘吉尔

尝试绘画，可以获得崇高的褒赏——惠而不费，
独立自主，能得到新的精神食粮和锻炼，
在每个平凡的景色中都能有一种额外的分享，能充实每个空闲的钟点，
都是一次充满销魂荡魄般发现的无休止的航行。

我总是认为绘画是神秘莫测之事，因此在四十岁之前，我从未握过画笔，然后突然发现自己投身到了一个颜料、调色板和画布的新奇兴趣中去了，并且成绩还不怎么叫人丧气——这可真是个奇异而又大开眼界的体验。我真心希望，你也能分享它所带来的快乐。

我们都应该有一些能获得真正快乐的嗜好，避免烦恼和脑力的过度紧张。它们都必须实实在在，其中最好最简易莫过于写生画画了。这样的嗜好在一个最苦闷的时期搭救了我。1915年5月末，我离开了海军部，可我仍是内阁和军事委员会的一个成员。在那时候，我什么都知道，却什么都不能干。我有一些炽热的信念，我全身的每根神经都热切地想行动，而我却无力把它们付诸实现，只能被迫赋闲在家。

尔后，一个礼拜天，在乡村里，孩子们的颜料盒把我从这种苦闷的压抑中解脱出来了。我用他们那些玩具水彩颜料稍一尝试，便促使我第二天上午去买了一整套油画器具。接下来我便真的行动起来了。调色板上闪烁着一滩滩颜料；一张崭新的白白的画布摆在我的面前；那支没蘸色的画笔重如千斤，性命攸关，悬在空中无从落下。过了许久，我才小心翼翼地用一支很小的画笔蘸一点点蓝颜料，然后战战兢兢地在咄咄逼人的雪白画布上画了大约像一颗小豆子那么小的一笔。恰恰那时候，从车道上驶来的一辆汽车停在我的面前，而且车里走出的不是别人，正是著名肖像画家约翰·赖弗瑞爵士那才气横溢的太太。“画画！那么你还在犹豫什么哟！给我一支笔，要大的。”画笔扑通一声浸进松节油，然后投进蓝色和白色颜料中，继而在我那块调色板上疯狂地搅拌了起来，接下来便在那吓得簌簌直抖的画布上肆无忌惮地涂了好几笔蓝颜色。紧箍咒被打破了，我那病态的

拘束烟消云散了。我抓起一支最大的画笔，疯狂地在调色盘里搅拌，继而在我的牺牲品上大胆妄为起来。打那以后，我再也不怕画布了。这个开端是绘画艺术极重要的一个部分。我们不要野心太大，一开始就希冀有传世之作。能够在一盒颜料中追寻到快乐，我们就心满意足了。而要想迈入这个门槛，大胆便是入场券，而且是惟一的。

我不想恭维水彩颜料什么，可是实在没有比油画颜料更好的材料了。首先，你能比较容易地修改错误。调色刀只消一下子就能把一上午的心血从画布上“铲”除干净；对表现过去的印象来说，画布反而来得更好。其次，你可以通过各种途径达到自己的目的。假如开始时你采用适中的色调来进行一次适度的集中布局，尔后心血来潮时，你也可以大刀阔斧，尽情发挥。最后，颜色调弄起来真是太妙了。假如你高兴，可以把颜料一层一层地加上去，你可以改变计划去适应时间和天气的要求。与你所见的景象相比，画面简直太令人着迷了。假如你还没有那么迂腐的话，在你去向上帝报到以前，不妨试一试。

一个人开始慢慢地不感到选择适当的颜色、用适当的手法把它们画到适当的位置上去是一种困难时，我们便面临广泛的思考了。这时候，人们会惊讶地发现在自然景色中还有那么多以前从未注意到的东西。每当走路乘车时，附加了一个新目的，那可真是新鲜有趣之极。山丘的侧面与阴影处和阳光下迥然不同，那里有着丰富的色彩；水塘里闪烁着如此耀眼夺目的反光，光波在一层一层地淡下去；表面和边缘那种镀金镶银般的光亮真是美不胜收。我一边散步，一边留心着叶子的色泽和特征，山峦那迷梦一样的紫色，冬天的枝干的绝妙的边线，以及遥远的地平线的暗白色的剪影，那时候，我便本能地意识到了自己。我已经度过四十多个春秋了，却仍用世俗的眼光看着，从未留心过这一切。好比一个人看着一群人，只会说“人可真多啊”一样。

在我看来，这种对自然景色观察能力的提高，便是我从学画中得来的最大乐趣之一。一个人只有观察得极其精细入微，并把你所见的情景相当如实地描绘下来，画布上最终的景象才会逼真得惊人。

自从学画以后，美术馆便出现了一种新鲜的极其实际的兴趣，至少对我是如此。你看见了昨天阻碍过你的难点，而且你看见这个难点被一个绘画大师那么轻而易举地就解决了。当你再欣赏一幅艺术杰作时，会用一种剖析理解的眼光，而非别的视角。

一天，偶然的机缘把我引到马赛附近的一个偏僻角落里，在那儿我遇见了塞尚的两位门徒。在他们眼中，自然景色是一团闪烁不定的光，在这里形体与表面并不重要，几乎不为人所见，人们看到的只是色彩的美丽与谐和对比。这些色彩的每一个小点都放射出一种强光，是眼睛可以感觉得到却不明其成因的那种。你瞧，那大海的蓝色，你怎么能描摹它呢？当然不能用现成的任何单色。临摹那种深蓝色的惟一办法，是把跟整个构图真正有关的各种不同颜色一点一点地堆砌上去。难吗？当然不会很容易，可这恰是绘画的迷人之处！

我看过一幅塞尚的画，画的是一座房里的一堵空墙。那是他天才地用最微妙的光线和色彩画成的。现在我常能这样自得其乐：每当我盯着一堵墙壁或各种平整的表面时，便力图辨别从中能看见的各种各样不同的色调，并且思索着这些色调是反光引起的呢，还是出于天然本色。你第一次这么试验时，在最平凡的景物上你会看见很多非常美妙的色彩，这会令你惊讶不已。

所以，当一个人被一盒颜料装备起来时，他便不会心烦意乱，或者无所事事了，这是显而易见的。有多少东西要欣赏啊，可观看的时间又那么的少！人们会第一次开始去嫉妒远古传说中的已成为长寿象征的梅休塞兰，因为他活了969岁。

注意到记忆在绘画中所起的作用，也是很有趣的。当惠斯特勒（美国画家）在巴黎主持一所学校时，他要他的学生们在一楼观察他们的模特儿，然后跑上楼，到二楼去画他们的画。当他们比较熟练时，他就让他们把他们的画架放到三楼，直到最后那些高材生们必须拼命奔上六层楼梯到顶楼里去作画。

只有把最初的那些印象归纳起来，并且经过长时间的归纳之后，才有可能绘出最伟大的风景画。荷兰或者意大利的大师在阴暗的地窖里重现了尼德兰狂欢节上闪光的冰块，或者威尼斯的明媚阳光。所以，这就要求对视觉形象具有一种惊人的记忆力。就发展一种受过训练的精确持久的记忆力来说，绘画是一种十分有效的锻炼。

另外，绘画是旅游的一种最好的刺激剂，其他的都无法与之相较。每天排满了有关绘画的远征和实践——既省钱易行，又能陶冶情操，调养身心。哲学家的宁静享受替代了旅行者的无谓的辛劳。你走访的每一个国家都有它自己的主调，你即使见到了也无法描摹它，但你能观察它，理解它，感受它，也会永远地赞美它。不过，只要阳光灿烂，人们大可不必出国远行。业余画家踌躇满志地从一个地方游荡到另一个地方，老在寻觅那些可以入画，可以完完整整地带回家去的迷人胜景。

作为一种消遣，绘画简直十全十美。与绘画相比，我不知道还有什么在不精疲力竭消耗体力的情况下更能让人全神贯注的了。不管面临何样的目前的烦恼和未来的威胁，一旦画面开始展开，它们只有从大脑屏幕上彻底溃逃，退隐到阴影黑暗中去了。人的全部注意力都集中到了工作上面。当我列队行进时，或者甚至，在教堂里一次站上半个钟点，说来颇令人遗憾，我总觉得这种站立的姿势对男人来说很不自在，老那样硬挺着只能使人疲惫不堪而已。可是，对于一个喜欢绘画的人来说，接连站上三四个钟头画画决不会感到些微的不适。

买一盒颜料，尝试一下吧。一个阳光普照色彩斑斓的花园正近在咫尺等待着你，假如你知道充满思想和技巧的神奇新世界。与此同时，如果你用高尔夫和桥牌消磨时间，那真是太可怜了。尝试绘画，可以获得崇高的褒赏——惠而不费，独立自主，能得到新的精神食粮和锻炼，在每个平凡的景色中都能有一种额外的分享，能充实每个空闲的钟点，都是一次充满销魂荡魄般发现的无休止的航行。我希望它们也能为你所享有。

论 习 惯

——［法国］帕斯卡

习惯是我们的天性。
习惯于某种信仰的人就相信这种信仰，
而不再惧怕地狱，也不相信别的东西。

人的一生要犯许许多多错误，如果再没有神帮助，那这些错误是必然要发生的。没有任何东西可以向他显示真理，一切都只是在欺弄他。理智和感官是真理的两个根源，除了两者都缺乏真诚性之外，它们还彼此互相欺弄。感官以虚假的表象在欺弄理智；而正是感官所加之于理智的那种骗局，又轮到感官自己从理智那里接受过来，这就是理智对感官进行的报复。灵魂的热情搅乱了感官，给感官造成了虚假的印象。它们都在撒谎并竞相欺骗。

然而除了这些由于偶然与由于缺乏智慧而产生的错误以及它们性质不同的能力……

想像力以一种狂幻的估计而把微小的对象一直膨胀到充满了我们的灵魂，它又以一种粗鲁的狂妄而把宏伟的对象一直缩小到它自己的尺度之内，它对上帝的态度就是一个例子。

最能抓住我们的事情，例如保藏好自己的那一点财产，几乎往往都是微不足道的。正是虚无，我们的想像才把它扩大成一座山。如想像力多绕一个弯子，就不难使我们发现这一点了。

我的幻想使我恨一个哇哇喊叫的人和一个吃东西喘气的人。幻想具有很大的压力。我们从它那里得到什么好处呢？因为它是自然的，所以我们就要跟随这种压力吗？不，而是我们就要抗拒它……

孩子们害怕他们自己所涂的鬼脸，虽然说孩子是脆弱的，但为什么年纪大了就可以真正坚强起来呢！其实我们只不过是在改变着幻想而已。凡是由于进步而完美化的东西，可以由于进步而消灭。凡是曾经脆弱过的东西，却永远不可能绝对坚强。我们尽可以说“他长成人了，他已经变了”，但他还是那同一个人。

习惯是我们的天性。习惯于某种信仰的人就相信这种信仰，而不再惧怕地狱，也不相信别的东西。因而谁能怀疑，我们的灵魂既是习惯于看到数目、空间、运动，所以就会相信这些而且是仅仅相信这些呢？

太阳斑点现象为我们所知，我们就总结说其中有着一种自然的必然性，比如说将会有明天，等等。然而大自然往往反驳我们，而且她本身也并不服从她自己的规则。

如果我们天赋的原则不同于我们所习惯的原则，那天赋的原则又是什么呢？而对孩子们来说，岂不就是他们从他们父亲的习惯那里所接受的原则，就像野兽的猎食一样吗？

一种不同的习惯将会赋予我们另一种天赋的原则，这是从经验可以观察到的。假如有习惯所不能消除的天赋原则的话，那也就是违反自然的、为自然所不能消除的以及为第二种习惯所不能消除的天赋原则了。这一点由个人秉性所决定。

父母生怕孩子们天赋的爱会消逝。可是那种可以消逝的天性又是什么呢？习惯就是第二天性，它摧毁了第一天性。然而天性又是什么呢？为什么习惯就不是天然的呢？我倒非常担心那种天性本身也只不过是第一习惯而已，正如习惯就是第二天性一样。

人的天性完全是自然的，没有任何东西是我们所不能使之自然的，也没有任何自然的东西是我们不能把它消灭的。

记忆、欢乐都属于情操，甚至于几何学的命题也会变成情操，因为理智造成了自然的情操，而自然的情操又被理智所消除。当人们习惯于使用坏的推理去证明自然的效果时，人们就不愿意在发现了好的推理时，再接受好的推理了。我们可以举出一个例子，即血液循环可以用来解说为什么血管被绑扎起来就会发胀的原理。

选择职业是人一生中很重要的一件事，而择业受机遇的影响又非常大。习俗造成了泥水匠、兵士、石匠。有人说："这是位优秀的石匠。"而谈到兵士时则说："他们是十足的蠢材。"另有人正好相反："没有比战争更加伟大的事了，除兵士，其他的人都是下贱货。"我们根据幼年时听到他人称赞某些行业和鄙视其他各种行业而进行选择，因为我们天生是爱好真理并憎恶愚蠢的，这些话就打动了我们，我们只是在实践上犯了过错。习俗的力量是如此巨大，以致于造成了人的各种境况，因为有的地方都是瓦匠，另有的地方又都是兵士，等等。毫无疑问，天性绝不会是如此整齐划一的。因而造成了这一点的必是习俗而非天性，因为习俗束缚了天性，可是也有时候是天性占了上风，并且不顾一切好的或坏的习俗而保存下了人的本能。

偏见导致了错误。最可悲的事就是看到人人都只考虑手段而不顾目的。每个人都梦想着怎样利用自己的处境，但是选择处境以及选择国度，那便只好听凭命运来支配给我们了。

最可怜的事就是看到有那么多的土耳其人、异端和异教徒都在步着他们祖先的后尘，其惟一的理由就是他们人人都先入为主地认定那就是最好的。而正是这一点决定了每个人的各种处境，如石匠的处境、兵士的处境，等等。

正是由于这一点，野蛮人就根本不要神明。

意志的行为与其他一切行为之间有着一种普遍和根本的不同。

意志是信仰的主要构成部分之一，并不是它可以形成信仰，而是因为事物是真是假要随我们观察事物的角度而转移。意志喜好某一方面更有甚于其他方面，它转移了精神对意志所不喜欢见到的那些方面的性质的考虑，于是与意志并肩而行的精神也就不去观察它所喜爱的那方面，这样它就只根据它所见到的方面进行判断。

热 情

——［法国］伏尔泰

热情这个希腊词是不是为了表达人深深地被感动时的那种回肠荡气的激烈情绪——神经所感受到的震惊、肠子的膨胀和绷紧、心脏的剧烈收缩以及五脏六腑的不安和激荡起伏？

热情这个词是希腊人发明的，意为五脏六腑的不安，内心的激动。这个希腊词是不是为了表达人深深地被感动时的那种回肠荡气的激烈情绪——神经所感受到的震惊、肠子的膨胀和绷紧、心脏的剧烈收缩以及五脏六腑的不安和激荡起伏？

或者说，热情这个意为五脏六腑不安的词是首先表示皮西亚挛缩吗？他站在特尔斐城的青铜三脚祭炉上，通过似乎制造出来为容纳万物的躯壳接受了阿波罗的灵魂。

我们该如何理解热情呢？我们感情的细微差别是如此之多！赞美、感觉、感知、悲伤、震惊、情欲、狂乱、疯狂、暴怒、狂怒，这些是一个可怜的人类灵魂所能经历的全部状态。

一场动人的悲剧正在上演。几何学家只看到此剧的结构很好；他边上的一个年轻人深受感动，但什么也看不见；一个妇女在哭泣，另一个年轻人感动得不能自制，而且不幸的是，他已经染上了热情的疾病——他也决定写一部悲剧。

古罗马军团的百人队队长或军事护民官只把战争看作是可以赚一笔钱的生意，他们镇静地走向战场，就像建筑工爬上屋顶；当恺撒看见亚历山大的塑像时，他哭了。

奥维德对于爱情的见解很有趣。萨福表达了这种情欲的热情方式：如果热情确实使她付出了生命的代价，那是因为在她这种情况下，热情已经变成了疯狂。

热情在党派精神中更是得到空前的鼓励。没有一个宗派是没有狂热分子的。

热情能主宰误入歧途的虔诚的人的命运。祈祷时只看见自己鼻尖的年轻的托钵僧越来越狂热，甚至相信如果他被加上五十磅的锁链，万能的主将会非常感谢他。他带着满脑的对婆罗门的想像去睡觉，必然会在梦中看见他。有时在半睡半醒的状态中，他甚至看见婆罗门在闪闪发光，于是他更加心醉神迷。这种疾病往往是不治之症。

理智和热情相结合是罕见的。理智总是实事求是地看待事物。醉汉看见物体增大一倍时就表明他已失去了理智。热情就像酒，它能在血管中引起如此多的骚动，在神经中引起如此猛烈的颤动，结果理智被完全摧毁。理智只能引起轻微的震动，仅能在大脑中增加一些活力。这种情况发生在滔滔不绝、口若悬河的演说中，尤其是在崇高的诗情中。理智的热情是大诗人的特征，这种理智的热情使他们的艺术臻于完美。在过去，人们相信这些诗人是被诸神赐予灵感的，但对其他的艺术家则没有这样的评论。

诗人是如何用理智控制情感的呢？首先，诗人先勾画出他作品的结构，这时理智控制他的行为。可是当他进一步要使他的人物充满活力，赋予他们激情时，想像的火花燃烧起来了，热情控制了他，就像一匹赛马不顾一切地往前冲，但它的路线是早就合适地安排好了的。

心灵的洗礼

——［德国］歌　德

思想如果不是以活动的天性为基础，
就无法有效地推动运动着的生活。

如果恶意与憎恨由犀利的目光牵连，它们就只会徒留于观察者表面的看法。反之，如果犀利的眼光使得好意与友爱能亲密地结合，它们就能洞悉世界及所有人类。换句话说，它们能达到人类的最高的期望。探测你的内心，你便可以认清全部的你。因此，当你呼唤它们时，你的身体可以自然地听到内心回答："是。"如此一来，欢喜、快乐自然成为你最佳的表现方法。思想如果不是以活动的天性为基础，就无法有效地推动运动着的生活。它只能随着不同时期的情势发展或消灭，而多样地变化思想又无法使世界真正地获利。完全投降自己内心的人，通常只能发现一半的自己。为了使自己能变成最完美的人，他会去捉一个弱者或捉住一个世界。人类若以内在灵魂而非外在因素来对待自己的话，灵魂势必深切反省自己的内心。这恰巧与音乐人面对乐器时的心理如出一辙。

两条路

——［德国］让·保尔

也许你正在人生的十字路上徘徊，

踌躇着不知该走哪条路，那么，我只想告诉你，

千万不要等到岁月流逝时，才绝望地喊："还我青春！"

那一个大年夜。一位老人伫立在窗前。他目光中流露着悲戚，无力的脑袋微微仰起，繁星宛若玉色的百合漂浮在澄静的湖面上。他垂下了头，眼睛无神地看着地面，几个比他自己更加无望的生命正走向它们的归宿——坟墓。老人在通往坟墓的旅途中，已经消磨掉了六十多个寒暑。在他这六十多个寒暑中，他除了有过失和懊悔之外，几乎没有拥有过什么快活的事情。这个风烛残年的老人，体态龙钟、脑袋空空，忧郁时刻折磨着他。

老人回忆起他的年轻时代，他清楚地记得在那庄严的时刻，父亲将他置于两条道路的入口——一条路通往阳光灿烂的升平世界，田野里丰收在望，柔和悦耳的歌声四方回荡；另一条路却将行人引入漆黑的无底深渊，那里的泉眼流出来的毒液，蛇蟒满处蠕动，吐着舌箭。

老人深深地叹了一口气，悲痛失声喊道："老天爷啊！放我回到从前吧，求求你啦！爸爸呀，把我重新放回人生的入口吧，这次我一定不会选错。"可是，父亲以及他自己的黄金时代都一去不复返了。

他看见阴暗的沼泽地上空闪烁着幽光，那光亮游移明灭，瞬息即逝了，他轻抛的年华留在那里。他看见天空中一颗流星陨落下来，消失在黑暗之中。那就是他自身的象征。徒然的懊丧像一支利箭射穿了老人的心脏。他记起了早年和自己一同踏入生活的伙伴们，他们走的是高尚、勤奋的道路，在这新年的夜晚，载誉而归，无比快乐。

"嗡——"的教堂钟声使他回到了自己的童年。在那时，双亲对他倍加疼爱。他想起了发蒙时父母的教诲，想起了父母为他的幸福所作的祈祷。懊悔和悲伤涌上心头，使他无颜面对天堂的父母。老人的眼睛黯然失神，泪珠儿泫然坠下，他绝望地大声呼唤："不，不，我不要这样死掉，把青春还给我！"

说着，他的青春真的回来了。原来，刚才那些只不过是他在新年夜晚打盹儿时做的一个梦。他开始想到自己所犯的一些错误，他开始想要一一纠正、弥补过错，因为他还年轻。他虔诚地感谢上天，他还没有成为那个老人，他还没有堕入漆黑的深渊，他还有足够的时间踏上那条正路，进入福地洞天。丰硕的庄稼在那里的阳光下起伏翻浪。

也许你如同这位年轻人一样，正在人生的十字路上徘徊，踌躇着不知该走哪条路，那么，我只想告诉你，千万不要等到岁月流逝时，才绝望地喊："还我青春!"

享　受

——［德国］康　德

奢侈就是一种对生活资源的严重浪费，它会导致贫穷；
放纵却影响了人的身体健康，它会导致死亡。

平复一切痛苦最容易、最彻底的办法是，人们也许可以使一个有理性的人想到这样一个念头：一般说来，如果生命只用于享受幸运机会的话，那么它是完全没有任何价值的，只有生命被用来指向某个目的时才有价值。运气是不能带来这种价值的，只有智慧才能为人创造它，因而是他力所能及的。生活永远不快乐的人，就是那些担心价值损失而忧心忡忡者。

年轻人！我希望你能放弃关于娱乐、饮宴、爱情等等的满足，就算不是出于禁欲主义的意图，而是出于高尚的享乐主义要在将来得到不断增长的享受。这种生活情致上的节省，实际上会使你更富有，所以就算你在生命的尽头，亦不要放弃这种对欲望的节省。把享受控制在你手中这种意识，正如所有理想的东西一样，要比所有通过一下子耗尽自身因而放弃整个总体来满足感官的东西要更加有益，更加广博。

鉴赏力与过度豪华的享受是相违背的，于是在社交公共活动中，便有了奢侈的说法。但这种过度豪华如果没有鉴赏性，就是公开的放纵。现在让我们来讨论一下关于享受的两种不同结果。奢侈就是一种对生活资源的严重浪费，它会导致贫穷；放纵却影响了人的身体健康，它会导致死亡。后者则是一味地享受，最终自食其果。两者所俱的表面性光彩却比自身的享乐性更多。前者是为了理想的鉴赏力而精心考究，比如在舞会上和剧场里，后者是为了在口味和感官上的丰富多彩。用反浪费法对这两者加以限制，这是毋庸置疑的。然而，用来部分地软化人民以便能更好地统治的美的艺术，却会由于简单粗暴的干预而产生与政府的意图相违背的效果。

好的生活方式是与社会活动相适应的。显而易见，好的生活方式会受到奢侈损害，而有钱人或上等人却常常说："我懂得生活！"这一说法意味着在社会享受中，他目光远大，为了使享受从两方面得到增益，他带着有节制的、清醒的头脑精明地做出选择。

新偶像

——［德国］尼　采

一个人的占有物愈少，他也被占有得少些：
轻度的贫乏是能够获得祝福的！

同胞们，我们只有望着别的地方的民族和百姓，因为我们这里是绝不会存在他们的，我们这里只有国家。

国家是什么？伸长你们的耳朵罢！我将告诉你们：民族是如何毁灭的。

国家是冷酷的怪物中之最冷酷者。他冷酷地说谎；这便是从他口里爬出来的诳语："我，国家，便是民族。"

这确是诳语！创造者每创造一个民族都会高悬信仰和爱，让他们为生命服务。

凡给大多数人埋设陷阱，而称这些陷阱为国家的，是破坏者：他们给民族高悬了一把刀与各种贪欲。

凡是还有民族的地方，国家是不存在的。他们排斥国家，如同排斥制造恐怖的人，如一种违反习惯与法律的罪恶。

每个民族自有它的特殊的善恶之语言：他们的邻族不能了解。每个民族从它的习惯与法律里自制了它的语言。

但是国家用各种语言进行欺骗；它的话都是诳语：它的一切来自偷窃。

它的一切都是假的，它用偷来的牙齿咬人，用虚伪的内脏生存。多余的人充满世间：国家是为这些多余的人而发明的！看它是如何地吸收着多余的人呵！如何地吞食，咀嚼而消化他们呵！

"世界上没有伟大于我的，我是上帝发令的手指。"这怪物如是高喊着降着跪拜在地上的，不仅仅是目光短浅的人！

唉！心灵富有的人们呵，它也将诳语向你们诉说着，因为它猜到了你们的心。

真的，它猜透了你们，你们这些旧上帝之胜利者！过去的争斗使你疲倦了，现在你只好投效于新偶像！

它正想找英雄与荣誉的人做它的左右，这新偶像！这冷酷的怪物爱取暖于良心的太阳。

如果你们愿意崇拜它，它愿意什么都给你们，这新偶像！如是，它买到了你们的道德之光耀与你们的高傲的目光。

我终于明白了，在被称为“生命”的地方，国家是善人恶人都吃毒药的地方；国家是善人恶人都自趋灭亡的地方；国家是大众的慢性的自杀。

而这些多余的人呢，他们偷窃了发明者的工作与智者的宝物，他们称这种偷窃为文明。但是一切遇到他们，都会变成疾病与祸害！

这些多余的无能的人愈聚积财物，愈显得贫穷。他们渴求着权力，尤其是权力之柄和多量的钱。

看他们爬行罢，这些敏捷的猴子！他们互相攀登，而在泥土的深坑中，互相拳打脚踢着。

他们都想走近皇座：这是他们的疯狂，似乎幸福坐在那里！其实坐在皇座上的常常是泥土，皇座也常常在泥土里。

他们是一群疯子，一群低级动物，一群高烧患者。他们的偶像，那冷酷的怪物，已经腐臭了；他们这些偶像之崇拜者，也已经腐臭了。

同胞们，你们愿意在他们血口之呼气里和性欲里窒息吗？不如破窗而跳出去罢！远离恶臭罢！远离了多余的人的偶像崇拜罢！

远离恶臭罢！远离了这些人肉牺牲的烟雾罢！

世界上还有自由，但只有高尚才能找到。现在还有许多地方，隐士们可以独自地或结伴地潜藏着。在那里，沉默的海的气息吹着。

高尚的灵魂还可以享受自由的生活。一个人的占有物愈少，他也被占有得少些，轻度的贫乏是能够获得祝福的！

国家消灭了的地方，必要的人才开始存在；必要的人的歌唱，那独一无二的妙曲，才能开始。

同胞们，看呵！国家消灭了的地方，那不是彩虹与超人之桥吗！

心境的需要

——［日本］中野孝次

当“无”成为常态时，人们才会对“有”感到无上的满足和感激。
而“有”成为常态时，人们不会对“无”产生不满足感，
也决不会在心里涌起对“无”的感激之情。

良宽这个人，其实就是一个禅师。但近年来人们与年俱增的推崇和喜爱他，我认为这事简直可以列入七大奇观。我不清楚喜欢他的理由是否由于他的人生观恰恰与现代流行思潮相背逆的缘故，总之，我觉得这太不可思议。那么他良宽何德何能会受到这么多人的崇拜？

生涯懒立身，腾腾任天真。
囊中三升米，炉边一束薪。
谁问迷悟迹，何知名利尘。
夜雨草庵里，双脚等闲伸。

这支曲目是良宽的代表作，反复吟唱之后会感到一种悠然的舒畅气氛。我思索一阵逐渐明白，也许正是因为我们已经缺乏这种纯粹的生活能力，所以才会涌现出如此之多喜欢他的人。良宽是一个不会为换取出人头地而卑躬屈膝的人，他只是一个不求功名利禄的人。他不愿压抑自己的心灵，于是将自己放纵于任性。现在自己草庵的头陀袋中还有乞讨来的三升米，炉边尚有一束柴薪哩。虽然，他随时都有吃不上饭的可能，但他却活得很知足。也许这就是所谓的彻悟吧！更不要说名利得失了，他就这样在夜雨淅淅而降的草庵里，悠闲地伸展开自己的双脚，欢乐而满足。

可是，如若要我们自己也如同他那样生活，我们却无法忍耐于这种心境了。然而我们却会不由自主地被诗中所显示的美妙的境界所吸引，这究竟是什么原因呢？既然我们自己不希望和他一样过这种没有保障的生活，为什么我们还要被他的心境所吸引呢？

有一年冬天，我压抑不住自己的好奇心，独自来到了五合庵遗址。站在那重建的草庵前，我想如果让我住在这么一间建在老杉树下的孤零零的破草庵，我可能会自杀，因为这里简直不是人待的地方。可以想像，那个叫良宽的人居然在这里一住就是几十年，这将需要多大的勇气才能做到呀！我不禁感叹，现代文明中娇生惯养的人是多么的脆弱啊！

回想一下，我们这些老一辈，也曾有过在以东京为首的日本城市被空袭夷为平地的经历，废墟上的生活和良宽何其相似，可毕竟那个年代的人已经死的死、亡的亡，所剩的也只是寥寥几人。我不幸也为寥寥中之一，有过那种饥寒交迫的日子。而今天，我站在五合庵前，竟然会提出“在如此贫寒的地方怎么生活啊”这样可笑的问题。可见我自己也已经被现代文明所惯纵，不知不觉间精神脆弱到如此的地步。

没有经历过饥不择食年代的人，对食物是难以有知足感恩的心情的。然而在饥饿的边缘，正是由于缺乏食物已成为生活常态，得到了少许温饱的保证便会对上苍感激不已。

如果所有的房屋都设有暖气，人们还会对温暖心存感激吗？而假如你从寒风凛冽的野外行乞归来，能有一束点燃的取暖柴薪，你却一定会被这难得的温暖感动得热泪盈眶。

当“无”成为常态时，人们才会对“有”感到无上的满足和感激。而“有”成为常态时，人们不会对“无”产生不满足感，也决不会在心里涌起对“无”的感激之情。或许，良宽之所以会选择草庵生活，正是因为他已经有了这种“有”和“无”的认识。不管怎样，我们仍被他吸引着，或许是他在草庵中所作那些难以言喻的悠哉游哉的诗，打动了我们。也许仅仅如此，但，他那贫困的生活却是我们所有人所不会向往的。

《良宽禅师奇话》这本书是这样开头的：

良宽禅师常静默无语，动作闲雅有余。心宽体胖，即此之谓也。

从来没有人谈起过他的亲人，或者他本来就是一个孤独者，为了自己所选择的内省式的修行生活，他常整天都不说一句话。由此，人们才会将他的举止称作为悠闲潇洒。而身体自在潇洒的秘密正在于心灵平静，不为任何事物所惑。

小手镜

——［日本］芥川龙之介

您不也是只要照起镜子来，就能忘掉一切吗？
您和小千枝的不同仅仅在于：
一个觉得坐在火车中没意思，一个感到生活在这个社会里无聊罢了！

我独自闷在书房中，懒散地消磨着年初的寂寥时光。书房里杂乱无章地摆满书籍。我一会翻开书本看看，一会敷衍上一篇文章，感到厌倦时，就胡诌几首俳句。总而言之，我如同盛世逸民，逍遥度日。一天，一位久未来访的邻家太太领着孩子来拜年，顺便闲坐。这位太太老早以前就把"我要永远年轻"这句话挂在嘴边。所以尽管她带来的女孩已经五岁，她却仍然保持着姑娘时代的美貌。

那天，我书房里插了一枝梅，于是我们闲聊起梅花来。可是名叫千枝的小姑娘却一直微低着脸，翻动着白眼珠观看书房中的镜框、挂轴，无聊地呆坐一旁。

过一会，我觉得小千枝怪可怜，就对太太说："你到那屋和我妈聊会儿吧！"心想妈妈定有本事一边和太太聊天儿，一边逗小孩高兴。这时，太太却从怀中取出一面小镜递给千枝，并说道："这孩子，只要给个小镜，就决不会感到寂寞的！"

我问为什么？她解释说：她丈夫在逗子的别墅养病时，她带着千枝乘火车往返于东京和逗子之间，每周要去两三次。千枝一坐进火车就烦得要命。由于闲得实在无聊，就十分淘气。譬如有一次她缠住邻座一位老爷爷问道："您会说法国话吗？"尽问些莫名其妙的问题。于是太太想出各种办法逗引小千枝高兴。一会给本小人书，一会给一个口琴。最终太太发现：只要给她一个小手镜，一路上她就乖乖地坐着不动。千枝对着小镜，时而涂抹脸上的白粉，时而拢一拢头发，或者故意皱皱眉头。她以镜中的自己为伴，玩个没完没了。

太太讲完小镜的来龙去脉之后，补充道："到底是孩子呀！只要照照镜子就能忘掉一切！"

我听了这话，刹那间，想出一个小小的坏主意，我突然笑着讥讽道：

"您不也是只要照起镜子来，就能忘掉一切吗？您和小千枝的不同仅仅在于：一个觉得坐在火车中没意思，一个感到生活在这个社会里无聊罢了！"

归来的温馨

——［智利］聂鲁达

玫瑰带着动人的严肃神情挺立在每个角落，
我非常钦佩这种严肃，因为她们摆脱了奢侈与轻浮，
各自尽力发出自己的一份光。

我的院内树木繁茂，幽深宁静。阔别归来，住所的角角落落都吸引我躲进去尽情享受久别归来的温馨。花园里长起神奇的灌木丛，散发出我从未领受过的芬芳。在离家之前，曾在花园深处种下一株小小的杨树，原来是那么细弱，那么不起眼，现在竟长成了大树。它直插云天，表皮上有了智慧的皱纹，梢头的新叶不停地颤动着。

最后进入我视野的是栗树。当我走近时，它们光裸干枯的、高耸纷繁的枝条，显出莫测高深和充满敌意的神态，而在它们躯干周围正萌动着无孔不入的智利的春天。我每日都去看望它们，因为它们需要我去巡礼。在清晨的寒冷中，我伫立在没有叶子的枝条下，凝视着。直到有一天，一个羞怯的绿芽从树梢高处远远地探出头来看我，随后出来了更多的绿芽。就这样，我归来的消息传遍了那棵大栗树所有躲藏着的满怀疑虑的树叶；现在，它们骄傲地向我致意，然而却已经习惯了我的归来。

鸟儿仍然站在枝头重复着昨日的啼鸣，仿佛树叶下什么变化也未曾发生。

书房里弥漫着冬天和残冬的浓烈气息。在我的住所中，书房最深刻地反映了我离家的迹象。封存的书籍有一股亡魂的气味，直冲鼻子和心灵深处。这是因为遗忘——业已湮灭的记忆——所产生的气味。

透过书房那古老的窗子，可以直视安第斯山顶上白色和蓝色的天空。在我的背后，我感到春天的芬芳正在与这些书籍散发的阵阵的亡魂气息进行搏斗。很显然，书籍不愿摆脱长期被人抛弃的状态。春天身披新装，带着忍冬的香气，正在进入各个房间。

在我远游的这段时间，书籍给弄得散乱不堪。这倒不是说书籍短缺了，而是它们的位置给挪动了。在一卷问世纪古版的严肃的培根著作旁边，我看到意大利

作家萨尔加里的《尤卡坦旗舰》；尽管如此，它们的相处倒还是颇为和睦的。然而，当我拿起一册拜伦的诗集的时候，书皮却像信天翁的黑翅膀那样掉落下来。我费力地把书脊和书皮缝上。当然，在做这事之前，我又饱览了那冷漠的浪漫主义。

我住所里最沉默的居民莫过于海螺。从前海螺连年在大海里度过，养成了极深的沉默。如今，近几年的时光又给它增添了岁月和尘埃。可是，它那珍珠般冷冷的闪光，它那哥特式的同心椭圆形，或是它那张开的壳瓣，都使那远处的海岸和事件让我终生难忘。这种闪着红光的珍贵海螺叫 Rosteilaria，是古巴具有深海的魔术师之称的软体动物学家卡洛斯·德·拉·托雷，有一次把它当做海底勋章赠给我的。现在，这些加利福尼亚海里的黑“橄榄”，以及同一处来的带红刺的和带黑珍珠的牡蛎，都已经有点儿褪色，而且盖满尘埃了。从前，我们差一点儿就死在有这么多宝藏的加利福尼亚海上。

书房里又添了一些新居民，就是这些来自法国的松木箱，封存了很久的大木箱里装满书籍和物品。箱子板上有地中海的气味，打开盖子时发出嘎吱嘎吱的歌声，随即箱内出现金光，露出维克多·雨果著作的红色书皮，旧版的《悲惨世界》，于是，我把这形形色色令人心碎的生命安顿在我家的几堵墙壁之内。

除此之外，从这口灵柩般的大木箱里出来一张妇女的可亲的脸，木头做的高耸的乳房，一双浸透音乐和盐水的手。我给她取名叫“天堂里的玛丽娅”，因为她带来了失踪船只的秘密。当我在巴黎一家旧货店里发现她的时候，她因为被人抛弃而面目全非，混在一堆废弃的金属器具里，埋在肮脏阴郁的破布堆下面。现在，她被放置在高处，再次焕发着活泼、鲜艳的神采，光彩照人。每天清晨，她的双颊又将挂满神秘的露珠，或是水手的泪水。

窗外的玫瑰花在匆匆开放。我从前很反感玫瑰，因为她太高傲了。可是，眼看着她们赤身裸体地顶着严冬冒出来。当她在坚韧多刺的枝条间露出雪白的胸脯，或是露出紫红的火团的时候，我心中渐渐充满柔情，赞叹她们骏马一样的体魄，赞叹她们发出意味着挑战的浪涛般神秘的芳香与光彩；而这是她们在黑色土地里尽情吸取之后，在露天地里表露的爱，犹如责任心创造奇迹一样。而现在，玫瑰带着动人的严肃神情挺立在每个角落，我非常钦佩这种严肃，因为她们摆脱了奢侈与轻浮，各自尽力发出自己的一份光。

可是，风从四面八方吹来，迫使花朵轻微起伏、颤动，飘散阵阵沁人心脾的芳香。青年时代的记忆涌来，已经忘却的美好名字和美好时光，那轻轻抚摸过的纤手、高傲的琉角色双眸以及随着时光流逝已不再梳理的发辫，一起涌上心头，令我忘记身处何方。

这是忍冬的芳香，这是春天的第一个吻。

论 谈 话

——［黎巴嫩］纪伯伦

让你声音里的声音，对他耳朵里的耳朵说话；
因为他的灵魂要噙住你心中的真理。
如同酒光被忘却，酒杯也不存留，而酒味却要永远被忆念。

一个学者说：请你讲谈话。

他回答说：

在你不安于你的思想的时候，你就说话；

在你不能再在你心的孤寂中生活的时候，你就要在你的唇上生活，而声音是一种消遣，一种娱乐。

在你许多的谈话里，思想半受残害。

思想是天空中的鸟，在语言的笼里，也许会展翼，却不会飞翔。

你们中间有许多人，因为怕静，就去找多言的人。

在独居的寂静里，会在他们眼中呈现出他们赤裸的自己，他们就想逃避。

也有些说话的人，并没有知识和考虑，却要启示一种他们自己所不明白的真理。

也有些人的心里隐存着真理，他们却不用言语诉说。

在这些人的胸怀中，心灵是居住在有韵调的寂静里。

当你在道旁或市场遇见你朋友的时候，让你心中的灵，运用你的嘴唇，指引你的舌头。让你声音里的声音，对他耳朵里的耳朵说话；

因为他的灵魂要噙住你心中的真理。

如同酒光被忘却，酒杯也不存留，而酒味却要永远被忆念。

论 哀 乐

——［黎巴嫩］纪伯伦

当你欢乐的时候，深深地内顾你的心中，
你就知道只不过是那曾使你悲哀的，又在使你欢乐。
当你悲哀的时候，再内顾你的心中，
你就看出实在是那曾使你喜悦的，又在使你哭泣。

一个妇人说：请给我们讲欢乐与悲哀。

他回答说：

你的欢乐，就是你的去了面具的悲哀。

连你那涌溢欢乐的井泉，也常是充满了你的眼泪。

不然又怎样呢？

悲哀的创痕在你身上刻的越深，你越能接受更多的欢乐。

你的盛酒的杯，不就是那曾在陶工的窑中燃烧的坯子么？

那感悦你的心神的笛子，不就是曾受尖刀挖刻的木管么？

当你欢乐的时候，深深地内顾你的心中，你就知道只不过是那曾使你悲哀的，又在使你欢乐。

当你悲哀的时候，再内顾你的心中，你就看出实在是那曾使你喜悦的，又在使你哭泣。

你们有些人说：欢乐大于悲哀。也有人说：不，悲哀是更大的。

我却要对你们说，他们是不能分开的。

他们一同来到，当这个和你同席的时候，要记住那个正在你床上酣眠。

真的，你是天平般悬在悲哀与欢乐之间。只在盘中空洞的时候，你才能静止，持平。

当守库者把你提起来，称他的金银的时候，你的哀乐就必需升降了。

自　由

——［印度］泰戈尔

我是女人！我是伟大的！
为了我，不眠的明月在它月光的琴弦上弹奏歌曲。
没有我，天上的星星将徒然闪烁。
没有我，园中花开还有什么意义？

医生爱怎么说就让他说去吧！打开，打开，打开我床前的那两扇窗户。让风吹进来。药？吃药早已使我厌倦，我已经吃够了苦的、涩的药了。在我这一生里，每天、每夜、每分、每秒，都在吃药。

活着，对我来说，本身就是一种疾病。在我的周围有多少国医、西医、走方郎中！他们开着药方，送来各种成药。他们说："这样做才好"，"那样做是最大的过错"。我听从着每一个人的吩咐，低着头，面纱掩着脸，就这样在你们家里度过了二十二年。因此，家里的、外面的人都说："她是多么贤惠的媳妇，多么忠贞的妻子，多么善良的女人！"

我刚到你家的时候，才是一个九岁的小姑娘。按着一切人的愿望，沿着这家庭的漫长的道路，拖着疲惫的生命，度过了二十二年，今天终于走到路的尽头了。

让我思索一下这生活是好、是坏、是痛苦、还是欢乐的时间在哪里。家务操作的车轮旋转着，发出单调的、疲惫的歌曲，我麻木地随着它转来转去。我不知道自己是什么人，不知道外面广阔的世界充满着什么意义。我从没有听到在神的琴弦上弹奏出来的人类伟大的消息，我只知道，做完饭后开始吃饭，吃完饭后又正是做饭的时候。二十二年，我的生命始终被捆绑在一个车轮上转，转，转。今天我仿佛感到那个车轮快要停止了，那就让它停止吧！为什么要吃药为难自己呢？

二十二年，每年春天都到过森林，带着花的芳香的春风都曾吹动过大地的心脏，叫嚷着："打开，把门打开！"但是，它什么时候来了，又走了，我并不知道。也许它曾悄悄震撼过我的心灵；也许它曾使我突然忘记了家务操作；也许它曾在我心上引起生生世世永恒的忧郁；也许在这撩人的春天里，在无名的哀愁与欢乐中，我的心在期待着听到谁的脚步的声音。你下班回来了，但是黄昏时你却又到邻家去下棋。算了吧，别谈这个了，为什么在今天我要想起这些生活中暂时的波动呢?

二十二年后的今天，似乎春天第一次走进我的房间里。凝望着窗外的晴空，欢乐在我心中阵阵涌起。

我是女人！我是伟大的！为了我，不眠的明月在它月光的琴弦上弹奏歌曲。没有我，天上的星星将徒然闪烁。没有我，园中花开还有什么意义?

二十二年，我一直认为我是你们这家庭里的囚徒。但是，我并不因此而悲哀。我已经麻木地度过不少岁月，如果必须活下去，我将依旧茫然度日。在这个家庭里有那么多朋友亲戚传诵着我贤淑的声誉，这仿佛是我一生中赢得那可怜的屋角众人口中赞美的最大胜利！那羁绊我的绳索今天要被割断了，在那无边的空阔里，生与死合而为一。在无底溟蚰的地方，我将不会再遇到那像一粒泡沫一般的厨房的墙壁。

今天在宇宙的晴空里仿佛第一次为我吹奏起新婚的笛声。让那微不足道的二十二年躺在我的屋角里吧。那从死亡的洞房里向我传出召唤的，是我门前的乞丐，不，是我的主人。他永不忽视我，无论在什么时候，他向我伸出乞求的双手，乞求我心灵深处最宝贵的甘露。他在众星围拱的天空里向我不转瞬地凝视。啊，甜蜜的天堂，甜蜜的死——我心中永恒的乞士，在召唤他的女人！打开，打开窗子，让那无望的二十二年在时光的大海里消逝吧！

飞天过海

——［中国］刘白羽

梦里，我来到了鹌鹑飞越大海之前的栖息地
——一个海边小村落。
有一天，我的餐桌上摆了几只炸鹌鹑，
我很心痛，
连夜将笼里剩下的几只鹌鹑送回到了它们的栖息地。

人老了，夜间睡梦常常是迷迷糊糊的。

但是人生易老天难老，这一夜我做了一个清清爽爽的梦，梦见一种小东西，毛茸茸的十分可爱。我对自己说，这不是鹌鹑吗？是那年在大连养病时的事。我的病属于神经性质的，所以需要休闲地走走。我的老司机是大连人，曾跟我讲过鹌鹑这种候鸟的故事。鹌鹑夏天在北方过活，秋风一起，就跨过渤海湾到南方去取暖，但是它的旅途太遥远了，从大兴安岭下的万草丛中起，再能飞也不能一口气飞过陆地再横渡大海，便都密集地宿在海边一个小村落的乱草堆里。可惜毕竟是梦，想不起那小村之名了。

但我对这小村极感兴趣。

为什么鹌鹑不到旁的村落，却到这个小村落？

看来鹌鹑的记忆力非常好，这个小村因此成为它们必宿的一站。

我想像着这千千万万的小鸟，傍晚歇落在万草丛中，草已不是绿的而是黄的。那些芝麻色羽毛的鹌鹑在草中人眼难辨，而第二天天一明，它们就遮天蔽日，横渡大海而去。那样一个气势真十分令人向往。

于是我到那个小村落里去了。

一看乱草如麻，在天之滨海之涯，确实是个很好的隐蔽之所。我静观碧绿的大海，然后悄然而返。

炸鹌鹑在国内外的宴席上都能够做出一道好吃的菜，那小村落的农民误会了我的意思，以为我要寻找一些野味下口。如果是这样，我就不能白天去，而应该晚间来，可是我哪里有那么一份力气。我只是觉得这鸟虽小，却有那样坚强的毅力，心里颇有几分敬佩。所以我看到了它们曾停歇的，像山一样成堆的乱草就已经心满意足了。

有一天从楼上下来，忽然在大门里墙角处多了一个网箱，走近一看，里面蠕动着一群鹌鹑。我看这些小生命非常可爱，心里很高兴。我住的是原来的苏联专家招待所，他们走了，这里还是一切照旧。我住了一幢两层小楼，生活设施非常优越，有中餐，有西餐。我问服务员，说是昨天那个小村落派人专门送来的。我说："那可要款待款待，给我一碗小米。"然后我就向笼里撒了一把小米，一下子里面就活跃起来。它们两只细小的脚跳着，用又尖又小的嘴，到处啄吃着小米，一时间一片"唧唧喳喳"嬉闹的声音。我真喜欢这些小茸球似的东西，每天去撒几回小米，惹得几番热闹。

不料，一天我到楼上餐厅吃饭。一坐下，忽然发现一个瓷盘里放着几只炸得酥黄的鹌鹑。

我愣住了。

你看那炸过的小腿细得像牙签一样，细细弯弯的脖颈儿，托着圆圆的脑袋，两只眼洞好像还有生命。太可怜了！

这简直是一场悲剧，一下触动了我的心灵，我没有吃，我不能吃，我不忍吃。

那一整天我都心情忧悒。我在楼上走来走去，又扶着楼梯走下来，肃然站立在鹌鹑笼前。这些毛茸茸的小东西，为了寻觅生命，似乎也在抵死拼搏。我的心灵一下子被深深触痛了，我流下了眼泪。

我把老司机找来，商量把这一些小生灵放走。

我们商量好下半夜起床，在曙光之前赶到那个小村落。黑夜里虽然又困又乏，在汽车轮子的转动中还是有一种神圣庄严之感，因为我的心得到了一种解放。到了海边那个小村落，天还漆黑一片，静得一点声音都没有。天上人间还未醒来，那藏满鹌鹑的草丛里，也还没有动静。我走到海滩边上，只觉得一阵海风的清冷。我等着的那一个瞬间到来了，在海天相连处出现了一道暗红色光芒，就在这一时刻，草丛里一阵喧哗与骚动，草叶间发出唧唧喳喳之声，无数小动物从草中钻出，我们赶紧把我们那笼鹌鹑也放了出来。活了！活了！一群密密麻麻的小鸟，竞相奋翼而飞，一会儿就成了一群。我肃穆注视，我知道它们是强者，将从这里横渡大海，飞向南方。我放心了，默默地站立到什么也看不见才折返回去。

这梦梦得如此清醒，我睁开眼，面前果然一片碧绿的黎明。

吃白食

——[德国]黑贝尔

一位客人到“狮子”饭店大吃大喝了一顿后，
却只付了六分尼的硬币，
令人不解的是，饭店老板不但没为难他，
反而又给了他二十四克罗采的钱。

在某镇上，有一家“狮子”饭店，老板在挖好陷人坑后，自己却身陷其中，不能自拔，这正应了那句古语：挖坑害人者，必自掉下坑。

事情要从一个艳阳天说起，店里来了位衣着讲究的客人，一进门便叫老板，要求尽他所有的钱给他来一份美味的肉汤，接下去又要了一块牛肉和一盘蔬菜，也是同样要求尽他所有的钱。老板毕恭毕敬地问，“您是否愿意品尝一杯红葡萄酒?”

“呵，那敢情好，我是要尽自己所有的钱能享用一些好东西。”客人回答。

当这位客人高雅地用完这一餐后，他才从口袋里掏出一枚磨得光光的六分尼的硬币来，说道：

“老板，这就是我所有的钱。”

“这是什么话?难道您不该付给我一个塔勒么?”老板陪着笑脸说。

“我要菜时没说给您一个塔勒呀，我只是讲，尽我所有的钱。”客人回答，“您看，这就是我所有的钱，再多一个子儿也没有。要是您多给了我一些食物，那么错误在您。”

客人的主意其实并不高明，需要的只是脸皮厚，能横下心：管他的，吃进肚子里再说。然而，精彩的却在后头。

“您可真是个狡猾的客人!”老板说，“本来是便宜不了您的。可眼下，这顿午饭算我白送您吃的，这儿还再给您一枚二十四克罗采的钱。您呢，只需要悄悄的，到咱隔壁的‘大熊’饭店去，也同样这么做一次以示补偿吧。”——“狮子”饭店的老板这么干，是因为他与自己的邻居“大熊”饭店的老板在暗中拉拢顾客，彼此失掉了和气。一个钉子一个眼儿，他们要想尽办法打垮对方。而狡猾的客人呢？却笑眯眯地一只手伸过去接钱，另一只手已经小心翼翼地开门去了，“晚安。”他很有礼貌地说。

“你邻居‘大熊’饭店老板那儿我已去过啦，而且让我来光顾这儿的并非别人，正是这位老板。”这位客人接着说道。

鹬蚌相争，渔人得利。这位狡猾的客人正是猜透了两位老板的心理，抓住了他们的弱点才成功实施计划的。不过，要是他俩能从此汲取教训，和睦相处，倒也应该好好感谢那位狡猾的客人才是。和气生财，不和遭损，其寓意正在于此。

一只杂种

——［奥地利］卡夫卡

在父亲留给我的遗产中，
有一只一半像猫、一半像羊羔的动物。
这只动物没有猫和羊的特性，却有人的柔肠，
在我生意糟糕的日子里，它陪我度过了一个个孤寂的夜晚。

我从父亲那里继承了一只奇特的动物——一半像小猫，一半像羊羔的动物，不过它到我手里之后才发育长大。以前它长得比较像羊羔，但现在却是猫头猫爪，羊羔体型，羊羔个头，眼睛与两者都像，闪闪发亮，充满野性。它的毛很柔软，紧贴在身上。它不仅会潜伏而行，而且能够连蹦带跳地逃跑。它常常会蜷伏在窗台上的太阳地里打呼噜，在草地疯跑，它见到猫便逃之夭夭，但却喜欢袭击羊羔。它最喜欢走的路是月夜里屋檐沟。它不会喵喵叫，而且极为厌恶老鼠。它能在鸡圈旁潜伏几个小时，却从未谋杀一只鸡。

为了使它的身体健康成长，我经常用甜牛奶来喂养它。它大口大口地将牛奶吸进嘴里，它那食肉动物的利牙派不上一点用场。这一奇观吸引了附近的孩子们前来观看。星期天上午是它的会客时间，邻家的孩子会将我和我怀里的小动物团团围在中间。

每逢这时，当然会出现一些谁也回答不了的怪问题：为何偏偏是我拥有这只动物，为何只有一只这样的动物，在它之前是否曾有过一只这样的动物，它是否感到孤独，它死后将会怎样，它叫什么名字，为何它没有小崽子等等。

面对这些问题，我从不耗费精力去探求答案，而只是满足于尽情地展示我所拥有的东西。在好奇心的驱使下，偶尔会有孩子们带来一些猫，有一次甚至带来了两只羊羔。然而令他们失望的是，并没有出现他们期望的相认场面，它们只是相互静静地望着对方，这也许是承认对方存在的一个不可动摇的事实吧。

这只动物既不懂得追捕的乐趣，又不知道害怕，或许依偎在我身边是它最惬意的事情。它十分忠于养它的家庭。这也许并不是某种非同寻常的忠诚，而只是一只在这世上虽有无数姻亲但大概没有一个血亲的动物的真正本能，因此它觉得

在我们这里寻得的保护是理所当然的。

有时它围着我左闻右闻，在我胯下钻来钻去，和我难舍难分。这令我忍不住要笑，它竟然不满足于做羊做猫，还想做只温顺的狗。有一段时期就像每个倒霉的人一样，我的生意非常糟糕，我只好听任一切垮掉烂掉。我怀着这种沮丧的心情坐在家里的摇椅上，抱着那只动物，我的目光不经意间落到了它那长长的胡须上，只见一颗颗泪珠正往下滴。这是我的，还是它的？难道这只羔羊心肠的猫还有人的柔肠？我从父亲手上继承的东西并不多，不过这件遗物尤其显得珍贵。

它身上不可避免地存在着两种焦虑：猫的焦虑和羊羔的焦虑，它们是那样截然不同。有时它跳上我身边的椅子，用两支前腿搭在我肩上，嘴凑到我耳边，似乎对我说什么，而实际上却是弯下头看着我的脸，观察它给我留下的印象。为了不至于让它失望和伤心，我会点点头装出一副理解的样子。随后它会蹦到地上，围着我跳来跳去。

屠夫手里的那把刀也许是解决这只动物的最好办法，但是它不只是一只动物，它还是我的一件继承物，因此我没用这种办法。因此我必须等待，等到它喘完最后一口气。有时我发现它似乎用理智的目光注视着我，那目光似乎在期待理智的行动。

版权声明

我方策划出版的《中外名家精品荟萃》图书中，部分作品无法与权利人取得联系，为了尊重作者的著作权，特委托北京版权代理有限责任公司向权利人转付稿酬。请您与北京版权代理有限责任公司联系并领取稿酬。联系方式如下：

吴先生
北京版权代理有限责任公司
北京海淀区知春路 23 号量子银座 1403 室
邮编：100191
电话：（010）82357058/57/56　　传真：（010）82357055
网址：www. bookpod. cn